閱讀泰國
解讀北韓

認識泰國的曼妙多元，
探訪北韓的文化奧秘。

>>> 孫德喜 著

目　次

閱讀泰國

解讀北韓

閱讀泰國

泰國的語言

　　最先接觸到泰國的事物就是她的語言。飛機的艙門剛剛打開，就見兩位泰國小姐站在門道旁向我們這些外國來賓表示歡迎。當我們走到她們面前時，她們均說了句泰語。泰語我是一句都不懂，因為我此前沒有接觸過泰語，所以不知道其準確的意思，但是大致意思可以通過她們的微笑猜出可能是「你好」或者「歡迎」。她們的語音比較細軟，前邊說得比較短促，最後一個音拉得比較長。

　　下了飛機，我們踏上了泰國的國土，自然，泰語也就包圍了我們，周圍傳來的大多是泰語語音，深切感受到的就是語言的綿軟，讓我們這些來自異國他鄉的遊客感到陌生的心靈受到了某種撫慰，那最後一個音節不僅拉長，而且還輕輕地悠蕩了一下，最後收音也很穩當。這樣，剛剛來到國外的那種由陌生帶來的局促感和緊張感似乎減緩了許多。就在泰語語音從四面八方湧入耳朵之際，眼前所見的也多是泰語文字。泰語是一種拼音文字，所用的字母不同於西方許多語言所用的拉丁字母或斯拉夫字母，但似乎又與西方的拉丁字母存在著某種聯繫。泰語的字母看起來好像是在拉丁字母的基礎上加上點小圓圈之類的裝飾性的筆劃，這些裝飾性的筆劃就像是樹枝上棲息的小鳥或者飄過的雲朵，雖然看不懂，但覺得非常美。後來再看泰國人的書寫，其筆劃順序與拉丁字母的截然不同。泰國人寫字母基本是從裡往外繞圈或者從下往上寫。從這點來看，泰語字母與西方廣泛使用的拉丁字母看來聯繫不大，後來瞭解到泰語字母是由古代高棉文和孟加拉文改造過來的，很可能在近代受到西方字

母的影響發生了某種演變，因此現代的泰語字母多少有點與西方的相像。

　　泰語中有一個奇特的現象，男性和女性對人說「你好」、「謝謝」竟然不一樣：男人說的是「薩瓦迪克」和「昆朋克」，最後收音比較短促；女人說的則是「薩瓦迪卡」和「昆朋卡」，最後一個音拖得略長一些。像這樣表達同一意思的詞語，經由男性和女性之口說出的卻不一樣的語言現象，在漢語和英語中是沒有的，不知道其他的語言中有沒有。我想，這其中很可能包含著某種深刻的文化內涵，體現著某種深層的民族文化心理。不過，這恐怕得由語言文化學家才能給出準確的答案。

熱情大方的泰國人

　　辦完入境手續，取了自己的行李，再兌換了一些泰銖，來到了機場的出口處，見到了一男一女，手持「熱烈歡迎孫德喜博士」的漢語字牌。見了他們，我忘記了曾經看到的《泰國旅遊指南》的提示和告誡——與泰國人見面，通常應該行雙手合十禮，不能與女士握手——居然向對方伸出手，就像在國內那樣要與他們握手。然而，迎接我的這兩位沒有遲疑和猶豫，非常大方地與我握手，就像國內的同胞一樣。經過幾句簡單的英語交談，我瞭解到他們是夫妻倆，男的叫派（Pie），女的名字叫提達拉‧卡伊（Tidarat Kaew），他們都不懂漢語，他們只是受 Kaew 的弟弟——烏汶皇家大學中文系主任張華平的委託來機場接我的。難能可貴的是他們製作了漢語的歡迎牌，而不是英語。要製作這樣的牌子，對於不懂漢語的人來說，該費了不少的神，所以他們的這一舉動令我感動。簡單的交談之後，他們瞭解到我要先買到烏汶的機票，再找旅館住下的計畫，他們沒有任何異議，立即幫我接過行李，帶領我直奔國內機場的售票處，幫我買了票。令我想不到的是女士取出了相機交給她的丈夫，要她丈夫拍她與我的合影。她的這個想法真是開放。在國內，非親屬關係的男女單獨合影還比較少，尤其是剛剛認識的，即使男的提出這個建議，女的還是比較矜持。像這樣請丈夫給自己與其他男人合影的在國內很難見到。而她的丈夫也沒有絲毫的猶豫，非常大方地給我們拍了照片。拍照片的是數位相機，可以立即看到照片，照片拍得效果很好，可見拍攝的技術還是不錯的。

　　來到了泰國，我時常感受到泰國人的巨大熱情。有一次，我去皇家大學的飯廳吃午飯。我雖說住在校外，但是我幾乎每天都到學校的飯廳吃午飯，偶爾與同事和朋友到街上吃飯。我來到飯廳，看到的竟是冷冷清清景象，一大片賣飯的檔面沒有開，因為那天是一個什麼節日，學校不上課。但是我不知道飯廳不開。我只看到西邊一個檔面聚著一些人，便以為那是賣飯的，於是走過去，誰知原來是幾個人在聚餐，這裡也不賣飯。他們幾個人見我來吃飯，非常熱情地招呼我，怕我聽不懂，其中一人還特別做了吃飯的動作，並把我引到桌邊坐下。看到他們這樣盛情，我都不好意思謝絕了，連聲用英語說：「謝謝！」吃飯時，他們還與我用英語作了簡單的交談。其中一位 50 歲左右的女士告訴我她到過中國杭州，說那裡的景物很美。還有一次，我在傍晚的時候到漢語系辦公室去，路過樓北面的小樹林時，看到一些人正在空地上舉行PARTY。他們放的音樂很響，中間還有鮮花製作的像是盆景一樣的擺設，有兩三個人在跳舞。本著好奇，我朝那邊看了看，那邊的人看到了我，便向我招手。我只是朝他們禮貌地笑笑。這時，走過來一個 30 多歲的高個子理著平頂頭的男子，向我做了個請的手勢，並且用英語說：「You are welcome！」（歡迎你！）盛情難卻，我被引到一張桌邊坐下，馬上有人給我拿來了加冰的可樂、盤子、匙子和叉子，並且端來了水果和烤魚片等泰國食物。一個女子拿著細白繩跪在我身邊，要我伸出手腕，她要給我紮上，並用英語告訴我這是祝我好運的意思。我再看其他人的手腕上也都紮著這種細白繩。這實在令我感動。其實，我因為不認識他們，心裡真是忐忑不安。後來，漢語系的同事告訴我，那個邀請我過去參加他們 PARTY 的男子是英語系主任呢！

　　潑水節期間，一些年輕人在路邊喝起了啤酒。當我從這裡經過時，他們中就有人先是潑來一小盆水，然後端來一杯啤酒盛情地招呼我喝下，於是，我這個陌生人一下子似乎成了他們的老朋友。其實，不只是潑水節期間，就是平時某個時候，只要有人在路邊喝啤酒或者威士卡，當你經過的時候，總會邀請你喝上一口，而且這種邀請並不是簡單地口頭上的相邀，而是在熱情招呼的同時，給你端來杯子或者遞過瓶子，甚至還拿過來一套餐具。我和一些泰國朋友就是這樣認識的。在烏汶皇家大學的招待所住了些天以後，我搬到了校外租了房子住。每天晚上我出去散步。所經地方的人們儘管與我素不相識，但總是非常熱情朝我微笑，大聲地打招呼：「辰卡——」（請！），從他們身上，我感受到泰國人的熱情大方。

泰國的交通

買到機票之後，迎接我的夫妻倆送我去旅館。出了機場大廳，他們帶我上了他們的私家車。上了車，我發現他們的車與我們國內的車不同，其駕駛座不是在左邊，而是在右邊，正當我感到不解時，汽車已經上了公路。再看汽車是靠左邊行駛的，可見這裡的交通規則與我們國內的完全不同。至於國內的與泰國的為什麼不一致？後來瞭解到在英聯邦國家和英租地區，交通規則就是車輛行人靠左行，而歐美的其他國家則都是靠右行。泰國雖然不是英聯邦國家，但是在交通規則上則是採用英聯邦的做法，而中國則是與歐美其他國家的一樣。這樣，中泰兩國的交通規則自然不同，只是剛到泰國的時候，還得有一小段時間去適應它的交通規則。

剛到烏汶的當天晚上，應當地一位華人的邀請，我和同事乘公交汽車前往造訪。上車前，同事就告訴我這裡的公交汽車與國內的不同。等到車來了，坐了上去，覺得它確實與國內的大不一樣。這裡的公交汽車比較小，沒有國內的那麼大，看上去就像是小型卡車的後邊加了篷子，後端的檔板換成了方便乘客上下的踏板，而且沒有國內汽車通常有的可以關閉的後門，也沒有車窗玻璃，兩邊只有擋雨用的透明塑膠捲簾——平時都是捲起來的，——完全是開放式的。人坐在車上，就像坐在沒有牆壁的移動的棚子裡一樣。大約是這裡的車輛不算太多，或許是街道比較乾淨的緣故，也可能是車速不太快的原因，汽車開出後居然沒有揚起灰塵，就是其他車輛從旁經過，也沒有感覺到灰塵撲面。在烏汶，

公交汽車只有固定路線，但是沒有固定的月臺，乘客招手即上，按鈴即下，非常方便，省去了趕往固定月臺和到目的地的一些路程，也顯示了泰國人的自由。

公交汽車上通常沒有售票員，到達目的地，乘客按鈴，司機停下車。乘客從後邊下了車，再來到前邊的駕駛室門前，主動把票錢交給司機，每個人都很自覺，相信沒有逃票的，決沒有像國內的某些客車司機或者售票員跑到車的後門口挨個向乘客收錢的情況。由此可見，泰國人還是講究誠信的：首先是司機信任乘客，不用擔心乘客不給錢就溜掉；而乘客也很自覺，自己享受了他人的服務，理所當然要交錢，他們相信司機不會多收一分錢。所以，這裡不會出現國內經常發生的為票錢而爭執的情況。在烏汶的大街上，可以看到的是滿街跑的摩托車和各種汽車，而自行車和行人卻很少。儘管如此，卻沒有看到交通擁堵的情況，各條街道都很暢通，而且揚起的灰塵也很小，這在現代社會不能說不是個奇蹟。另一個令人稱奇的是在烏汶許多天，無論是白天還是晚上，無論是在大街上還是在小巷裡，很少聽到汽車喇叭的聲音。坐著同事孫靜雅（泰國人）的車出去辦事，從沒看到她按喇叭。哪怕在小巷裡，路中間盤著一條狗，車子行駛到它的跟前，它才慢騰騰地起來讓開，而司機即使在距狗兩三米的地方停下來，也沒有撤喇叭。在街上，所有的車都很有耐心和禮貌，決不搶道行駛，也不會顯出不耐煩的神情。這與中國汽車喇叭叫個不停真是大不一樣。或許這就是人（特別是司機）的素質的不同。

當然，泰國的交通總體來說不夠發達。我們到素林府布里拉姆皇家大學跨府參加運動會，行程幾百公里，竟然沒有一段高速公路。這在 21 世紀的今天顯然是比較落後的。後來與人交談中瞭解

到，在泰國只有曼谷和清萊之間才通高速，其他地區都沒有。所以，在泰國，汽車的一般行駛速度都在 50 公里左右。然而在中國，可以說每個省市自治區都有高速公路，即使最貧困落後的省份也有。上了高速，車子行駛速度一般都在 80 公里以上，有的可以行駛到 120 公里。再看曼谷的交通，作為國家的首都，市內交通基本上就是公共汽車、計程車、三輪摩托車和私人車輛。然而在中國的省城，三輪摩托車很少看到，有的省城已經開始禁摩托車。而在比較發達的省城，已經有了地鐵和輕軌，在上海甚至還有發達國家才有的磁懸浮列車，行速相當快捷。這些現代化的交通設施在曼谷都才剛剛建成或者計畫修建。

　　相對來說，泰國的航空比較發達，就拿烏汶府來說，就有民航機場，每天有數量可觀的班次在烏汶與曼谷之間往返穿梭。而且，機場離市區很近。從市中心的市政大廳到機場，開車差不多十分鐘的路程。不像國內的機場都遠離市區。比如武漢的天河機場到漢口火車站，大巴通過高速公路行駛還需要大約半小時的時間。所以，在中國，乘坐飛機到另一個相鄰的大城市，大概在通往機場的路上與候機的時間往往要超過飛機的飛行時間。泰國的機場之所以距市區很近，最根本的原因就是泰國城市的高樓很少。而中國的許多城市動輒建起 30 層、50 層的高樓，有的地方甚至還有七八十層的，這就給飛機起降帶來不便和安全隱患，迫使機場遷（建）到遠郊。其次，我想可能是中國大城市的地皮相當貴，建一機場需要大量的土地，出於降低建設機場的成本的考慮，只好將機場建在遠郊。再次，還可能是為了降低大城市的噪音。

泰式餐飲

　　泰式餐飲與中國的很不相同，似乎更接近於西方。首先，泰國人吃飯很少用筷子，基本上用叉和調羹，這類似於西方，不過，西方人吃飯通常是用刀和調羹，而不是叉子。在泰國許多地方也為客人準備了筷子，有時還可以用手直接抓。有一次，在吃糯米飯時，這裡的朋友告訴我應該用手直接抓一些，將其捏成一個小團再吃，據說這樣更好吃一些，可是我就是不習慣。其次，在中國，飯是飯，菜是菜，涇渭分明，而且，中國的菜或炒、或燒、或蒸、或爆，每種菜都做得十分精緻，調料以鹽、香油（過去基本上以豆油、菜籽油和棉籽油為主，現在以調味油和沙拉油為主）、醬油、醋、酒等為主，烹調講究色香味俱全。而泰國的飯和菜雖然有別，但是並不十分分明。泰國的菜肴雖然也有炒菜，但是大多是油炸的或者製作成冷菜，吃的時候，有的需用洗淨的生菜葉或者不知名的植物葉子包裹起來，蘸著醬吃。在中國基本上不會生吃的蔥、洋蔥、豆芽、長豆角和生菜，而在泰國常常將這些洗淨了就放在盤子裡。再次，泰國菜的味道與我們的也大不相同。在我們家庭的日常燒菜中，基本上以鹹為主，加上味精或者雞精、酒等佐料讓菜的味道變得更鮮美。而泰國菜是怎麼製作的我還不太瞭解。其味道當然有鹹，但是比較辣（與中國四川、湖南、貴州、新疆等地的辣菜相比還不算太辣），還略有點酸（而這酸與國內菜加了醋的又不一樣）。最後，泰國人看來是不善於做湯的，在泰國的餐桌上，很少看到湯。除了飯菜之外，如果要喝點什麼，除了加冰的啤酒、可樂，就是冰鎮水。這裡順帶

說一下，在烏汶生活的最大不便就是包括辦公室和招待所等許多地方沒有茶水供應。在烏汶皇家大學，對外關係辦公室裡有飲用水供應，而漢語系裡卻沒有，辦公室外有一飲水機，但是裡邊打出來的水都是冷的。而且，據講這裡的自來水沒有經過淨化程序，是不能燒開喝的；如果要燒水喝，就得買水。另外值得一提的是泰國飯菜的分量比較少，通常是買一份飯是吃不飽的，買兩份則又吃不了，這倒讓我這個不喜歡浪費的人買飯時有點矛盾。

在泰國用餐基本上是在開放的空間裡。我們國內的情況是要麼是吃大排檔，純粹的露天，要麼就在屋內，有的還是在小包間裡，是在一個封閉的空間裡。泰國的飯廳和飯店大多是開放的空間，就像坐在沒有牆壁的大棚裡，外面的鳥雀有時可以飛到餐桌上，如果人離開飯碗兩三米遠，就可能有鳥雀光顧，啄那碗碟裡的剩菜剩飯。

泰國人吃飯比較安靜，沒有中國餐桌上那種熱情地勸酒勸菜，大家很平靜地品嚐著菜餚，很少出聲，那種大聲喧嘩的熱鬧場面在這裡是看不到的。而且基本上是隨到隨吃，不用等，即使主人沒來，客人沒來齊，只要飯菜上了桌，就可以吃，給人的感覺同樣是自由隨意。如果吃高興了，而且響起了音樂，泰國朋友就可能站起來隨著音樂起舞。

在吃飯時，還有一樣我不太習慣，因而常常受到同事的提醒。在國內吃飯，我們都是端著碗的，基本上是碗靠著嘴，既防止飯菜撒在桌子上，又可以不讓湯汁滴下來。然而在泰國這樣吃飯被認為是不文明，無論是吃飯菜，還是喝湯，都不能端著碗或盤，而是用勺子舀湯水喝或者用叉子叉菜。而且，如果吃到碎小的骨頭或者不想吃的東西，不能放在桌子上，而是放在自己盤子的一邊。

　　泰國的飯菜如果在高級飯店裡還是清潔衛生的，但是到了一般的飯店或者街頭小吃或者餐廳，那裡的衛生就不敢恭維了。許多地方的菜裡常常夾著樹葉、草莖、草根，米飯裡有時還有老鼠屎。更有甚者是我的一位同事曾經向我提到的她的一次遭遇。她和幾個西方人到一家餐廳吃泰式飯，吃著吃著，居然發現了一隻圓滾滾的白色肉蟲、她沒吭聲，將蟲子扔了，繼續吃。可是，沒吃幾口，又是一隻，這時她吃不下去了，便問老闆。老闆若無其事地說：「這恐怕是房子上落下來的。」沒有絲毫的歉意。如果在國內，遇到這種情況，老闆總是要連不迭地賠禮道歉並且另換飯菜，免收飯錢，哪像這裡的老闆如此無所謂。好在這位同事與那幾個西方人脾氣太好，沒有與之論理。後來這位同事又用筷子撥了撥飯，碗裡竟然又現出五六隻這樣的蟲子。由此可見，泰國的餐飲業的衛生狀況了。

解放的腳

　　在泰國生活了幾天，最大的感覺就是雙腳得到了解放。到辦公室上班，每個人都在門外脫了鞋子再進屋（漢語系辦公室的門上就有中英文的提示「請脫鞋」）。我在國內平常都穿著襪子，進屋雖然脫了鞋，但還是穿著襪子，而泰國人則大都是光著腳穿鞋。如果有椅子或者沙發，則坐在椅子或者沙發上；如果沒有坐的，則坐在地毯上，有些女學生則很自然地跪坐在地上與老師說話。更沒讓我想到的是，到辦公室或者到客人家拜訪，竟然可以穿著拖鞋，這在國內是不可想像的。記得在武大讀書時，有位同學因為穿著拖鞋到教室，結果受到了管理人員的批評。可是我應邀到一位朋友家作客，那天就是穿著拖鞋，決沒有對人家不尊重的意思。既然進屋脫了鞋子，上街也可以穿拖鞋，這就讓腳得到了充分的舒展。當然，對於我來說，在感受到雙腳舒坦的同時，擔心的是我的腳臭影響了別人，所以感到內疚，並且有點忐忑不安。好在時間不長，腳上臭味沒有了，我可以放心大膽地脫鞋子進辦公室了，只怕是回國以後還得有一段時間才能適應在辦公室或者教室穿鞋子。

　　泰國人的鞋子也有特別之處，不少鞋子從前面看，很像正常的鞋子，但是腳後跟部位卻是敞開的，說它是拖鞋吧，鞋幫還是有的；說它不是拖鞋吧，後邊沒有幫。我想這很可能是泰國人為了進出屋脫鞋和穿鞋的方便而設計的。

喧囂的夜晚

　　泰國的夜晚是喧囂的，不過不是人群的喧囂，而是街頭的通明的燈火和行駛的車輛。似乎每個城市的燈光在夜晚都大放光彩，但是在烏汶，燈火裝飾著的只是整個夜晚的街道，而這些燈具既有路燈，又有裝飾性的點串燈和霓虹燈。所以，燈火通明的是街道。相比之下，民居以外的建築物裡很少亮著燈光，投射到建築物上的紅、黃、藍、綠等彩色燈光也很少看到，所以，這裡的建築物在夜晚都很平靜地矗立在黑暗中，默默地守護著夜晚的天空和大地。

　　烏汶的街道上跑著許多摩托車和汽車。這些車大多數是日本的品牌，行駛在大街上顯得趾高氣昂，不可一世。按理說，日本的汽車和摩托車的品質在全世界都是很有名的，但是在烏汶的街頭，整個夜晚的聲音幾乎都是由這些車輛發出的。無論是摩托車，還是汽車都十分張狂，咆哮著行駛，吵鬧得令整個城市不得安寧。即使在深更半夜，也會將人從睡夢中鬧醒，看來這個田園式的城市被車輛發出的巨大噪音帶到了煩躁的機械工業時代。然而，在真正現代的社會裡，人們總是設法降低噪音污染，努力創造一個安寧的環境。這也顯示出對別人休息權利的尊重。然而在泰國，至少是在烏汶，雖然這些車輛和機械將這個城市帶到了現代社會，但是這也只能算是進入一個現代社會的初級階段，還沒有將環境保護納入人們的思想意識。如果說烏汶天空還是清淨的話，那也是因為這個城市人口不多，工業並不發達的原因。

自由而彬彬有禮的學生

　　與國內的學生相比，泰國的學生是非常自由活潑的。在烏汶華僑學校二（按：該校校牌），鄭校長帶領我們到正在上課的教室參觀。在一間教室裡，老師正在講臺前出示一張圖片，大多數孩子都朝著黑板看，坐在後排的孩子比較頑皮，並沒有因為校長來而改變態度，依然做他的小動作。有個孩子腰部仰躺在椅子上，頭幾乎著地，好像這樣做很有趣，很好玩。校長見了走過去輕輕拍了拍他，他還是這樣躺著，眼睛還看著我們。校長見了，依然面帶微笑，並沒有那種學生沒有為自己爭氣而表現出的尷尬。從她坦然的神色中可以看出，她覺得這是很自然的事情。另一個小孩還從座位上下來，走到校長跟前，跟校長擁抱了一下，校長也抱了她一下。可見，孩子們是很喜歡校長的，把這位年已半百的女校長當作自己非常親近的朋友，而不是那種只是讓人肅然起敬的長輩。此時，老師全都看到了這些，他沒有像國內的許多教師那樣大聲訓斥學生不守紀律做小動作。雖然這個教師也是剛剛從湖北武漢過來教書，看來他非常快地適應了這裡的教學。隨後鄭校長又帶領我們參觀了學校的另一部分——幼稚園。這個幼稚園可以說是一個國際大家庭，孩子們來自許多國家。當我們來到他們跟前，他們並沒有見到陌生人的那種種反應，同樣是唱的唱，跳的跳，走的走，躺的躺。校長領著他們向我們用漢語打招呼：「你好！」孩子們有的跟著校長喊，有的還是在一邊玩他的，有一個孩子還躺在地上睡覺。

　　幼稚園和小學的學生比較自由活潑，大學生也同樣的活潑自由。在上課之前，漢語系的主任考慮到我和另一位同事都來自中

國,所以就對我們說,開學第一周,學生剛剛報到,上課還不一定有人,有的來得比較遲。給他們上課,形式要活潑自由,不要讓他們感到拘束,他們應該學得很開心。到了上課時,我還像在國內那樣提前幾分鐘來到教室。只見教室外走廊的長椅上只坐著幾名學生,等著進教室。我想可能是上課時間沒到,再過幾分鐘學生就會來的。可是,等到我上課時,只到了十個人,才到了一半。後來在中途休息時才又陸續來了兩三個。最為自由的是這些學生還可以給自己放假。12月29日下午有一學生打電話給我,告訴我第二天同學們都回家了,不來上課了。而學校的正式放假應該是 12 月 31 日,這樣他們就給自己多放了一天假。我把這情況與學校有關人員談了,對方告訴我這是常事。這些學生看起來似乎太散漫了,在我們國內一定會受到嚴厲的整頓,許多學生可能會因此受到紀律處罰。可是在泰國這一切都很正常。這些學生雖然比較自由,但是學習比較認真,一旦上課,總是與老師相配合,努力把老師教的學好。說漢語,寫漢字,對於許多外國人來說是很頭疼的事,但是我所教的學生學得相當投入。我教他們說漢語,他們看著我口形的變化,一遍一遍地練習,而且比較大膽,所以發聲響亮;我教他們寫漢字,他們跟著我一筆一劃寫得非常努力。經過三四遍練習,他們的發音基本到位,漢字也寫得比較漂亮,雖然免不了出現一些錯字和顛倒筆劃順序的。泰國學生自由活潑而不失禮節。在校園裡,無論走到哪裡,無論是否認識,只要見到老師,這些學生都會非常恭敬地微微彎腰,雙手合十,對著老師微微一笑;如果是在路道上,他們還會謙讓到一邊,讓老師先走,非常可愛。每次下課時,學生們都會集體起立說:「謝謝老師,老師再見!」尊敬中含有感恩之情。由此可見,這裡的學生是非常尊敬老師的。學生之所以尊敬老師,應

該說是有整個社會都尊敬老師的大環境。而老師之所以贏得人們的尊敬，不只是一個民族的文化傳統問題，而是教師同樣尊敬學生，尊敬他人。

　　另外值得一提的是，在烏汶皇家大學的校園裡，很少有學生戴眼鏡。與他們相處了一段時間之後，我問他們是不是戴了隱形眼鏡，儘管我是用英文問的，但是她們還是顯出一臉的茫然，根本不知道什麼是隱形眼鏡。不像在中國的校園裡，無論是大學、中學，還是小學，甚至幼稚園都見到學生戴眼鏡。這固然與保護眼睛有很大的關係，但是從根本上說，泰國學生的學習是非常輕鬆的，升學和就業的壓力決不可能與中國的相比。

獨特的建築

　　泰國的建築大多是富有民族特色的，因而一般的旅遊指南和書報雜誌上都有介紹，有的還配有精美的照片，我再敘述，看來有點多餘。不過，仔細觀察，覺得還是有點東西值得寫的，然而，真正要將這些建築的特徵準確地描述出來還是比較困難的。

　　真正富有泰國民族特色的建築基本上具有佛教色彩。在烏汶皇家大學的校園裡，就是最新的建築都體現著民族的文化色彩。最突出的要數位於校園西南部位的文化藝術大樓，該建築是這個校園裡的最高建築。該建築就像東南亞常見的佛塔一樣層層疊疊堆積起來，雕刻精緻的泰國龍做的飛簷，紅色的琉璃瓦，坡式的屋頂，白色的牆面，精美的浮雕，就像一尊巨大的工藝美術品，非常壯觀。

　　校園裡的其他建築基本上也是大坡面的屋頂，紅色的，牆壁也多是白色的，只是沒有文化藝術大樓那樣的層層疊疊和精美的浮雕。但是許多建築物的頂部都有尖狀裝飾物直指藍天。有的是佛塔的形狀，有的比較抽象，是由幾個大小不一的菱形組合而成，在我看來，這種尖狀裝飾物上端的那個較大的菱形是一個泰國人雙手合十高高舉起，高過頭頂。中間較細小的菱形該是其腰身，最下麵那個較扁的菱形就像一個人盤腿而坐或者弓腿半蹲狀。所以，見到這樣的屋頂裝飾物完全可以將其想像成一個藍天下的一個舞蹈女子或者一個虔誠的佛教徒。

　　在皇家大學行政樓前左側通往大門的路旁，有一製作十分精緻的微型建築，就像是微縮的寺廟，雖然只有一人高左右，卻也十分

精美，金黃的色彩，精細的雕工，聳立的佛塔，讓人看了倒也肅然起敬。在這建築物前，還有虔誠的信徒獻上的飲料、只能裝 10 幾克水的小杯子、大約十公分的人和大象之類的塑像以及類似於藏族人獻給尊貴者的哈達一樣的絲織物。這樣的建築物在上面提到的文化藝術大樓的前面右側也有，但是這個略大一些。這樣的建築在烏汶的街頭幾乎是隨處可見，從規格上看，大的如一座高塔，位於烏汶正在修建的公園裡的，大概是最高的，大約有 15 米高，小的只有 1 米來高。但無論大小，都有人獻上自己的供品；從造型上看，有的中間是一尊神佛的雕像，有的像是微型的寺廟，有的是一組緊密相依的塔林；從色彩上看，有白色為主的，更多的是金黃色。皇家大學大門對面的街道邊就有一尊這樣的微型建築。看到這些建築，我們不能不承認：這是一個藝術的民族，無論在什麼地方，在什麼時候，這個民族都顯示出非常突出的藝術天賦。

就烏汶的建築來說，給人的印象除了上述之外就是：一、高層建築不多，大多是三四層樓，所以基本都掩映在翠綠色的樹木之中，再加上紅色的或者橘黃色的屋頂，真給人以「萬綠叢中一點紅（黃）」的感覺。二、城市裡還保留著不少傳統的泰式民居，就在 LOTUS 超市的大賣場附近，還可以見到許多木製民居，看上去就像中國境內傣族人居住的木樓，樓旁長著寬大的熱帶植物，相映成趣，很具有田園情調和熱帶地區特色。三、在烏汶也可見到一些現代建築，不過，其面目大多為 SONY 或者 HITACHI 等日本產品的看板所遮掩。四、一般建築的一樓都有相當寬大的走廊，大概是這裡的陽光比較強烈，人們盡可能行走在走廊裡或者到走廊裡吃飯納涼。所以，烏皇大的飯廳可以說就設在巨大的走廊裡。因為，除了賣飯的一邊之外，只有廊柱，沒有牆壁。

人與自然

　　從上面的敘述中，有些讀者或許已經看到了泰國人雖然生活在現代社會裡，但是他們仍然與大自然親密相處。就在我乘坐的飛機飛臨烏汶的時候，我從空中看到的是一片鬱鬱蔥蔥的綠色樹木。在烏汶的大街小巷一跑，覺得這個地方樹木繁茂，不像中國的某些城市，除了人工草坪之外，已經很難看到自然的綠色了。再看那些市民的住處，也是樹木參天。由於他們的住房一般都是兩三層小樓，而且彼此間隔較遠，因而房前屋後都長著高大的椰子樹、芭蕉樹、榕樹等熱帶植物。而在中國，即使是小縣城，居民樓也有六七層，遠遠高於一般的樹木，而在上海這樣的大都市里，居民樓高達 20 多層、30 多層的，甚至還有更高的，因而距大自然的綠色十分遙遠，即使在陽臺或客廳養點盆栽花木，也相當可憐。之所以形成這樣的鮮明對比，一個最重要的原因是泰國人口密度較小，而中國的人口密度實在是高得不能再高了。正是由於人口稀少的原因，烏汶市區內可以見到許多空地，上面長著茅草和樹木，甚至還有大小不一的池塘。顯然，這些空地和池塘仍然是自然形態的，既沒有長蔬菜或者莊稼，也沒有栽上名貴的花草，池塘沒有改造成魚塘。可以想見，烏汶的地皮價格一定很低，決沒有中國許多城市的寸土寸金的地價。而正是這種自然形態的空地和池塘，雖然並不十分美觀，甚至還有點雜亂，但是卻使人與大自然的距離縮短了。因為，在我的住處，不用走出房間，就可以聽到各種鳥的叫聲，非常悅耳，讓人感到愉快的是每天一早我都可以欣賞到多種鳥的鳴叫歌唱，自己感覺

就像是進入了春天的大森林，感覺到大自然原來是如此之親近。稍感遺憾的是，這些池塘的水主要是雨水的聚集，沒有流動，而且落入較多的雜物，因而水質不好，不夠清澈，不能跳進去痛快地游泳。總之，從烏汶的情況看，泰國的這種人與自然的親近基本上還是屬於原始式的，因為這裡的許多地方給人的感覺就是沒有開發，所保持的只是自然的原初狀態，所以許多地方顯得十分雜亂。如果這是原始森林裡的景象，倒也顯示出對自然的保護，可是我們所住的是烏汶城市，這只能說烏汶的環境並非工業化時代人為保護的結果，不能說明其環境保護的成就。不過，住在這個城市裏，雖然不時聽到令人心煩的摩托車和其他車輛的吼叫，但是當聽到幾聲犬吠和公雞打鳴，確實讓人感覺回到了傳統社會的田園生活之中。

泰國的速度

當我寫下這段文字時，我就猜想泰國朋友讀了可能不高興，但是我以為真正有點雅量的泰國朋友還是能夠接受的，因為這確是事實，將其寫出來，真有一種不吐不快的感覺。

在泰國的口語中有一句話，就是「剎查」，意思是「慢慢來」，不要急。在泰國生活一段時間，感受最深的就是時間觀念不強。在烏汶皇家大學，無論是當地的教師，還是學生，上課就有許多遲到的。如果在中國，學生將受到嚴厲的批評，次數多了將被通報批評；教師遲到，則算教學事故，是要扣獎金的，嚴重的還會受到通報批評，將來評職稱都可能受到影響。但是泰國人的遲到卻是家常便飯。在我的課上，只有極少數學生不遲到，有的甚至整個班級的學生都遲到。由於漢語系主任事先給我講了，所以我有思想準備，光靠一兩次強調來改變這個習慣，顯然是不可能的。

既然什麼事都可以「慢慢來」，那麼在這裡講課是不需要制定詳細具體的教學計畫，直到上課時才考慮到教材的事。我的一個班的教材是現時編寫的，這確實給了我的教學以很大的自由，我可以根據學生的現狀實施相應的教學。

在日常交往中，有些泰國朋友也很難守時，與你約好的時間，遲到 10 到 20 分鐘，甚至半個小時並不稀奇，當然也沒有抱歉和內疚。我瞭解到他們的這個特點，於是我每次將約定的時間提前半小時左右，以儘量減少因等候而浪費的時間。在皇家大學報銷大概是最慢的了，一個學期的開學初開始辦的報銷的事，到了學期快結束

的時候仍然沒有影兒。昆明來的同事是 2005 年 10 月底到達烏汶的，沒幾天，她就將按規定可以報銷的飛機票交給辦公室的秘書幫她報銷，秘書很快填好表格，但是單單送給領導簽字就等到 2006 年 1 月下旬，然而報銷的錢直到二月底還沒有拿到。據說，這裡的報銷當在領導簽過字以後，要等會計室通知，還不知等到何時。想想在國內，報銷的事是很方便的，只要領導簽字批准了，可以立即到財務處拿到錢，哪有這種一拖就是幾個月的道理。

　　在皇家大學最慢的大概是電腦上網。這裡的電腦上網出奇的慢。我每次收發電子郵件都要耗費大量的時間。這些時間基本都用在等待上。有一次，為了給一家學報發稿件，結果花了兩個小時還沒有發成功，實在遺憾。如果說中國的寬頻上網是在高速公路上行駛，那麼在泰國上網就像是騎著自行車行走在鄉間的小路上。你急它不急，實在拿它沒辦法。這個時候我非常想念在家上網的那些日子。

　　不過，在泰國也有速度特別快的時候。布里拉姆大學上午十點半到十一點才結束的運動會入場儀式，到了晚上八時左右，這次運動會的宣傳材料就印好發放到各人的手裡，而運動會入場儀式的一些照片已經刊登在上面了。這樣的速度在我們國內也很少見。記得有一次在國內一家高校參加學術年會，第一天開幕式之後拍的照片，直到第 3 天早上回去時都沒有拿到。真正等照片到手還是半年後的事情。還有一次，我在烏汶去一家相片沖洗店加印幾張照片，交完錢後，我問什麼時間可以取照片，小姐告訴我十分鐘過後。過了不到十分鐘，小姐就向我招手，原來她已經從工作間取來了我的照片。此時，我又驚歎這家店辦事速度實在很快，令我敬佩。其實，速度問題說到底關鍵是人的問題，其次才是設備等條件問題。

溫和而有趣的狗

　　泰國人可能特別喜歡狗，在居民區幾乎家家養狗，有的人家養了兩三條狗，有趣的是這裡的狗不像中國的那麼凶，在烏汶差不多一年的時間內，沒有聽說什麼人被狗咬傷，因為這裡的狗總體來說性情溫和而且懶散，隨地而臥。到了烏汶，就在道路的中間便可見到臥著一條狗。無論是行人還是車輛，行至牠面前，牠不僅沒有以挑戰者的姿態向來人或車輛狂吠，而且幾乎連叫都懶得叫一聲，牠只是不慌不忙地爬起來，朝旁邊挪動幾步，再臥躺牠的，讓人覺得這是一條老爺狗，那種從容自若的神態不能不令人感歎。泰國的狗雖然遠沒有中國富貴人的寵物狗那麼漂亮和憨態可掬，卻也一定受到主人的寵愛和嬌慣。瞧，有些人家的狗竟然躺在桌子上，就像堆放著的一攤舊棉絮。不過，到了夜裡，這些狗可神氣了，若是某一條狗先叫起來，那麼接下來便是附近所有的狗都跟著叫，叫聲形成了一片，形成了狗叫聲的汪洋大海，整個地區的夜晚都陷入其中，讓人不得安寧。而且，有的狗叫聲比較奇特，很像是狼的嚎叫，淒厲而悠長，到底怎麼回事？一直沒有搞清楚。只是狗的主人從來就沒有意識到自己的家犬嚴重影響了別人的睡覺，而且永遠不會因此而產生歉意。這裡順便說一句題外話，許多泰國人不懂得尊重別人的休息的權利，即使深更半夜都會在房間裡大聲喧嘩或者將電視的聲音開得很大，根本沒有考慮到別人的存在和休息。這也是缺乏現代人的基本素質。

　　在皇家大學餐廳就餐時，我碰到過這樣一條狗。這是一條黑狗，每到我吃飯的時候，牠就坐在我的身邊，不聲不響，盯著我

看。最初，我沒注意到牠的存在，只是在吃自己的飯。突然，我
感到自己的腿被什麼輕輕地碰了一下，回過頭一看，原來是這條
黑狗伸出牠的前爪拍拍我，希望我注意到牠的存在。從牠的眼神
裡可以看出，牠是想我扔點東西給牠吃。我挖了點飯給牠，牠立
即低下頭吃了。吃了之後，牠又抬起頭望著我，眼睛裡依然是那
種乞求的目光，一聲不吭，等著我的施捨。我吃完飯，牠就走到
其他人的身邊，還是那樣坐著。我覺得很有趣，就在一旁觀察。
這條狗見別人沒理牠，還是像剛才那樣，伸出牠的一隻前爪，輕
輕地碰一碰吃飯的人。如果人家不願給牠，牠既不吭聲，也不離
去，就那麼默默地坐著。後來的一段時間裡，我每次來就餐，牠
都坐在我身邊，注視著我吃飯。

　　還有潘亞住處的狗也很有趣。潘亞（Panya）是我的學生，來
自越南，他的住處離我的很近，而且他又是一個中國象棋愛好者，
所以我有一段時間經常到他的住處和他下象棋。潘亞是和他的越
南同學一起合作租的房子，但是沒想到他們幾個居然也養了一條
小黃狗。記得我第一次到潘亞那裡去，牠先向我叫了幾聲。當遭
到主人的呵斥後，牠似乎很委屈地待在門外邊一聲不吭。晚上當
我回去的時候，我發現脫在房間門口的鞋子不見了。泰國人習慣
將鞋子脫在門外，一般來說，沒有人偷鞋子。於是，潘亞等人趕
緊出來幫我找鞋子。在我脫鞋子地方及周邊地區都沒有找到。後
來，潘亞來到大門外終於找到了我的鞋子。潘亞這裡，沒有小孩，
顯然就是這條小黃狗將我的鞋銜過來的。牠將我視為陌生人，也
就不允許我的鞋子與牠的主人們的放在一起。不過，就這一次。
後來這條小黃狗與我鬧熟了，每當我來到牠的主人家時，牠就湊
上前來，用鼻子嗅一嗅。當我下棋的時候，牠常常就盤坐在我的

腳邊，還不時用舌頭舔舔我的腳，或者用牠的身體蹭蹭我的腿。我臨走時，牠居然搖頭擺尾地跑到我的鞋子邊嗅了嗅，彷彿在告訴我那是我的鞋子。當我騎上自行車的時候，牠還在我的車子前邊搖頭擺尾地小跑，在為我送行。

水燈節

　　2005 年的西曆 11 月 16 日是泰國傳統的水燈節。關於這個節日的由來，當天專門來皇家大學遊玩的泰籍華人 F 向我作了介紹。最初的水燈節是為了感謝河神賜予人們這許多的水，同時人們在為自己弄髒了本來清潔的河水表示歉意。後來，水燈節的文化內涵發生了變化。人們在這個節日裡放水燈，自己默默地許個願，然後將燈放在河水上注視著它飄流向遠方，直到消失。現在的水燈節更多的已經儀式化，通過放水燈，人們慶祝節日，顯得熱鬧。其實，中國也有自己水燈節，中國的水燈節當然不像泰國的這樣熱鬧，當然也不普遍，只有在少數地方，少數人還想著有這麼個節日。每年的農曆七月十五，人們在河裡放燈，表達的是對死去的親友的悼念，所以比較肅穆，其文化內涵與泰國水燈節的不太一樣。

　　在一位泰國同事的帶領下，我們來到皇家大學西側的河邊，先是看別人放。我們來到河邊的時候，已經是晚上 8 點多鐘（曼谷時間）了，河邊彙聚著不少人，男女老少都有。絕大多數人手裡拿著水燈，來到水邊，非常虔誠地來放水燈。所以，碼頭邊聚集的人很多，幾乎是人挨著人。河水裡漂浮著許多各種形態的水燈，蠟燭的火光在河水的映照下確實很好看。就在放水燈的人群中，F 遇到了一個熟人，她直接用漢語跟他打招呼。後來她向我介紹到這是來自雲南的旅泰華僑 X 老師，並將我介紹給他。他的身邊還站著他的夫人，夫人懷裡抱著他們的孩子。打過招呼，我才知道他在一家天主教教會學校教漢語，他的夫人雖然是地道的泰國人，卻也會講漢語。他們一家晚上過來就

是放水燈的。既然是水燈節，F和我的泰國同行當然也要放水燈。於是，她們帶著我來到河邊草坪上賣水燈的攤子前買水燈。F因為信佛，首先考慮的是魚能吃點東西，於是選了麵包做的水燈。這水燈的製作比較簡單。就是在一塊較大的麵包上加點裝飾性的花邊，再在其上插三四根香，香的頂端綁著一根小蠟燭。這樣的水燈售價是30泰銖。我們每人買了一隻。我之所以買一隻純粹是入鄉隨俗。在付錢的時候，F說應該是各付各的錢，這樣才顯得心誠。買了水燈之後，她還告訴我要在燈座上放幾枚硬幣，還要拔一根頭髮放在燈上，至於這到底寓含著什麼意義，她沒講，我也沒有問。

　　水燈節除了放水燈，就是文藝表演和其他藝術展示活動。在烏汶皇家大學裡，這天晚上非常熱鬧。行政辦公樓西側的縱路和前邊的橫路上幾乎擠滿了學生臨時搭建的棚子，裡面擺放著他們自己製作的各式小商品，有吃的，有工藝品，有鮮花，還有一些介紹他們以前活動的照片，有做遊戲玩的，有的還放映投影電影或者電視。整個道路就像一夜之間冒出來的集貿市場。晚上，這裡真可以說是人頭攢動，各個廣播喇叭在這裡似乎在搞一場比賽，放開了喉嚨，於是各種音樂聲在這裡匯成一股洶湧的聲流，直逼人的耳朵，簡直讓人難以招架，搞得校園的西部就像是節日裡的集貿市場一樣，非常熱鬧。就在這條縱路的西側操場上，北邊搭起了幾十平方米的大舞臺，學生們穿著泰國傳統的民族服裝，正在表演文藝節目，競選水燈小姐；南邊的空地上矗立著好幾盞一人多高的彩燈。這些彩燈基本上是泰國佛寺或者神龕的造型，但形態各異。彩燈的製作材料以芭蕉葉、鮮花為主，再加上布料、色彩鮮豔的塑膠紙、蠟燭等輔助性材料。彩燈的中間穿著電線，上部披掛著一串串微小的彩燈。仔細看那彩燈，不僅富於想像力，而且製作精細，可見學生做得非

常細心，他們的製作技藝也很高超，決不亞於民間的手工藝人。彩燈的四周也可以說是人頭攢動，許多人帶著相機在燈前拍照留念。F問我怎麼沒有帶相機來，我說忘記帶了。其實，我的相機是傻瓜型的，晚上拍不出什麼好的效果。一年一度的水燈節沒有拍個照片做紀念確實有點遺憾，因為明年的這個時候我已經回國了。這使我想起 F 常常對我說的一句話：「機會可遇不可求，否則稍縱即逝，等其失去，已經追悔莫及，所以一定得抓住。」

只出冷氣的空調

　　中國的空調可以根據天氣氣溫的變化調節室內的溫度，大多是夏天出冷氣，冬天出熱氣；可是泰國空調卻似乎只出冷氣而不出熱氣，即使是在一年中最冷的 11 月到 1 月份。從昆明來的同事 L 最怕待在辦公室裡，她常常感到辦公室裡很冷，這當然不是國內冬天到來的那種寒冷，因為這裡的門外現在仍然是陽光燦爛，暑氣未消。有時她把手臂伸給我看，瞧，汗毛都豎起來了。再看看，她的手臂上確實起了雞皮疙瘩，她確實感到很冷。大概就是這個原因，她一度感冒了好幾天。辦公室的冷，我也感覺到，只是我的感覺不像她那麼強烈。顯然，這裡的空調氣溫打得比較低。L 問我，這裡的空調溫度為什麼打這麼低？這不是浪費電嗎？凡事如果在本身上找不到原因，問題就出現在與之聯繫密切的外部事物上。其實，空調究竟打在什麼溫度上才合適，看來還是泰國同事根據自己需要確定的。那麼，他們為什麼要將溫度調得這麼低呢？我通過觀察漸漸地明白了：原來泰國人大多穿著西裝或者春秋衫之類的衣服進辦公室。既然室外的溫度那麼高，起碼得在 25 攝氏度以上，難道他們就不怕熱嗎？其實，他們上下班不是騎摩托就是駕駛帶空調的小汽車，根本不用考慮到天氣的高溫。而當他們穿著西裝或者春秋衫之類的衣服進辦公室，空調不打那麼低行嗎？再說，穿西裝打領帶上班還可以顯示人的高雅和莊重。

泰國的棋

　　在烏汶路邊的石桌上經常看到一些散放的啤酒瓶蓋子，我最初感到納悶，為什麼有人跑到路邊來喝酒，臨走時將瓶子帶走，只留下這些蓋子？後來我從一座高架橋的邊上經過時看到了兩位車夫在對弈，於是明白了。原來，泰國也有一些人喜歡下棋。他們的棋既不像中國象棋和圍棋那麼複雜，也不像國際象棋那麼豪華。倒有點像中國民間玩的五子棋。不過，其棋理倒有點像國際象棋。因為它的棋盤基本上與國際象棋一樣，可是它的棋子卻與五子棋一樣，每個棋子看不出身份的差別。這樣，兩個人隨意在地上畫一棋盤，找些啤酒瓶蓋子來，一方正放蓋子，另一方則反放蓋子，兩個人就可以撕殺起來，真是有趣。玩起來就是這麼簡單方便，既不像中國的五子棋需要大的棋盤和許多棋子，也不像中國象棋缺一子（除非少的是可以讓的棋子）則不行。有一次晚上散步，我遇到兩個人在路邊下這種棋，於是湊上去看了一會兒。原來這棋每方兩排，每排5個子，行棋是斜著走，目的是吃掉對方的子，保護自己的子。吃棋的方式是隔一格或者兩格吃對方的子。不過，就在自己吃對方子的時候，自己的子很可能已經落入對方的圈套而被人家吃掉。所以，下這種棋既需要敢於拼殺的勇氣，又需要相互配合統一謀劃的策略。大概是為了方便人們下棋，許多石桌上都印著那種黑白方塊相間的圖案，就在皇家校園裡也印了不少，不過，可能是人們忙於其他事情，在露天下棋的還不是很多，所以很少見到。我很想學習

下這種棋，可是問到許多熟人，他們竟然都說不會，看來這種棋的
下法只是在民間流通。

詩琳通公主大壩

　　從烏汶市區的北邊往東再往東南方向去，乘汽車大概行了一個小時左右，經過一個叫做「小芭堤雅」（芭堤雅是曼谷東南部一個非常著名的海邊風景旅遊勝地，這裡所謂的「小芭堤雅」是說這個湖邊也有泰國著名的海邊旅遊勝地芭堤雅那麼美）地方之後就來到了著名的風景旅遊勝地──詩琳通公主大壩。泰國是一個君主立憲制國家，國王是國家的象徵，全國人民都很熱愛國王，對王室成員也很尊敬。據說，詩琳通公主曾經大駕光臨過並且下榻於此，因而，這個美麗的風景勝地便以「詩琳通公主」命名，這是烏汶人表達對皇室的敬重和皇室對烏汶的厚愛。

　　詩琳通公主大壩的風景其實並不在人工建築大壩的本身，而在於這裡的山、水和泰國式建築。這個風景區就是大壩建成後形成的一個大水庫──但是我還是喜歡稱其為「湖泊」。來到湖邊，自然可以看到大壩，但是更吸引人們目光的是這裡的自然風光。以椰子樹為主的高大的熱帶樹木立於湖邊，湖水清澈碧藍，就像大海一樣。不過，湖的對岸一抹青山清晰可見，層次分明而且起伏有致，環抱著這個美麗的小湖。湖上只有一艘輪船──可能是巡邏用的──停在大壩附近，看不到其他船隻。

　　國內的湖泊我見過不少，坦率地講，很少有詩琳通公主大壩風景區這麼美的。杭州的西湖固然有遠山環抱和翠柳相映，但是她與無錫的太湖、武漢的東湖一樣，水質太差，實在不能讓人恭維，未到湖邊就聞到一股水臭，至今是否已經治理好，還不得而知；嘉興

的南湖雖有湖心島的點綴，但是畢竟太小，而且多少沾了點政治的光；揚州的瘦西湖比較精緻，景色優美，但是比較狹小，只有站在廿四橋附近往東看過去，才顯得視野開闊，然而總體來說，沒有山的映襯，總讓人覺得缺少點什麼；北京頤和園的昆明湖確實是北京的驕傲，但是給人的印象是缺少一點秀氣，也許我到的不是時候，感受不到她的秀美。尤其是湖上的船隻太多，甚至讓人覺得有些擁擠；南京的玄武湖因為湖畔建了一些遊樂設施，變得有點不倫不類；新疆的賽里木湖與天山天池，湖水清澈碧藍，周邊青山起伏，而且散落一些牧人的帳篷，景色倒是很美，就是有點人氣不足。相比之下，詩琳通公主大壩風景區既有湖水映現藍天白雲，又有綠樹青草林立，還有泰式建築立於樹木之中，不多不少遊客的出沒，而且沒有喧囂的聲音和煩雜的車輛船隻，真讓人覺得這是人間仙境。

泡點岩

　　泡點岩的英文名字叫「Pha Taem」，這是烏汶的一處國家自然公園。這裡的地貌比較特殊，山的起伏不大，樹木低矮，草叢不深而且稀疏。許多地方可以看到裸露出來的黑色的石頭。這些石頭看上去就像是遠古時代一次火山噴發後流出的岩漿形成的，因為這些石頭分明是液體凝固而成的。我們到這裡主要不是觀賞火山熔岩的，而是要看懸崖邊的風景。火山噴出岩漿應該是四處流淌，可是不知什麼緣故，到這裡卻形成一個斷崖，斷涯下是一大片非常開闊的平地，遠處幾公里的地方便是東南亞地區著名的國際河流湄公河。河的那邊很遠的地方才有山的輪廓。令我不明白的是這個斷崖是怎麼形成的？斷崖的那一半哪裡去了？為什麼沒有形成通常地質斷裂帶所常見的大峽谷？這些問題只好留給地質學家們去研究吧。我們站在懸崖邊上，向遠處眺望，視線十分開闊，只見湄公河飄流而過；如果將視線收回，腳下便是一片蔥蘢的叢林，很有居高臨下的感覺。當遠處的風習習吹來時，那真是心曠神怡的感覺。飽賞了自然風光之後，我們由導遊帶著從右側沿石階而下，大約行了幾百米，來到了一處石壁下，觀看石壁上的岩畫。這些岩畫就同中國的雲南、連雲港的將軍崖等地的岩畫一樣，歷史非常久遠，少說也有大幾千年，也可能有上萬年的歷史。岩畫上有大象、魚、鹿以及烏龜等動物，還有一些類似炊具和容器的物件，可以看出原始人當時的生活方式和審美形式。可惜的是導遊是用泰語講解的，我一句都沒有聽懂。不過，從其他遊客不時發出的笑聲中可以推斷出他講得十分幽默有趣，非常吸引人。

　　從泡點岩的懸崖處往回走大約幾分鐘的路程，路的右側有三四座形狀很像蘑菇的巨石。由於天色已晚，忙於趕路，車子沒有停下來，我們也就未能仔細地欣賞並拍照留念。

老撾邊境

　　2005 年 11 月 26 日，由大湄公河區域高等教育人才發展戰略會議主辦者烏汶皇家大學組織會議代表到烏汶府境內一些地方去旅遊。作為皇家大學的外籍教師，又由於揚州大學與皇家大學的密切的合作夥伴關係，我也參加了這次旅遊。由於烏汶府與老撾相鄰之便，同時為了滿足人們出國或者跨越國境的新奇心理，參加旅遊的人被帶到了泰老邊境，一個人只花了 5 泰銖，我們便被允許跨過邊境來到老撾境內。進入老撾，我們所待的時間雖然不長，只有 50 餘分鐘，而且這個邊境小鎮到底叫什麼名字，我也沒有弄清楚，但是那裡給我們的印象還是新鮮具體的。一跨過邊境，就可以明顯感覺到意識形態的差別，泰國一邊所掛的是紅白藍相間的五條國旗和黃色的國王旗，而老撾這邊則在國旗的邊上還掛有共產黨的黨旗，與中國一樣。與此同時，感到老撾明顯地比泰國貧窮，在泰國這邊，很少有乞丐，而到了老撾這邊乞丐明顯增多，好在這些乞丐不像中國的那樣騷擾遊客。在老撾這邊的公路邊上，我看到了一些小孩衣服破舊骯髒，有一個大約兩三歲的小男孩竟然沒有穿一件衣服，許多人顯得面黃肌瘦。不過，老撾邊境的管理人員顯然與這些人不是一個階層的，一個個大腹便便，比較神氣。在距邊境入口大約 100 多米的地方，有兩三家免稅商店，出售著東南亞國家和中國生產的各種消費品，其中最顯眼的是各種煙酒和 VCD 碟片。緊挨著的是面積很大的成片的小商品市場。我在一位名叫陳燕的泰國學生的陪伴下，逛了這家市場。市場裡可以說是攤位林立，賣的大多數是小型

電器、布匹衣飾、碟片、工藝品等等。在一家攤位前，我見到了一塊匾額上有「馬到成功」的漢字，便問我的學生：「你認識這幾個字嗎？」那邊老闆立即走了過來，用漢語問我「你是華僑嗎？」我說我是中國人，剛剛從國內來不久。同時，我根據相貌判斷他可能是中國人，便問他是不是中國人。就這樣，我們攀談起來了。他說他來自湖南，在這裡做生意，我問他這裡的生意怎麼樣，他說馬馬乎乎。同時他還告訴我在這裡做生意的中國人還很多。後來我轉到其他攤位，果然看到不少人很像中國人的相貌。一同他們搭腔，他們果然都是中國人，大多經營小型電器生意，而且幾乎都是來自安徽安慶的。一聽說我來自與他們相鄰的江蘇揚州，他們顯得十分親切。在一片漢語交談中，我有一種回國的感覺。不過，在與同胞的接觸中，也有不那麼令人愉快的事情。我走到一位華人攤位前，拿起一台深圳產的收音機問老闆：「這收音機品質怎麼樣？」她一聽我說的是漢語，便問我是中國人嗎？我說是。她說你是中國人竟然說中國的產品品質不好，接著她又升級了，你說中國產品品質不好，就是不愛國。聽她的口氣，不像是開玩笑，似乎只有買了她的商品，我才是一個愛國者。真可悲，國內「文革」中那種無限上綱，扣大帽子的思維習慣竟然搬到了國外。好在我的學生並不很懂中文，否則我真不知這位同胞推銷商品的拙劣方式是多麼丟人。

越南朋友

　　2005 年 11 月 26 晚，旅遊回來後，皇家大學在一家飯店請吃飯。與我們相鄰而坐的是來自越南的代表。經過舉杯相碰之後，我們相互認識了。其中有兩外特別熱情，他們不僅給了我名片，還將他們的本子遞給我讓我簽名留念。我看那名片：一位是 LE THI XUAN LIAN（李提宣蓮）女士，另一位是 THAWEE（塔威）先生。李提宣蓮女士，大約 40 歲的年紀，熱情大方，主動與我握手，並且多次與我打招呼，表示歡迎我去越南，在皇家大學文化藝術大樓門前送了我一盒越南產的即溶咖啡，實在令我感動。塔威先生與我鄰座，他遞給我名片後要我音譯成漢字寫在他的本子上。他將他的漢字名字寫著「塔威」，他非常喜歡，並且要我寫大一些，自己又練了起來，顯然他對漢字產生了濃厚的興趣。同時，他還將我的名字譯音用越南語寫了出來，可惜我沒帶本子，而且沒有記住，確實有點遺憾。

　　在我教的學生中，就有一位來自越南。剛剛見到他時，我問他的漢語名字，他說沒有，我便問他的英語名字，他寫出的是「Panya」，於是我根據這幾個字母，給他起的漢語名字就叫「潘亞」。上了兩三次課之後，他和我鬧熟了，便問我是否會下中國象棋。他的問話中漢語夾雜著英語。我感到很驚訝，在這異國他鄉，居然還有人對中國象棋感興趣。我本來就是一個棋迷，儘管棋藝不怎麼精，常常做了人家的棋簍子。所以，他一問到下象棋的事，我就來了興致，問他是否也會下棋。他說他不僅會下棋，而且還備有一副中國象棋，

真是太好了。更讓人想不到的是他就住在我的附近，站在我的窗前可以看到他宿舍的門，徑直算起來，從我的房間到他的住處不過二三十米，就是繞過一個院子，也就 100 多米，這給我們常常切磋棋藝帶來很大的便利。以往我在烏汶街上下棋，常常要跑差不多兩公里，現在不用跑了。他一有時間就打電話給我，要與我下幾局，可以看出他的棋癮與我一樣大。最初與他下棋，覺得他的棋藝並不怎麼樣。可是，下了幾次以後，他的的棋藝大有長進，竟然與我勢均力敵，不分上下。可見他還是十分聰明的，很有悟性。更重要的是他漸漸地聽懂了我說的有關下棋的漢語。就這樣，我的這個學生成為我在烏汶最重要的棋友。由於常常到他的住處去下棋，與他住在一起或者經常來往的幾個越南學生也都搞熟了。他們對我總是熱情打招呼，顯得很有禮貌。他們的房間裡張貼的越南地圖和越南的風景畫給我留下深刻的印象，他們平時做的飯菜也多是越南式的，而不是泰國式的。從這些細微的生活小事可以看出，他們不僅只是一般的青年學生，而是具有一顆火熱的愛國心的越南公民。

好色的蚊子和螞蟻

「瞧，蚊子又咬我啦！」在辦公室裡，同事 L 伸出她的右手臂給我看，上面確實新增加了幾處紅腫的小疙瘩，同時，她還給我看了她的額角、小腿和左手，上面也都散佈著一些紅腫疙瘩。她說她的小手指外關節處給蚊子叮了一下之後，一個晚上都不能動彈。她已經多次像這樣伸出手臂給我看。從她手臂上的紅腫疙瘩來看，這裡的蚊子著實厲害。就那麼叮了一下，讓 L 感到既疼又癢，就是搽了一些藥水（膏）也不管用，這使她頗覺難受。眾人看了，然而愛莫能助，就是幫不上忙，拿不出主意幫她解除這一痛苦。不過，讓人感到奇怪的是其他人很少像 L 這樣受到蚊子「青睞」的。我在來烏汶的一個多月裡，從來沒有遭到蚊子的襲擊。而且，有些泰國人晚上坐在樹木下聊天，周圍還有一些雜草，看他們神情自若的樣子，顯然沒有受到蚊子的騷擾。我每天吃過晚飯，一般都要到外面散步，有時還從草叢樹木旁經過，也沒有遇到一隻蚊子。有一次，我和 L 一同在當地的一位華人家作客，大家同在一間屋內，可是不久 L 就說蚊子叮了她，而我卻沒有感到蚊子的存在，而且我也沒有採取任何防護措施。實在搞不清楚泰國的蚊子專門攻擊 L 的理由。於是我就同她開玩笑說：「看來泰國的蚊子特別好色，專門親近美女。」

L 不僅時常受到蚊子的叮咬，而且還受到螞蟻的侵犯。有一次，L 告訴我，說螞蟻咬了她，最初我還不太相信，在我的印象中，很少聽說有人受到螞蟻襲擊的。我們平時看得比較多的是某個油膩的或甜的食物稍沒收藏好，就會有排成隊的螞蟻前來光顧。有時在下

雨之前可以看到成群的螞蟻忙著搬家。有的時候，有些螞蟻爬到我的身體上，我就將它們揮掉，也沒事。可是這一次螞蟻竟然向人發起了進攻真是罕見。L 說著，便讓我看她的左腳，螞蟻叮咬的地方，竟然有一大片腫了起來，通紅通紅的，幸虧穿的是拖鞋，如果穿一般的鞋子恐怕就更疼了。L 說螞蟻是在前一天晚上咬了她的，那是一隻紅紅的小螞蟻，就這麼咬了一下，居然立即引起了她的過敏，於是全身痛癢難忍。我問她怎麼不去醫院看看，她說醫生給了點內服藥，沒想到吃了藥，直打瞌睡。幸虧那天是星期天，不用上班，我說既然想睡覺，就回宿舍睡覺吧。

　　對於她這種時常受到蚊子和螞蟻侵擾的現象，L 自己認為這與她的血型有關。據瞭解，L 的血型是 O 型的，這種血型的人還是比較多的，相比之下，像我這種 AB 型的人則比較少。問題是為什麼那麼多 O 血型的人沒有成為受害者，而偏偏她常常被叮咬，而且反應如此之嚴重。由此看來，很可能不是血型問題，而是其他什麼問題。即使是血型問題，極有可能是她的血在 O 型中屬於那種比較罕見的特殊的一類。總之，L 的這種情況是值得醫學工作者好好研究的。

奇怪的 A

「哎呀，我實在受不了了！」同事 L 早上一見到我就抱怨，我知道她這是說泰國同事 A 常常賴在她的宿舍直到十二點的事，像這樣的抱怨已經不是一次了，只是這次抱怨更加強烈。我忙問 L：「怎麼啦？」「昨天晚上的事真叫我噁心！」「到底怎麼回事？」於是 L 向我敘述了前一天晚上的事。本來是一位澳大利亞來的教師請客，但沒有請 A，可是她也跟著 L 要去。到了吃飯的地方，澳大利亞來的教師問 L，A 怎麼來了，L 覺得很為難，只好說不知道。飯間，A 喝了好幾杯啤酒。L 擔心 A 醉了，就請一位同去作客的日本人送她回去，但是 A 拒絕了，卻跟著 L 回到了她所住的招待所。L 非常委婉地告訴 A 明天還要上課，希望她早點回去，但是 A 就是不回去。其時已經是深夜十一點半了。L 說我真不好趕她走，又拿她沒辦法，只好自己先上床睡覺，沒想到 A 竟然不回去，也睡下了。本以為她睡到第二天一早就回去，沒想到她睡了一覺，竟然悄悄地回去了。而 L 睡得太沉，朦朦朧朧只覺得有人開門出去，不知道那時幾點了。

到底這是怎麼回事？我也搞不清楚。L 已經多次說過這些事情，我只覺得奇怪。據知，A 已經 28 歲了，還沒有找男人結婚。在我們中國，像她這樣的，可以說是大齡青年了，然而她又不是那種一心撲在事業上而沒有工夫搞戀愛的人，除了學校的工作，從沒看她靜下心來讀點書。從她開車上下班來看，她的家庭條件還可以，搞點娛樂活動或者找男朋友是沒問題的。可是，她都沒有去，而是

幾乎每天跑到 L 宿舍耗時間，常常是待到十一二點甚至凌晨一點多鐘，搞得 L 常常沒辦法好好睡覺。我有時問 L，A 有沒有跟你談些什麼？L 說從來沒有。A 一來到 L 房間，沒別的，就是看電視，根本不說什麼話，也不評論電視節目，幾乎是悶悶地看電視。第二天晚些時候，我婉轉地問 A 昨天晚上是不是喝酒喝醉了，她沒有回答我的問題，只是反問我：「L 是不是煩我啦？」我告訴她：「L 只是想早點休息，因為她今天早上 8 點鐘還要上課呢！」A 只是沉默，沒有跟我說什麼，我也沒有追問，只是覺得這其中有點微妙的東西。由於我所得到的全是敘述的東西，是不是其間還有什麼隱情不好跟我說，也未可知，看來 A 還是比較奇怪的。更讓我感到奇怪的是這兩個人雖然都曾向我訴過苦，說對方煩，在生氣，但是兩人關係還是很不錯，動不動就跑到一塊兒。12 月 22 日冬至這一天，A 過生日，L 還特地從超市買了一條比較時新的裙子作為生日禮物送給她，並且還買了華美的包裝紙做了個漂亮的盒子用來裝裙子。本來，她們之間的事情都是她們的私情，我不想介入，只是 L 常常以略帶誇張的表情向我申訴。我能怎樣呢？只有簡單地安慰幾句，說 A 人還是不錯的，怕你一個人離開家，在這裡非常孤單寂寞，所以想多陪陪你。A 為人比較直率，並無惡意，你應該多多理解。

　　2006 年 3 月份，A 到曼谷去學習，期待著 L 給她打電話聯繫，但是 L 沒有打電話給她，於是 A 給 L 發來了短信。據 L 講，短信的內容「非常肉麻」，竟然說「我很想你，你不想我嗎？你不理我，我很傷心！」（筆者沒有見到短信內容，只是依據 L 的口述）我也有點疑惑，既然非常想念，為什麼不打電話給 L 直接談談呢？是不是電話費的問題？這又讓人搞得不太明白。但是有一點還是比較明確的，A 雖然已有接近 30 歲的年齡，但是從心理狀態來看，似乎還沒

有成熟，許多方面仍然保留著小孩的特性，她對 L 似乎具有比較強的依賴心理，就像小孩依賴父母或者兄長一樣，儘管 L 比她還小幾歲，但是 A 確實沒有其他可以依賴的人。據說，在 L 來泰國之前，A 每天晚上跑到學生那裡泡時間，後來 L 來了，她就每天到 L 這裡來，這樣她才感到不那麼孤單。一個接近 30 歲的女子，生活在自己的國家，竟然沒有找到可以交往的朋友，如此孤單落寞，對比自己年輕的外國人產生依賴心理，實在可憐。

小芳

　　小芳，全名叫方慧芳，是我到泰國來認識的第一個泰籍華人。2005 年 10 月 26 日，我剛剛到烏汶，一位朋友就告訴我有一位華僑（準確講應該是泰籍華人）請我們吃晚飯。我說：「與人家不認識，怎麼一來就吃請呢？」他說：「既然人家盛情邀請，我們就去吧！結識一下這裡的華人，以後辦什麼事也方便。」比較隨和的我傍晚就和他搭車去了。

　　下了車，朋友帶我進了一家米店。米店裡燈火通明，3 個大人熱情迎接，就像是老朋友一樣，非常親熱。朋友剛剛簡要地介紹了我，就見一位看上去 30 多歲的女士上前作了自我介紹，她叫小芳，那個 50 多歲的男子是她的大哥，另一位婦女是大嫂。圍在桌邊的 3 個孩子分別叫小麗、小明和小寶。作了短暫的寒暄之後，他們一家人帶我們上了車，由小麗開車把我們帶到一家十分雅致的餐廳就餐。一路上，小芳非常健談，興致勃勃地談起她參加臺灣學校舉辦的函授班學習的情況，談到了她對漢語的濃厚興趣，談到了她給來泰中醫代表團當翻譯的事，還談到她信仰佛教，只吃素食。吃完飯，主人告訴我們，本來打算還要唱卡拉 OK，只是小麗還要忙於考試，需要早點回去看書。我們表示學習重要，能在這個時候抽出時間與我們吃晚飯，著實令人感動。就這樣，我和方慧芳結識了。儘管我比她小幾歲，應該喊她大姐，但是覺得最好遵從她的意見叫她「小芳」。

　　小芳是很奇特的人，至今仍是單身。在泰國，單身女子比較多，就連詩琳通公主都沒有結婚，在烏汶，我所瞭解到的就有四五位，

小芳就是其中的一位。據瞭解，小芳，屬馬，生於 1954 年，今年（2006 年）已有 52 周歲，長期以來，一直與她的哥哥、嫂子以及侄子、侄女生活在一起。到目前為止，沒有結婚，看樣子她這一輩子不可能結婚了。她究竟為什麼不結婚呢？從她的言談中可以看出這樣三個原因：一、她以為在自己生活的環境中，如果結婚，她就可能成為家庭主婦而失去生活的自由。她總是希望自己自由的生活不受別人的干擾和支配。這顯然是一個理想主義者的表述。二、她受母親的影響，信奉佛教，對佛主非常虔誠。她自稱自己是沒有出家的佛教徒。同時，她也表示自己之所以沒有出家，就是因為自己的塵緣未了，結識了許多朋友，其中不少是異性朋友，還想享受生活的快樂。我相信她說的是實話，不過，她的這種說法是十分矛盾的。獻身於佛的人根本就不可能很痛快地享受生活。其實男女性事本身就是一種人生享受，而只吃素食同樣使自己不能享受許多美味的食物。既然要享受生活，就應該好好地享受，不應該設置多少框框條條，限制自己；既然獻身佛主，就應該非常徹底，與世俗斷緣。當然，她的目前的這種情況倒是非常有利於我們去深入地接觸她，瞭解她。三、她在為她哥哥的家庭作出奉獻。小芳雖然說自己不願做家庭主婦，其實她仍然沒有擺脫做家庭主婦的命運。她的生活基本上由三部分構成：做家務，包括買菜、燒飯、刷鍋碗、打掃居室以及洗衣服等；到佛堂幹義務活；與朋友外出逛街或者旅遊，此外就是每週一次到皇家大學廣播台做節目等等。而這三部分中，幹家務活占了她一天的大部分時間。她雖然拿出相當多的時間做家務，讓嫂子省去許多事情，但是她從不抱怨，在她看來，她的兩個侄子和一個侄女是非常可愛的，常常給她以安慰。她曾經說過，她的嫂子回娘家去，她的侄子就像商量好的一樣，有一個自願留下來陪她

這個二姑。正是哥哥嫂子和侄子侄女待她特別好，她才願意為這個家庭犧牲自己的婚姻。

不過，小芳沒有結婚，還可能有某些不便說出的原因：一、小芳今年已有 52 周歲，長得很漂亮，皮膚白晰細嫩，富有高雅的氣質，現在雖然已經是 50 出頭的人，仍然丰姿綽約，風韻猶存，到現在看面容，大多數不熟悉她的人都以為她只有 30 多歲，她自己也曾引以為自豪：她看上去比同齡人要年輕差不多 20 歲。由此可見，她年輕時一定是個絕色美人。正是她的絕色美麗，形成了她的驕傲，很難看得上周圍的男孩子，而且她還是個理想主義者，不會輕易找個男子結婚，時間一長，她就錯過一村又一店。二、她在年輕時很可能暗戀過某個男孩，只是由於沒有及時建立戀愛關係，導致這個男孩子愛上了別人並且結了婚。因而她要以自己的方式一直為這個男人守身。當然，這些都是根據不足的推斷，不一定符合小芳的本意。

小芳一見面就告訴我，她不吃葷腥，而且要求在她面前也不要提葷腥菜食。與她幾次一起吃飯，果然看到她不吃葷腥。且不說魚肉之類的東西她總不沾邊，就是蔥、蒜之類的菜肴她也決不碰。有一次，我們在一家素餐館一起吃飯，我們買了幾樣菜，其中有一樣菜用蔥做了配料。她不僅自己決不吃，而且要求我和另外一位女士另用調羹到純素食的碗裡取菜，已經進入有蔥的菜碗裡的勺子是不能將蔥味帶到純素食的碗裡。由此看來，她是一個純粹的素食主義者。不過，對於動物蛋白，她並非完全拒絕，因為她既吃雞蛋，也喝牛奶。這就讓人有點納悶，這倒不是說她的不虔誠，她也沒有必要做給別人看，就是吃葷腥之食沒有人指責。問題是這位方女士為什麼戒了魚肉蔥蒜而不戒雞蛋牛奶呢？這真是有點說不清。

　　小芳對漢語懷有濃厚的興趣。一開始，我以為很可能是她的華僑身份的緣故。這個理由雖然說起來讓每個民族自尊心和愛國情感強烈的人頗為滿意和高興，但是，轉念一想，太過籠統，而且未必準確，帶有相當的主觀臆斷的成分。試想，許多華僑的子女和華裔早已與中國語言隔膜了，根本不會說中國話，不會寫中國字，他們同樣有著中華民族的血統，為什麼不像小芳這樣對漢語如此鍾情呢？通過與她的接觸，我到底有些瞭解：一方面，她對父母非常敬重，自然也對父母的語言很感興趣。據瞭解，小芳的父母正像這裡的許多華人一樣，來自中國廣東的潮州，他們當年為了逃避國內的戰亂，來到這裡開創家業，吃盡了人間辛苦，這些都深深地感動著小芳。當然，僅僅這一點，理由是很不充分的。另一方面，她從小上了華僑學校，接受了華語教育，為她後來對華語產生濃厚興趣奠定了基礎。更重要的是她很早就擁有無線電收音機，可以收聽到臺灣和香港的華語廣播並且接觸了許多來自臺灣的朋友，現在又有我們這些來自中國大陸的朋友。她的臺灣朋友給她帶了不少華語書籍，特別是華語詞典。這使她的華語閱讀和聽說能力遠遠超過一般的華僑和華裔，她說的漢語非常流暢，發音比較準確，能夠閱讀華語報刊和書籍，她還特別訂了一份曼谷出版的華語報紙閱讀，她不僅能夠和我們自如的交談，而且還是一個相當不錯的漢泰翻譯，曾經一度給成都的中醫訪泰團做翻譯工作。正由於她的華語水準比較高，她被邀請到皇家大學來每個星期五下午做半個小時到一個小時的華語節目，在每次節目上，她都要播幾首很好聽的華語歌曲。這些歌曲據說都是臺灣朋友帶給她的，她播這些歌曲，既適合於華語廣播節目的內容，又表現出對於中華文化的深切厚愛。

　　小芳非常講究整潔，也許這是她長期在家忙家務的緣故。有一次，與一位中國同事到她家去燒中國菜，從她的擇菜、洗菜到飯後的刷鍋抹碗，她都幹得十分細緻，很有耐心。吃過飯以後，單是收拾廚房，她就花了一個多小時。據說，有些人曾經抱怨她做事太慢。其實。她這並不是慢，而是細緻。長期在佛堂工作，必然懷著虔誠神聖的心理，總希望將事作得周全，將最聖潔的祭品奉獻給佛，這就必須細緻周到，不能出半點差錯。我觀賞過一些佛教的禮器，那就是非常精細的藝術品，如果沒有非常耐心、非常投入的製作，是不可能做得那麼完美。哪怕就是一隻缽，單是那上面精緻的雕刻，沒有 10 天半個月是不可能完成的。這真是所謂的「慢工出細活」。試想一個毛躁的人能做出這樣的藝術品嗎？

　　從某種意義上說，小芳是一個生活於現代社會的傳統型女性。雖然在她的周圍到處都是現代化的生活設施和器具，但是大多數與她無緣。泰國的許多人家都有車，她家裡也有車，就連她的侄女小麗都會開，但是她不僅不會開汽車，就連自行車都不會騎。她要外出，一般都是朋友接送。如果沒有朋友接送，她就只能待在家裡。就是每週到皇家大學來做廣播節目，也都是由皇家大學派人去接，因而她是從來不乘公交汽車的。與此同時，她沒有手提電話，並不是她買不起，而是她根本就不想買，如果要與她聯繫，通常只能打到她家裡的固定電話。至於電腦，她更是摸都不摸。既然不摸電腦，她就不可能通過電郵與朋友聯繫。當然，這使她可以集中時間和精力幹家務和其他事情，免得因上網而花費許多時間，也免得接觸一些不良資訊。同樣，她的思想觀念也基本上是傳統的，就像是長期生活在中國傳統的社會裡，她對父母十分孝敬，母親病重期間，她常常是一天二十四小時守候在母親身邊，就是母親一時煩躁罵了

她，她也能理解母親的心情，予以體諒。有時，她要忙於料理家務，她就唱歌錄音再放給母親聽，讓自己的歌聲陪伴著病中的母親。她信仰佛教就是受母親的影響。這使她的心地非常善良，不僅特別關心朋友，而且特別珍惜生命，除了堅持吃素，她從不殺生，而且還常常放生，讓那些被捕獲的生命獲得自由。

小芳是一個特別重感情的人。她常說：「相聚是一種緣分。」所以她非常珍惜朋友的友誼，不僅要抓住一切機遇，而且還要通過一定的方式表達出來，要讓對方知道自己的珍貴的情感。前邊提到的我的那位朋友在皇家大學工作，與小芳相處了一年，臨別時依依不捨。後來，小芳還時常提起他，一直等待他的電話和來信，希望不斷延續和鞏固這種建立起來的友誼。就是對於剛剛認識的朋友，小芳同樣熱情對待。揚州大學派一個 3 人代表團來烏汶開會，雖然只有短短的三四天時間，交往並不多，但是就在這個代表團離開烏汶的時候，小芳同樣到機場為他們送行。

小芳畢竟是生活在現實社會裡的人，自然也有過一些煩惱。儘管她對朋友都是忠心耿耿，一片赤誠，但是有些朋友卻不夠厚道，有意無意中傷害了她。有一次，她與朋友到中國九寨溝旅遊，中途休息時，她上了一趟廁所，待她出來時，車竟然開走了，她的朋友也不見了蹤影，將她一人丟在陌生的地方，幸虧她會漢語，再加上她的機敏，總算化險為夷。還有一次，她給來自成都的朋友當翻譯，也許是由於這位朋友的疏忽，竟然大講特講肉食的烹製和味道。這讓小芳感到十分為難，一個堅持幾十年的素食主義者要翻譯這些肉食談話是多麼尷尬的事情。小芳將這些事情說給另一些朋友聽，這些朋友都感到憤憤不平，表示憤怒的譴責。然而小芳卻想得通，她認為只要自己沒有虧待別人，心裡就沒有什麼不安；那些朋友如此

不厚道，心裡不會平靜的。有時她認為這是不是上蒼拿這些事情來考驗自己是否達到了心平氣和的境界。小芳能夠這樣作想，表明她心胸的坦蕩和寬闊。

　　與小芳相處一段時間，漸漸發現相當節儉。她長得很漂亮，但她並不像許多女性喜歡買時新的衣服裝扮自己。她現在穿的一件裙子還是十幾年前買的，那時候她拍的照片就是穿著這樣的裙子。其實，她身上的衣服大多是許多年一直穿著的，這並不是說她不愛美，而是她生活素樸，她所追求的是自然質樸的美。她能夠將一件衣服穿許多年，表明她一是像愛護自己身體一樣愛護她的衣服，二是她的體形多年來沒有發生大的變化，依然保持少婦的身材。走進她的臥室，可以看出沒有一件高檔的物品，就連現在許多人都有的化妝品她也不多。更有意思的是每次吃飯，她都將碗裡吃得一點不剩，一粒米都要吃掉，一個菜葉都不見，然而她的家裡卻開著米店，決不缺幾粒米。不瞭解情況的人誤以為她是葛朗臺式的人物。對她瞭解的人知道這是愛惜糧食。她在皇家大學的漢語廣播台先後兩次播送和講解唐代李紳的《憫農》詩，告誡人們自己所吃的糧食、所穿的衣服、所用的各種物品，都是辛勤勞動生產出來的，都凝結著艱辛的汗水，所以當我們享受這些勞動果實的時候，既要珍惜每一件勞動成果，又要對勞動者報著感恩的心理。這種對古詩的理解是多麼獨到而深刻。正因為如此，她反對奢侈和浪費，提倡節儉。

華語廣播

　　華語廣播是皇家大學無線電廣播所辦的一個節目，每週星期五下午 16：00—17：00 或者 16：30—17：00 播出。據瞭解，其聽眾基本上是皇家大學學漢語的學生、烏汶地區的華僑華語學校師生以及中老年華人。這個節目由 F 主持，但只是業餘廣播，沒有專業人員，然而照樣受到聽眾的歡迎。華語廣播的內容基本上是對來皇家大學教書的中國老師的訪談，談話的話題是事先確定的，不過談起來比較隨意，基本上沒有限制，就像聊天一樣，聊著聊著換了話題也是常事。有一次，F 與我商定談詩琳通公主對漢學興趣十分濃厚，致力於泰中文化交流的事，意在激發學生學漢語的興趣。可是到了廣播的時候，F 想到了泰國父親節就要來臨，於是聊起了對父親感恩的話題，隨後又轉到了上一個星期在皇家大學召開的湄公河次區域高等教育和人才發展戰略研討會的話題。這樣的廣播不像當年我在淮陰師專讀書時那裡廣播站的那種先編寫稿件，再錄音，然後播出的廣播模式，讓人感到非常輕鬆自由，隨意發揮。不過，在每次廣播之前，F 還是做了比較充分的準備工作。當然，遺憾總是少不了的，主要是我的普通話不夠標準，夾雜著比較多的地方音，而且音色很不好聽，怕是難為了這裡的熱心聽眾。再就是隨意而談中總不了有些局促，散漫和膚淺，有時一個話題沒有談完，結束的時間就到了，只好與聽眾說再見了。不過，我們的廣播還是得到了有關領導的關心和支持。記得我第一次上廣播時，皇家大學的外事處處長張華平（泰國人）廣播前打電話給我，表示他人雖不在廣播台，

但是他會收聽的。廣播結束時，他又打電話給我，表示播得很好，很成功，給予鼓勵。有一次，碰到校長先生，他雖然不很懂漢語，但是也關注我們的節目，對我們的節目稱讚不絕。

父親節

　　12 月 5 日是泰國國王的生日，泰國將這一天定為父親節，看來泰國人把國王看作是自己的父親。這與許多國家稱某個人是「國父」相類似。

　　進入 12 月初，烏汶的街頭國王畫像明顯增多，畫像的下方供奉著各種祭品，看來在泰國人的心目中，國王是神的代表或象徵，與神龕裡的佛一樣，可以保佑和庇護這個國家。然而，國王又是一個具體的人，他之所以受到國民的愛戴和崇敬，不僅在於他的國王身份，而且在於他關心和愛護他的國民。60 年前，當時的國王遇刺身亡，當時身在國外的年僅 20 歲的蒲密蓬臨危受命，繼承了哥哥的王位。蒲密蓬出生於美國，而且是在瑞士長大並且讀書的，這使他對東西方文化都有瞭解。他回國登基以後，以其博大的愛心和對百姓的體恤而贏得了國民的崇拜。據說，有一次，一位將軍在大選中失敗，但是他不承認自己的失敗，憑藉手中的軍隊自封總理，於是引發了大學生上街遊行示威，結果遭到軍警的血腥鎮壓，許多學生受傷。蒲密蓬國王知道情況後，命令王宮的侍從打開宮門，讓學生到王宮裡來避難，及時給他們提供食物和醫療。這使學生們那一顆顆受傷的心靈得到了有效的撫慰，他們憤怒的情緒也漸漸有所舒緩；與此同時，軍警們也因為國王的舉動而意識到自己的過失，這位將軍最後不得不辭職。這樣，國王以這種獨特的方式平息了這次警民流血衝突的危機。此外，從許多圖片和影視資料上看，蒲密蓬國王常常走出王宮到民眾中去，親自瞭解民眾的疾苦，傾聽民眾的心聲。

有一幅照片特別感人，國王的鼻尖上掛著汗水，其神情顯然是在傾聽民眾的訴說。還有不少照片顯示，國王常常挎著照相機到全國各地去察看民情，拍成照片，然後責成政府有關部門處理。正因為如此，有位學生曾經對我說：「國王愛我們，我們愛國王。」泰國國民對國王的崇拜，雖然具有某種宗教的意味，但是決不同於另一些統治者的大規模造神運動所搞的個人迷信，國王從不發表最高指示要求全國連夜傳達並組織學習，從不發行紅寶書要求所有人學習和背誦，也不要求全國所有人跳忠字舞，搞早請示晚彙報那一套，更沒有將所有權力獨攬在自己手中。通常情況下，國王不介入國家的政治事務和權力鬥爭，只有到了國家處於危機之時，他才站出來以他的崇高威望和博大胸襟化解危機，從而使國家避免各種災難。有一次，政府和反對派鬧矛盾，引發嚴重的政治危機，國家面臨著分裂的危險，於是國王將總理和反對派領導人召來訓話，並且要求將全過程向全國電視直播，那兩位領導人長時間跪伏在國王腳下，表示懺悔。這種化解危機的方式雖然不是通過法律途徑，比較傳統，但是符合泰國的國情，因而立刻見效。此外，國王在皇家田搞示範性種植，並且讓農民前來參觀和學習，從王室的生活費中拿出錢來興修水利設施，為民眾造福。

　　國王以其愛民、護民贏得了民眾的極大信任，建立起崇高的威望，受到了國人的頂禮膜拜。他的畫像不僅被供奉在全國各地的大街小巷，而且走進千家萬戶。走進每個泰國人家庭，都可以看到在醒目地地方張貼著國王的畫像，不少人家還設置供台，在國王像前擺放供品，與供奉菩薩一樣。2006 年是國王登基 60 周年，不僅全國各地懸掛國王的旗幟，而且許多民眾身穿配有皇室徽章的黃色 T恤衫，表示對國王的忠誠。許多青年的手腕上戴著黃色手鐲，上面

刻有英文「我愛國王」的字樣。從現代意義上講，搞個人崇拜，將人神化，尤其是將一個國家的命運維繫在一個人身上，都是不可取的，因而我不贊成。然而人類社會和文明發展進步從來就不是理想化的。從泰國當前的情況看，確實需要具有極高威望的國王來凝聚民心。問題是國王已年屆八旬，一旦駕崩，國王繼任者能否具有現在國王的威望、品德和才幹，那麼泰國又將何去何從？看來只有神佛保佑著這個國家了。

父親節期間，泰國街頭，國旗比以往明顯增加了不少，同時還懸掛國王的旗幟。這多少增加了節日的氣氛。按照泰國規定，這一天全國放假，學校不上課，郵局也關門，不過商店是照常營業的。

除了這些以外，父親節與往常沒有什麼不同，大街上沒有舉行集會遊行等群眾性活動，人們還是做自己的事，日常生活沒有變化。父親節裡，每個家庭是如何慶祝的，由於沒有到某個家庭裡觀察，所以還不清楚。從與烏汶人的交談中，他們並不以為這純粹是父親的節日，而是向父母感恩的時候，因而大多數人會給父母打個電話。如果方便的話，給父母送一束鮮花。

泰國的母親節則定在王后生日這一天，王后詩吉麗同樣是德高望重的，在泰國被稱為「在佛像背後貼金葉的人」，她不僅勤勤懇懇輔佐國王，而且同樣以親民愛民著稱，她也經常深入民間，與民眾在一起，深受民眾的愛戴。據說，有一次她到南方某地與老百姓一起交談，突然現場發生了爆炸，人們最初四處逃散，但是很快又都紛紛折返回來，表示要保護王后。而王后的處變不驚，臨危不懼，給了人們以極大的精神鼓舞。泰國母親節的情形也與父親節相似。

張華平

　　張華平是烏汶皇家大學漢語系主任，同時又是外事處處長，只有
30 出頭，比較年輕。他是擁有中國血統的泰國人。這裡之所以要記
述他，並不因為他是官員，也不是因為他有著中國的血統，而是因為
他對漢語的濃厚興趣。從張華平到揚州大學進修過漢語，並且多次訪
問過中國情況來看，他的漢語水準還是不錯的，正常的漢語交流也不
成問題，但是他還是利用一切業餘時間學習漢語。在我和另一同事的
課表上，可以看到兩三個地方寫著「張華平時間」的字樣。每到這個
時間，他都將各種事務處理妥當，來聽由 L 或者由我單獨給他講授的
漢語。講授的內容是他訂閱的漢泰雙語雜誌。上課的時候，他就像學
生一樣聽得非常仔細，並且將自認為重要內容記在本子上或者在雜誌
上做著各種記號，而且還不時就一些語言現象和詞語之間的差異提出
問題。每當這個時候，沒人會想到他是一個大學的處長。

　　在中國我也見過一些這個主任那個長的，他們出於某種原因，也
可能參加某種學習，但是坦率地講，中國的官員很少有像張華平這樣
能夠靜下心來的，也很少有像他這樣狠下功夫的。可以看得出來，張
華平不是把學習看成是謀求更高職位的階梯，也不是做做樣子給別人
看，而是純粹出於他對漢語的濃厚興趣，他還給她的女兒取了個漢語
名字「張永清」（音）。正因為如此，我沒有因為他利用職務的方便佔
用我們的時間給他輔導而反感，反而因欣賞他的這種對漢語的執著的
精神而決定支持他。

泰國寺廟

　　泰國被稱為「千佛之國」、「黃袍佛國」，是因為佛教是其國教。既然如此，這裡的寺廟很多。來到泰國以後，在朋友的帶領下，先後參觀了一些佛教寺廟。就總體印象來說，泰國的寺廟似乎才真正是修行的地方。這些寺廟雖然不是位於深山老林的荒僻之處，但是卻比較寧靜，不像中國的寺廟裡人山人海，摩肩接踵，一片喧囂。無論是在杭州的靈隱寺，還是揚州的大明寺，南京的棲霞寺，山西五臺山的寺廟，滿眼見到的都是遊客，記得 1987 年初冬在棲霞寺參觀，就像是到了非常繁華的商業中心，人流只能緩緩地流動，就是附近的山上也到處是人。在山西五臺山的五爺寺，這裡不僅遊客如潮，而且還架起了高音喇叭，把個佛教寺廟搞得像節日裡唱大戲的鄉村小鎮，令人非常煩躁。相比之下，泰國的寺廟非常清靜，不僅遊人稀少，而且寧靜得很，除了念經聲、木魚聲、宗教音樂聲和外面鳥雀的鳴叫，幾乎聽不到其他的聲音。在一個星期天裡，我帶著相機獨自來到烏汶博物館西邊馬路對面的寺廟前，打算拍張照片留念。當時大約是早上 9 點多鐘，我在那裡轉了差不多一刻鐘，想找個人幫忙拍照，都找不到。

　　最有意思的是哇輦縣內的國際廟。這個寺廟居於茂密的森林之中，隸屬於這個縣的森林廟。之所以被稱為「國際廟」，是因為在這裡有許多來自包括歐美在內的許多國家的和尚。這個廟更奇特之處在於它沒有通常寺廟所見到的高大的金碧輝煌的建築，只是在一簡陋的平房裡供奉著一尊金黃色的神佛雕像，到底是什麼吸引著外國

的和尚到這裡來念經呢？看來還是這裡的靜謐和茂密的森林為真心修行提供了比較理想的場所。到了這裡，真讓人覺得有一種與世隔絕真正斷了紅塵的感覺。而那些建築或許在修行者看來並不是重要的，為了真正進入佛的境界，最關鍵的是環境和心靈的融合，其他都是無關緊要的。哇輦縣內的森林廟，除了茂密的森林，還有兩處建築很有特色。一處是在入口附近的現代式建築，看起來與其說是寺廟，倒不如說一座別墅，然而與別墅相比，甚至同豪華沾不上邊。這座建築據說是為紀念該寺的已故主持修建的，裡面不僅供著他的臘像，而且存放著他的許多遺物，包括他敲過的木魚和坐過的輪椅。同時，這座建築還是比較簡易的博物館，裡面陳列著古代的一些生產生活和娛樂的器具，還有幾個櫃檯展出包括中國大陸、香港、臺灣在內的多國紙幣。

從這座別墅式建築往西北方向步行幾百米，就可以看到一座金黃色球形建築，球的正中頂端是一高高的四方形尖塔，在藍天的映襯下格外壯觀。這就使得它與中國的墳墓在外形上有著巨大的區別。球形建築朝著東南西北四個方向開著門。從門進去，可以看到內部的正中央供著一位圓寂高僧的舍利子，來這裡的善男信女都要對著舍利子跪拜。

在烏汶市內的農巴（Nong Bua Park）公園附近有一處幽靜的地方，這裡有一座造型獨特的建築群，這就是烏汶人通常所稱的「印度廟」（Wat Nong Bua）。這座廟據說是根據印度尕亞佛寺（Buddha Gaya）仿製的，它位於一個長各 80 米左右的四方形院子中央。該廟嚴格講只是一座方形白色巨塔，大概有五六十米高，與通常的泰國佛寺不一樣，具有典型的印度風格。整個塔身都雕刻著精細的有關佛的圖案，既有人物，又有蓮花等。這些人物造型生動，栩栩如生。

據一道前往參觀的 F 講，這些雕刻敘述的都是佛教故事，看來要瞭解佛教歷史和佛經才可能弄清楚其中的典故。主塔的東南、西南、西北和東北四個方向分別建有四座造型相似的小塔。就小塔來看，包括其基座大概有 17 米高。進入塔內，當然供奉著神佛，但不是中國寺廟通常供奉的四大天王或者羅漢什麼的，就是菩薩之類的佛，其面容當然是慈祥、莊重和矜持，與中國的不同的是其頭上身上一般穿戴著東南亞地區民族特色的帽子和衣飾。所以說，宗教雖然是共同的，但是其間的文化還是有別的。整個塔寺裡，只見到一個和尚，坐在一邊與兩位女施主談論著什麼。

　　泰國的寺廟很多，但就烏汶城區來說就有 20 多座，全泰國據說有兩萬多座。雖然說這些寺廟看起來似乎大同小異，但是可以說每座寺廟都有其自己的特色，都是精湛的建築與雕塑藝術展覽場所。來到每座寺廟，都可以飽賞到泰國的民間和宗教藝術。

柬埔寨邊境

　　冬至前夕，泰國東北部的 12 家皇家大學在布里拉姆皇家大學
（Buriram Rajabhat University）聯合舉行運動會。烏汶皇家大學
派了幾輛車送部分教師前往參加。去的那一天，車子沒有直接去
布里拉姆皇家大學，而是把我們帶到了柬埔寨邊境遊玩。我們所
到的邊境地區是皇家山別墅（Royal Hill Resort）。我們先參觀了
那裡的一家小商品市場。來到這個市場，我們很容易將其與我們
先前去的老撾邊境的小商品市場相比較。相同的是這兩家市場的
門市上都貼有漢字對聯和吉祥祝福的張貼。不同的是柬埔寨這邊
的市場上根本沒有做生意的中國人，也沒有人會講漢語，不像老
撾那邊隨處走一走，就會遇到中國小商人。因此，沒有在老撾邊
境的那種親切感。

　　給我留下深刻印象的倒是，在柬埔寨的這個市場上，赫然擺放
著黃色碟片，碟片封面上的性交畫面十分醒目，決沒有中國那些小
販子遮遮掩掩，也不像泰國和老撾根本就沒公開出售。那些女商販
們儘管還比較年輕，但是在推銷這些碟片時竟然沒有絲毫的愧色和
羞澀，就同推銷其他商品一樣。

　　再到柬埔寨的免稅商店轉轉，這裡的商品品種沒有老撾的多，
然而緊挨著免稅商店的大廳裡卻特別喧鬧，走過去一看，好傢夥，
數十台老虎機都在開動，許多人正在樂此不疲地賭錢呢？這場面真
是規模空前。我不知道澳門和美國拉斯維加斯賭場的盛景，就我的
印象來說，除了影視中的以外，這大概是我見到的參賭人數最多的

場面。這些參賭的人中，男女老少都有，他們操作老虎機的時候神情是那麼專注。

就在這邊境上的兩個地方轉悠，我感覺到柬埔寨看來比中老泰三國開放多了，反映出人的某些本性的東西，只是這到底是好事還是壞事，還得由專家們通過社會學、心理學、人類學等多學科的研究才能得出科學的結論。

遊戲式的運動會

　　運動會在英文中的單詞是 game，而這個單詞還含有「遊戲」的意思。在布里拉姆皇家大學參加的這場運動會，我才真正感受到 game 的意味，因為那裡的感受與國內大不相同。在入場之前，各校代表隊組成隊伍舉行盛大遊行，將運動會搞得像一個十分熱鬧的節日。首先在服裝上，各隊除了穿校服的之外，前面還有若干人穿上泰國和其他國家與民族的服裝，既有人穿著絲綢做的中國傳統式的瓜皮帽和馬甲，又有人穿著韓國式的綠色裙子，也有人穿著日本人的和服，還有一位突著肚子的西方人則是聖誕老人的裝扮，看起來就像是服裝展示會，它所顯示的是人的個性和藝術才幹。可是在中國，運動員或者裁判員入場時基本上都穿統一的運動服，邁著整齊的步伐，非常威武地進入會場，有時還伴著響亮的口號，其特點是步調一致，服從命令聽指揮，顯示出群體的力量。再從排隊的情況來看，前面是穿著泰式服裝的青年男女教師，他們抬著校牌、國王畫像，手裡捧著製作精美的花卉雕塑。大家走得比較散漫，一路走著，有人拿著擴音器站走在隊伍裡咿呀咿呀地喊著，隊伍裡的其他人沒有跟著喊，不像是喊口號，倒是有不少隊伍中的人和路邊的人跟著笑。隊伍行進得比較慢，基本上是走走停停。到了主席臺附近才看到原來是前邊的代表隊中有人跳起了民族舞蹈，後邊的隊伍就停下來觀看。難怪行進得那麼慢！跳舞的時間雖然不長，但是每個隊都這樣跳，需要的時間就比較長了。所以，從排隊的地方到運動場中央也就 1 公里左右的路程，行了至少半個小時，實在談不上中

國運動會場上的嚴肅氣氛。因此,泰國的運動會就像是在過節,而中國的運動會讓人感到像是進了軍營,看到的就像是一場緊張激烈的軍事訓練。

入場後,大家只是在奏國歌時比較嚴肅,一律面朝升旗的地方。奏國歌結束,人們又自由了,可以席地而坐,可以聊天,或者相互之間開玩笑,只有主席臺上的人在發表演講,或者放煙花,或者由廣播喇叭播放音樂,一些人在跳民族舞蹈。這樣儀式持續了半個多小時才解散。

運動會的比賽分開進行,就我看到的一些項目來說,談不上緊張,倒是很熱烈,同樣具有遊戲的意味。就拿籃球比賽來說,球場上根本沒有籃球架,兩邊各有一個女子站在籃球架的位置所放的方凳上,手裡舉著一隻圓形塑膠籃。一方得到了球就往那女子所舉的籃子裡投。那女子相當配合,努力去接那球。當然,由於站在方凳上,身體就不能大幅度轉動和移動,更不可能躍起接球。投籃的時候,一方面是投球者吸引人們的眼球,另一方面則是接球者吸引人們的目光。所以,這場籃球賽堪稱籃球的回歸,我想,最初的籃球大概就是這樣比賽的吧!看了這情景,我想,若是讓姚明或者喬丹來一個飛人大扣籃,將會是什麼樣的情形?其情形一定非常有趣的。就在比賽進行之中,一邊的啦啦隊也在湊熱鬧。這個啦啦隊不知道在為哪一邊助威,因為他們既沒有狂喊加油,也沒有打橫幅拉標語,而是在球場邊擊鼓奏樂,表演起節奏強烈的舞蹈。這樣,一部分觀眾似乎對比賽不太感興趣,而是專看舞蹈。看來這舞蹈真有點喧賓奪主的味道。

我所參加的投擲鐵球比賽同樣是一場遊戲。老實講,我在國內沒有參加過這項比賽,到了泰國也沒有注意到別人玩。直到比賽前,

通過詢問才知道點比賽規則和參賽的基本要領，更談不上賽前訓練。而且參加比賽的小組也是臨時湊成的「多國部隊」（我們小組 3 人分別是泰國人、愛爾蘭人和我這個中國人）。儘管如此，我們 3 人在初賽中竟然戰勝了另一個隊，真是意想不到。如果是在中國這樣比賽激烈的運動會上，像我們這樣臨時湊成的「多國部隊」是絕對不會贏的。

耶誕節

　　耶誕節是西方基督教和天主教的節日，而泰國是一個佛教國家，看起來似乎關係不大。然而，隨著東西方文化的交流和融會，耶誕節在泰國同樣成為一個重要的節日。剛剛進入 12 月份，一些精明的商家就在店門前擺放起聖誕樹，開始推銷包括耶誕節賀卡在內的聖誕商品。商家之所以這麼做，顯然是現在許多泰國人真正把耶誕節當作回事。當然，最重視耶誕節的還是基督教徒和天主教徒。烏汶皇家大學中文系主任張華平原來是個天主教徒。早在耶誕節前幾天，他就邀請我們幾個同事到他家參加聖誕晚會。12 月 19 日晚上，張華平家真可謂燈火輝煌，賓朋滿座。我們先被引到他家的客廳裡坐坐。客廳裡裝飾一新，一進入就感受到特別濃郁的節日的氣氛。身著華美服裝的客人已三三兩兩地坐在沙發上聊天，最引人注目的是牆角掛滿彩燈的聖誕樹和幾位身著修女服裝的客人。聖誕樹前的小方桌上除了放著一支高腳蠟燭臺，上面點著一支粗大的白色蠟燭，旁邊還堆滿了許多小禮品。

　　真正的耶誕節慶祝活動是在晚飯之後，大家再回到客廳裡來。隨著主客進入客廳的還有唱詩班的一位牧師和孩子們。牧師與這些孩子們都穿著教會統一製作的衣服，以淡藍色和白色為主，素淨而大方。待客人們坐定，他們上了二樓，排好隊形，準備唱聖誕歌曲。張華平家的客廳雖然在地面，但是上面的房頂卻非常高，真有教堂裡的那種感覺。因為他家二樓在客廳的上方是空開的，所以二樓看上去就像是高高在上的大陽臺。客廳裡的人

可以看到孩子們唱聖誕歌曲的情景。孩子們唱的聖誕歌曲以泰語為主，也包括一些英語歌曲。有些歌曲如《平安夜》、《鈴兒響叮噹》等都是人們非常熟悉的。孩子們唱過歌，牧師便做祈禱。儀式結束後，孩子們下樓來，每人得到一份小禮物，然後，每個來賓也得到一份同樣的禮物。

客廳裡慶賀過後，孩子們來到了院子裡，接著唱聖誕歌曲，張華平的父親手持點燃的蠟燭站在同樣裝扮一新的聖誕樹前，跟著做宗教儀式。孩子們這次唱完歌，每人吃了一小碗聖餐便離開了。接著客人也先後與主人告別。以往我看到的耶誕節活動都是在教堂裡，而這次是在私人家裡，雖然比不上教堂裡那種宏大的氣勢，但是夠隆重的，而且是一般人家是很難辦得來的。

耶誕節慶祝活動在個人家裡先辦了，接著烏汶的教會學校（阿威‧瑪利亞學校 Ave Maria School）在該校的操場上舉行了一場頗為熱烈的耶誕節晚會。我們收到了請柬後於 23 日晚上前往出席。晚會的內容由兩部分同時進行。一是面朝操場的大舞臺上表演以歌舞為主的大型文藝節目；一是來賓就坐後舉行的聖誕晚宴，客人們一邊喝著美酒，聊著天，一邊觀看演出。我們來自皇家大學的客人被安排坐在第 3 號席。剛剛坐下不久，一身修女裝束的教會學校的校長就過來與我們打招呼，該校華人教師 X 先生也過來陪我們聊天喝酒。舞臺上的演出節目不少，但大多數是聖誕歌曲和聖誕劇。其中給我印象最深的是一出不知劇名的聖誕劇，在劇中聖母瑪利亞與佛教的菩薩竟然同台出現，這顯然是天主教和佛教一次大融合，文化意味特別耐人尋味，這是我以前從未見到的。在這台晚會上同樣也表演了中國武術和一首電視劇的歌曲。這些中國歌曲由泰國青年唱出來真是別有一番味道。晚會從下午 6 時開始，一直持續到夜

裡 10 點。就在演出進行過程中，大銀幕同時直播演出盛況。電視臺的記者也到場攝製了節目。

中文報紙

　　泰國的報紙主要是泰語和英語的，同時也出版中文報紙。據瞭解，泰國的中文報紙主要有《世界日報》、《星暹日報》和《京華中原聯合日報》等。我所工作的烏汶皇家大學漢語系沒有訂閱華文報紙，圖書館因為沒有辦證所以也一直沒有進去過。慶倖的是 F 訂了一份《京華中原聯合日報》，她常常將她訂的這些報紙借給我看，另外烏汶華僑學校二訂了《星暹日報》，我也不時過去借點來看看，這使我既能瞭解到一些新聞，又對泰國的中文報紙有了一定的認識。然而，泰國的其他中文報紙卻未能看到，所以，這裡只能談談我經常閱讀的《京華中原聯合日報》。

　　讀了《京華中原聯合日報》，我就猜想這可能是旅泰華僑或者泰籍華人辦的一份報紙。從報紙的內容上看，這份報紙所刊發的新聞除了泰國國內的就是與中國有關的或者就是中國新聞，不定期地開設了《中國新聞》、《港澳臺》和《廣東新聞》專欄。這些新聞的來源有不少採用的是中國中新社的文稿和圖片，所以新聞的基本立場還是傾向中國大陸官方的，大多從正面報導中國大陸所取得的各項成就，這多少給人一種感覺似乎這是中國駐泰國使館的文化官員辦的，或者是由中資機構主管的。所以，這份報紙基本上沒有批評中國政府的報導，也很少見到中國與其他國家發生矛盾糾紛的報導。在中泰關係的報導中，給我印象最深的是曼谷開設中文電視臺的消息和泰國教育部將漢語與英語並列為主要外語語種並且計畫從中國引進 150 名漢語教學志願者前來執教的報導。由此可見，這份報紙

特別注重泰中文化交流。在《京華中原聯合日報》的新聞中，還有比較多的是關於某個華僑協會慶典及其他活動的報導，有華人組織和個人慈善捐獻的報導，佛教活動自然也在其報導之列。這些報導基本上是將宗教與慈善、「仁愛」等中國傳統文化有機地融合在一起。同樣顯示出旅泰華人的特點。

《京華中原聯合日報》第二個特別之處就在於它還不定期地刊登「潮汕鄉情」（與中國新聞編輯部聯辦）、「大埔鄉情」、「梅州鄉情」等專版。這些專版雖然刊登不少文章介紹這些僑鄉的風土人情，然而更多的則是報導當地的經濟建設成就和招商引資的各項政策以及海外華人華僑在這裡省親投資的情況。所以，看了這些專版真讓人覺得這似乎是一份中國內地專門為對外發行印製的報紙。憑直覺可以判斷，泰國的這份中文報紙極有可能是來自中國廣東的華僑或者泰籍華人辦的，因為編者這種濃濃的鄉情意識已經滲透於這些版面的字裡行間。從這裡可以看出，旅居泰國的華人華僑大概大多數來自廣東的潮汕梅州一帶，所以，報紙的主要發行對象就是他們。

《京華中原聯合日報》也有很大的文化版面。最近的內容主要是每期刊登金庸、瓊瑤、郭戈、倪匡、溫瑞安、古龍、孫自筠等港臺作家的小說與自傳，此外就是不定期的刊登具有中國傳統文化特色的「詩詞」、「謎語」，還有「閱讀」與「文藝園地」等等。就消遣娛樂性的閱讀，這份報紙向讀者推出的都是港臺的這些作家；就其他的文化欄目而言，則偏重於發表大陸作家和文化人的作品。對於走紅的影視明星，這份報紙似乎不感興趣，更不用談組織狗仔隊去追蹤影視明星們，報導他們的的行蹤及各種花絮。所以，這份報紙的主要讀者基本上不是青少年，而是中老年朋友，因而辦得品位比較高。

　　現在報紙一般都少不了廣告,《京華中原聯合日報》也不例外,每期都有若干版面做廣告。一般來說,報紙的廣告大多是產品廣告和各種服務廣告。《京華中原聯合日報》雖然也有「肥兒標」之類的產品廣告,但是更多的卻是旅遊廣告和婚喪壽慶之類的廣告,還有不少是同鄉會、互助會之類的組織和某個學校舉行理事會或者某項活動的通告。2006 年元旦可能是個好日子,許多人在這一天舉行婚禮,所以這一天的報紙比平常厚了不少,其中絕大部分都是婚慶賀喜廣告。這些廣告大多占了一個版面,至少占了半個版面,不少婚慶廣告上還刊登了新娘和新郎的訂婚照。這種派頭比起國內的婚慶廣告只占了巴掌大的一塊地方確實闊多了。從這方面來看,這家報紙的廣告是將人事放在首位,那麼物則處於次要的地位。

　　有一段時間,我看得比較多的是《星暹日報》,這張漢語報紙在辦報風格和內容上與《京華中原聯合日報》比較接近,所不同的是這份報紙的文化娛樂的內容多一些,比較多地刊登港臺和中國大陸的影視明星們的生活與動向,還預告泰國主要電視臺的節目。

形式主義

　　以往，我總以為形式主義只是中國的特產，來到泰國之後，我才知道原來外國也存在這樣的問題，只不過輕重不一而已。

　　剛來烏汶，就有同事告訴我，在這裡上班每天是要簽到的。當時，我想這很可能是管理模式的不同。待簽到時，我發現這完全是一種形式主義。我們通常上班是早上 8 點，一般在 7 點 50 左右來辦公室簽到，但是每個人並不是簽的實際到校時間，而是 6 點 20，或者 6 點 40，基本上都是 7 點之前。事實上，每天 7 點之前，許多人是否已經起床還很難說，根本就沒有到學校來，而且也用不著那麼早到校，但是包括西方國家來的教師在內幾乎所有人都這麼簽到。再看所簽的下班時間，都是統一的 16 點 30，後來還有人簽 17：00 或者 18：00 的。其實，大多數人是在這個時間下班，但也有不少人一直到 5 點以後甚至到 6 點才下班，最遲的到 18：50 才下班。有時候忘記了簽到或者因故外出沒有簽到，回來時還可以補簽。3 月底 4 月初，王子來學校給學生頒發畢業文憑的那幾天，由於學校實行了交通管制，教師沒有辦法簽到，事後有關方面還通知大家來補簽。簽到的最初意義應該是約束每個員工的上下班，避免遲到或早退，然而在皇家大學，各人的情況都不一樣，不能統一要求人們上下班的時間完全一致。在這方面，中國的大學比較明智。我所到過的所有大學中，沒有一家要求教師簽到的，也沒有要求教師坐班的。就是我以前工作過的中學和進修學校，雖然要求坐班，也沒有要求簽到。其實，這裡的簽到對每個教師都不能起到約束作用，除了可以

給上邊的官僚下來視察時一個交代，別無用處。而上面的官僚看來也樂於看到這些表面的文章。就是這樣的表面文章，得到了全體教師的配合，也包括一些自由和坦率的來自西方國家的教師的有效配合。皇家大學的另一件事，也是形式主義的突出表現。2006 年 4 月份，烏汶教育界準備組織一個大型的假期旅遊團到中國昆明旅遊。本來這是一次純粹的民間活動。然而在元旦之前，皇家大學的外事部門就忙碌開了，讓我的中國同事編造一份所謂的到昆明大中小學考察訪問的排程表，按照這個日程表，旅遊團幾乎天天都在學校開展交流和學習活動，這就將一次旅遊活動說成是教育考察交流與合作的活動，成了一次出公差。搞好這個表格之後，又與昆明理工大學外事處聯繫，請對方配合搞一份相應的邀請函和致烏汶府府尹的公函。這種掛羊頭賣狗肉的做法，在國內是屢見不鮮的，在泰國這樣的國家看來也很「正常」。對於這樣的作假，我想府尹不會被蒙在鼓裡，也可能心知肚明，在他看來這無妨於他的政績，說不定還有利於自己將來向上司的述職，所以必然給予支援。一個地方的形式主義形成，既反映了這個地方人們的誠信不足，也表明管理體制乃至社會政治體制出了點問題。

附：泰國烏汶府教育考察團排程

4 月 3 日

8：00a.m.—1：30p.m.：從曼谷國際機場出發飛往昆明。

2：30p.m.—6：00p.m.：到昆明理工大學報到註冊。

7：00p.m.：返回賓館休息。

4月4日

9：00a.m.—12：00a.m.：昆明理工大學代表帶領考察團到雲南師大附屬小學參觀、聽課、進行中文教學交流。

12：00a.m.—1：00p.m.：午餐。

2：00p.m.—5：00p.m.：到該校實驗室和多媒體教室參觀學習。

6：00p.m.：返回賓館休息。

4月5日

9：00a.m.—12：00a.m.：昆明理工大學代表帶領考察團到雲南師大附屬中學初級中學部分參觀、聽課、進行中文教學交流。

12：00a.m.—1：00p.m.：午餐。

2：00p.m.—5：00p.m.：參觀該校實驗室、機房和多媒體教育教學情況。

6：00p.m.：返回賓館休息。

4月6日

9：00a.m.—12：00a.m.：昆明理工大學代表帶領考察團到雲南師大附屬中學高級中學部分參觀、聽課、進行中文教學交流。

12：00a.m.—1：00p.m.：午餐。

2：00p.m.—5：00p.m.：與該校師生領導座談，商討合作事宜。

6：00p.m.：返回賓館休息。

4月7日

9：00a.m.—12：00a.m.：在昆明理工大學蓮華校區參觀、聽課，並和教師進行教學交流。

12：00a.m.—1：00p.m.：午餐。

2：00p.m.—5：00p.m.：在昆明理工大學新迎和白龍校區參觀、聽課，並和教師進行教學交流。

6：00p.m.：返回賓館休息。

4月8日

9：00a.m.—12：00a.m.：發放證書，與昆明理工大學領導告別。

1：00p.m.—6：00p.m.：到石林和九鄉風景區觀光遊覽。

7：00p.m.：返回賓館休息。

4月9日

8：00a.m.—12：00a.m.：從昆明國際機場飛回曼谷國際機場。

1：30p.m.：自由活動。

元旦市場

　　所謂元旦市場，就是指烏汶市政府在 2006 年元旦期間特設的一個大市場。這個大市場就在市政府對面的通斯芒公園周圍。開放時間從 12 月 29 日到 1 月 8 日。在這段時間裡，有關方面將這個地段的大馬路封閉起來做大市場。節假日休息時，沒有事情就上街逛逛，沒想到就有了這一發現。

　　元旦市場非常熱鬧，無論是白天還是夜晚，市場上都是人聲鼎沸，喇叭聲喧囂，把個節日氣氛烘推到了高潮。老實說，如果要將這樣的盛景敘述清楚，不是大作家是無法勝任的；如果要描繪這樣的景象，看來還得找畫壇高手來畫。可惜我是缺乏這種功力，只能盡力而為敘述其盛景。元旦市場首先應該說是孩子們的樂園。市場一般來說是以賣東西為主，而這個市場卻有不少專供兒童娛樂遊玩的場所。還沒進入市場，老遠就可以看到高高旋轉的巨大飛輪，孩子們的尖叫聲和笑聲就傳了過來。因為坐飛輪的刺激，孩子們玩得真是開心極了。進入大市場，迎面而來的就是氣球城和蛇、鳥等動物表演的巨幅海報，稍許走一走，就會看到中心通道的兩邊滿是各種各樣的大大小小的玩具，當然也少不了各種水果、米糕、糖果、蝦片、炸魚和烤肉等吃的。孩子們在喇叭和大人們的吆喝聲的巨大誘惑下，紛紛盡情地吃喝玩樂，享受童年的快樂和幸福。

　　對於年輕人來說，大市場也給他們帶來不少的快樂。白天，他們當然與孩子們一樣，可以品嚐各色小吃，看一些具有刺激性的表演，挑揀他們喜歡的長絨毛做的大狗熊、大象、小甜豬等等

玩具，購買他們看中的時興的衣服和化妝品，當然也少不了買幾張青春偶像畫和自己崇拜的明星們的歌舞影視光碟；晚上，他們仍然可以興致勃勃地來到公園東側的馬路上看露天電影或者歌舞表演。只要兜裡有票子，精力旺盛，元旦大市場也是年輕人的尋找樂趣的地方。

當然，元旦大市場沒有將中老年朋友忘記。他們除了可以帶著兒孫到這裡來享受孩子們的笑聲，還可以在市場的東側購置草藥或者藤椅等傢俱；家庭主婦如果需要鍋碗瓢盆照樣在這裡找到自己中意的；書癡們要想調節一下平時的緊張讀書和寫作生活，當然可以到這裡逛逛，**翻翻**舊書報或者小工藝品；如果家裡需要供佛拜祖，同樣可以從這裡買到合適的祭品。哪怕你什麼都不想買，只要你喜歡熱鬧，就是到市場上隨意溜達溜達，那種感覺一定不錯。總之，元旦市場是大家的市場，只要你有時間並且過來轉轉，總會有所收穫的。

冷巴

　　所謂「冷巴」，就是指開冷氣的長途客車。2006 年 1 月中旬，烏汶皇家大學派我去曼谷出席泰國教育部舉辦的「首屆泰國漢語教學論壇大會」，來回坐的就是夜班冷巴。在國內，我多次乘坐夜班長途汽車，來往於武漢和江蘇淮安之間。而在泰國乘坐冷巴，我還是第一次，而且，我在上車之前一直把它當作國內的臥鋪汽車。直到上了車，才知道與國內的有著很大的差別。國內的臥鋪汽車，總體來說，給旅客提供的是鋪位，儘管鋪位很窄，但是可以躺下，有的還提供簡易的枕頭。既然是可以睡到鋪位上，每個人都可以脫掉鞋子，鑽進床鋪上的薄薄的被窩裡或者毛毯裡。而泰國的夜班冷巴給旅客提供的是座位。旅客在車上基本上是坐的，即使座椅可以大幅度向後傾斜，但是人只能保持坐姿，而不可像在臥鋪汽車上那樣側躺。不過，這裡的冷巴座椅具有按摩功能，按了扶手邊上的開關，座椅可以自動按摩幾分鐘，然後自動關閉。當然，這還不是最主要的差別，中泰夜班長途汽車的最大差別，根據我的感受在以下幾個方面：一、中國的臥鋪長途汽車大多數時候是不開空調的，如果開空調也都是酷暑時降溫，嚴寒時升溫取暖；而泰國的冷巴卻一直開的都是冷氣。所以，我在上車之前按照在國內乘坐臥鋪汽車的經驗，根據此時這裡的天氣，只穿襯衫長褲，沒有穿春秋衫。然而上了車，看到空調一直開著，而且車內的溫度降得比較低，大概在 15℃以下，最初還能抗住，時間長了，就覺得寒氣逼人。再看周圍的人穿的衣服都比較厚實。而車方提供給每個乘客的只有一件毛巾被，根本抵

禦不了寒氣的侵襲。夜裡 0 時左右，只覺得涼氣通過每個孔隙往身上鑽，簡直讓人受不了，這個時候才真正體會到「冷巴」之「冷」的意味。二、泰國的冷巴服務可能是受航空的啟發，在旅途中向旅客發放免費餐、飲用水、小食品、濕面巾、豆汁等。中國的臥鋪汽車在這一點上與之不同。中國的臥鋪汽車只提供睡鋪和毛毯或者被子等，一般不提供食物和水等物品。通常情況下，晚上 10 點到 11 點，車子停靠在某個固定的飯店的院子裡，讓旅客全部下車。旅客們可以利用這段時間上廁所，伸伸腿腳，扭扭腰，稍許活動活動。如果餓了，自己去買飯或者食物吃，也可以吃自備的食物喝隨身帶的水，與泰國的冷巴相比，比較自由隨意。而泰國的這種做法固然給大部分旅客一種便利，但是也有不妥之處：首先是旅客沒有選擇的餘地，你只能領取這些食物，如果想吃點自己喜歡的東西看來只有自備或者等到下車以後才能享用，否則是不可能的；其次，對於那些吃素的人來說，發放那些帶肉的盒飯與含蔥的餅乾是很不妥當的。那些吃素的人領到這些食物，如果扔掉，那無疑是極大的浪費，如果送給其他人，同車的乘客都有，誰還需要呢？如果下車後送人，那就成了他（她）的行李負擔。真讓人不知道該如何處理。給那些吃素的人發放這些食物顯然是不符合發放的初衷的。當然，中國的臥鋪汽車所停靠的飯店也存在著嚴重的問題，那就是絕大多數飯店存在著宰客的現象，所賣的飯菜和食物都比一般的飯店和商店裡的貴得多，而且停車吃飯，雖然給旅客某種方便，但是一次停車往往得花半小時到 1 小時的時間。所以，中泰夜巴的做法各有長短。三、在中國的臥鋪汽車上，駕駛艙和旅客艙是連通著的，而泰國的冷巴卻是分開的，就像飛機一樣，旅客全都上車後，司乘小姐先是做些服務工作，然後便可關上艙門，離開到駕駛艙去。最後一點，這就

是中國的臥鋪汽車沿途帶客相當嚴重，一路上經常停車，少則三五次，多則十來次，有時還要帶著旅客到某些客戶指定的地方裝帶一定數量的貨物，根本不把旅客的時間當時間，可以隨意地浪費大家的時間；而泰國的冷巴則不同，除了到規定的地方帶客以外，從不隨意停車，也不沿途帶客，更不存在短途客搭乘的問題。我所乘坐的烏汶到曼谷的來回班車都是直達，所以汽車比較准點，不像中國客車晚點很多。

兒童節

　　泰國的兒童節定在 1 月第二個星期六，與中國的定在 6 月 1 日不一樣。2006 年的泰國的兒童節就在 1 月 14 日。這雖然是兒童的節日，但是皇家大學也呈現出熱鬧的氣氛。

　　泰國政府為什麼將兒童節定在 1 月的第二個星期六？目前，我手裡沒有這方面的資料，也沒有朋友和我談過。但是，不妨作這樣的猜想：一、1 月份是 1 年的初始，代表著新的希望，在這個時候給孩子們過節日，自然是寄予對孩子的期望，所以，將兒童節定在 1 月份表明政府和社會各界對青少年成長的重視；二、星期六，是一個休息日，大部分父母不用上班，可以陪同孩子們度過美好的這一天。那麼，為什麼不選定在第一個星期六呢？顯然，第一個星期六可能與元旦節日重合，人們忙著慶賀新年。為了避開這一點，當然選在第二個星期六，讓孩子們儘早地過他們的節日；三、1 月份對於泰國的大多數地方來說，既是比較悠閒的季節，又是氣候宜人的時候。泰國仍然是一個以農業為主的國家，人們的工作自然也分繁忙和悠閒的季節。在悠閒季節裡，父母可以抽出時間參與或者觀賞孩子們的各種活動，可以在這個時候幫助孩子們打扮自己，為他們的節日作充分的準備。而且，每年的 1 月份，泰國的天氣相對涼爽，孩子們在節日裡可以痛快地玩，不用怕天氣炎熱而受不了或者出太多的汗。

　　皇家大學的這種節日的氣氛是從前一天開始形成的。13 日下午 4 時開始，皇家大學廣播台在漢語節目中就特別為小朋友準備了許

多特別好聽的童謠，介紹世界各地兒童節的情況和來歷，同時向這裡的小朋友介紹了中國小朋友的生活。兩位節目主持人回顧了自己的童年生活，寄語現在的青少年朋友多到大自然中去，多親近大自然。最熱鬧的還是 1 月 14 日這一天。一大早，孩子們就乘坐校車或者公交汽車像趕集一樣來到皇家大學大門內側的大草坪上參加他們的節日活動。在這大草坪上，事先搭起了供演出的大舞臺，舞臺前的大片空地上整齊地排放著塑膠椅子，可以讓孩子們舒適地坐在上面觀看夥伴們的精彩演出。當然，兒童節不只是讓孩子們看演出，還得讓他們有玩的，有吃的，就在草坪的周邊，皇家大學的各個系都搭起了臨時帳篷，帳篷門前掛上許多色彩鮮豔的氣球，裡邊的桌上擺放著各種玩的器具，有些還真具有趣味性和知識性的；有的堆放著許多小禮品和小食品，準備送給孩子們。在漢語系的帳篷裡，幾個女大學生在老師的帶領下，組織孩子們用筷子夾乒乓球做遊戲。泰國人吃飯時一般是不用筷子的，孩子們更沒有用筷子的習慣，所以他們中的許多人就連抓筷子都不會抓，現在要用筷子夾那圓滾滾的乒乓球，談何容易。可是孩子們做得卻很認真。有幾個孩子在教給他抓筷子夾東西的基本要領之後，稍許練習，居然將乒乓球夾了起來，再往前走幾步，將夾著的乒乓球送到另一隻碗裡。每當一個孩子獲得成功，就會贏得熱烈的喝彩和掌聲，而他／她本人在成功的歡呼聲裡更是獲得極大的幸福感，顯得十分激動和興奮。自然，其他臨近的帳篷裡也不時傳出一陣陣開心的笑聲。還有一些孩子拿著發給他們的食物、玩具、紀念品到處瘋跑。這一天裡他們成了快樂的小天使。

大學校園在兒童節裡成了孩子們的樂園，中小學自然更是孩子們快樂的天地。就在兒童節過後的第二天，烏汶華僑公學在校園裡

舉辦了兒童節聯歡晚會。我和兩位皇家大學的同事應邀出席了這個
聯歡晚會。晚會上，該校的學生穿上節日的盛裝，表演各種節目。
這些節目大多是泰文的，也有不少是漢語的，體現了華僑學校的特
點，此外還有少量是英語的。每個節目表演結束後，表演的孩子都
會獲得一個禮品盒，裡面可能包著布娃娃之類的玩具。有的禮品盒
比較大，得由兩三個孩子抬走。表演過節目的孩子很快跑到父母或
爺爺奶奶身邊，接受他們的誇獎和鼓勵，或者由長輩給他們拍照攝
像，真是忙得不亦樂乎！兒童節在這裡真正成為兒童的節日，他們
在這一天成為生活的主角，也是非常受到寵愛的一天。從這一天的
情況看，泰國的少年兒童與世界上大多數國家的少年兒童一樣都是
受到關愛與呵護的，他們的童年大多還是幸福的。

姐弟同住

　　我不知道敘述了這件事是否使當事人不高興，為了避免因敘述給敘述人和當事人可能帶來的種種麻煩，我只能隱去其姓名，而代之以簡單的「姐姐」和「弟弟」。

　　他們倆是同胞姐弟，都是單身，沒有組建自己的家庭。姐姐已經年過半百，弟弟看上去比較年輕，長得比較英俊瀟灑，大約 30 多歲的樣子。他們住在不同的城市，相距數百公里。有一次，姐姐出差來到了弟弟所在的城市。由於工作關係，姐姐住進了單位預訂的一家旅館，由於事先作了電話聯繫，弟弟開著私家車來接姐姐到賓館住下，服務熱情周到，這些都是人之常情。可是，到了晚上 10 點多鐘，弟弟提著一隻旅行包進了姐姐的房間。據姐姐講，她的弟弟對她一直很好，是她的「保鏢」，今晚過來陪陪她。而房間裡只有一張床，究竟是怎麼睡覺的？不得而知。不過，她們都很坦然，沒有什麼要掩飾的。只是這種行為很難讓人理解。在中國，即使是同胞兄妹或者姐弟，成年以後就不能單獨同住在一個房間裡，避免給人造成誤解。然而，泰國的風俗是否沒有這些顧忌？（後來我就此詢問了一些泰國朋友，他們聽了也都搖頭）可是，據我的觀察，泰國人的思想總體上來說是比較保守的，況且姐姐和弟弟還是泰籍華人呢。說到底，這種弟弟陪姐姐同住真讓人難以理解，會不會出現倫理問題？不過，話又說回來，這是人家私事，沒有危害別人，所以可以視而不見。

漢語的處境

　　根據一般的常識推論，漢語在泰國的處境應該是一直很不錯的，因為千百年的歷史告訴我們，中泰兩國是近鄰，沒有邊界糾紛，也沒有發生過戰爭衝突，而且還有頗深的血緣聯繫。然而，歷史並不像一般人想像的那麼簡單。我們在與一些華人華僑接觸交談之後，瞭解到漢語在泰國還經歷過一番曲折呢。2006 年初，我們在拜訪烏汶華僑公學校長張遐鈴，與她交談時，張校長談到了她數十年前教學生學漢語的不平凡的情景。當時的泰國政府對漢語採取敵視的態度。可能是受意識形態的影響，當時的泰國政府將學漢語教漢語視為「通共」行為，是要抓起來的。這種邏輯說起來十分荒唐滑稽，就像「文革」時的中國將擁有海外關係的人視為裡通外國或者間諜特務一樣。但是，這確確實實就是社會現實。回憶起這段往事，張校長十分感慨，當時教漢語學漢語是多麼艱難。而這時的教與學恰恰體現的是華人華僑對祖國文化的摯愛，我深受感動。她在當年那種情況下堅持下來，是多麼不容易！後來，在與房東莊良騏的一次交談中，他也提到了當年的漢語在泰國遭到的厄運。莊良騏是泰籍華人，曾經在這裡的一所學校任教，他說，他當時與同事、學生只能「偷偷摸摸」地教漢語、講漢語。更令他感歎的是由於當時政府敵視漢語的政策，導致許多漢語人才的流失，因而現在烏汶的漢語人才很缺，真正能夠自如地運用漢語交談的人已經不多，就是一些年老的華人也只能有限地閱讀漢語報刊，能夠流利地講漢語實在是很少很少。年輕人

中除了到中國留學回來的，基本上不能講漢語，也不能閱讀漢語圖書和報刊，更不用說用漢語寫文章了。

目前，漢語在泰國的處境相當微妙。就拿烏汶來說，走在街上，隨時可能見到某個漢語招牌或者「恭賀新禧」，「財源廣發」的吉慶語張貼，但是會講漢語的實在很少。雖然有些人會講一點漢語，但是總讓人覺得口齒不清，發音含糊，而且夾帶著濃濃的廣東一帶的口音。有時，我也喜歡到書店轉轉，除了泰語之外，就是英語，這不奇怪。大多數書店沒有漢語書出售。只有少數幾家書店架子上陳列著寥寥幾本漢語學習的書。給我印象最深的是在曼谷一家書店，規模不小，有一專門櫃檯銷售外語書，而這些外文書並非原版外國圖書，只是外語學習用書。可悲的是漢語學習用書沒有被放在醒目的位置，而是被放在並不顯眼的下面，而漢語學習用書的上方卻陳列著許多日語學習用書。這不能說書店工作人員疏忽或者鄙視漢語，而是整個泰國的青年人的頭腦中漢語意識非常淡薄。正因為很少有人需要漢語學習用書，這些書銷量不大，才放在這個角落裡。這就意味著中國在他們頭腦中的分量還比較輕，或者說泰國的這些年輕人對於中國的認識還很不夠，根本沒有注意到漢語在世界上的地位正在大幅度提高，也缺乏開放而又長遠的目光。這對於每個在泰國工作的中國人來說都意味著應該承擔某種責任。

令人欣慰的是，這些年隨著中泰兩國關係的不斷改善，中泰文化交流與經濟貿易的不斷增加，漢語在泰國的地位近年來不斷得到提高，進而成為最重要的外語之一。就拿去年和今年來說，泰國開設了漢語電視頻道，從中國大批地引進漢語教學志願人員。特別是2006年伊始，泰國教育部在曼谷召開了規模空前的「首屆漢語教學論壇大會」，教育部的部長出席了大會，而且還邀請了中國教育部副

部長章新勝先生蒞臨會議，發表講話，推動華語教學的大幅度升溫。更令人振奮的是公主詩琳通殿下對漢語懷有濃厚的興趣，她對漢語孜孜不倦地學習和研究以及取得的突出成就都給她的國人以很大的鼓舞和支持。她的多次出訪中國，並且出版的漢語著作都為泰國人學習漢語作出了榜樣。因此，我相信，漢語在泰國必將迎來一個輝煌的時期。

2006 年 1 月底，烏汶皇家大學的低年級學生面臨著外語學習選擇的問題。對於他們來說，除了學英語以外，他們還可以在日語和漢語之間作出選擇。在動員學習大會上，日語老師表現得非常活躍，一位頗有經驗的泰籍日文老師，帶著 3 個學生用泰語作了長時間的宣傳，從學生的反應來說，宣傳的效果還是不錯的。這也難怪，在烏汶的街上，跑動的各種車輛絕大多數是日本品牌的，學生自己騎的摩托車也大多是日本產的。街頭的廣告除了泰語的以外就是非常醒目的鈴木、索尼、松下、夏普、佳能或者日立的。日本的各種產品已經融入了這些大學生的日常生活，構成了他們生活的不可缺少的一部分。相比較來說，中國的產品雖然有大量的水果和日用品進軍泰國市場，但是基本上沒有產生巨大的品牌效應，許多人吃了水果也不知道是中國產的，用了餐巾紙根本就沒有意識到它來自中國。因此，在與日語的激烈競爭中，漢語面臨著巨大的壓力。所以，我和昆明來的同事面對著這樣的局面深感責任重大。更遺憾的是，我是在步入會場之前的 5 分鐘才知道這項活動的，已經來不及作準備了，因此只有到了會場上才略微理理思路。輪到我講話時，我因為不會講泰語，覺得講英語還不如就講漢語。會場上的學生不懂漢語怎麼辦？就讓學漢語的學生當場翻譯，向他們表明漢語並不難學。我首先用漢語同這些學生打招呼：「大家好！」從學生的積極反

應來看，這 3 個字他們似乎是懂的，所以他們的精神比較振奮。接著，我對他們說：「歡迎大家學漢語！中國是世界人口最多的國家。你們選擇漢語學習就意味與 13 億中國人做朋友。中國一向對外友好，大家知道，中國雖然是大國，但是沒有侵略過別的國家。中國和泰國是友好近鄰，彼此關係一直不錯。近年來，隨著中國經濟的騰飛，世界範圍內掀起了漢語學習的熱潮。泰國政府也十分重視漢語學習，積極推動漢語教學，半個月前，泰國政府在曼谷召開了規模空前的『漢語教學論壇大會』促進漢語教學和學習，公佈了許多漢語學習的優惠政策，同時，詩琳通公主的漢語學習和漢學研究為大家作出了表率。所以，你們學習漢語將會得到政府的大力支持和幫助。你們學習了漢語，將來可以到中國去發展，中國的發展空間很大，機會很多，我相信你們會作出明智的選擇。我希望與在座的各位同學交個朋友，讓我們在漢語課堂上再會吧！」當我的學生將這些翻譯出來以後，學生給予了熱烈的回應。短暫的演講結束後我因為要趕到校廣播台做漢語廣播，需要提前離場，於是我又讓學生把我需要提前離場的原因講了一下，再跟會場上的全體同學說聲「再見！」事後，我還是感到有些遺憾，沒有好好將這次活動籌畫一下，短暫的三五分鐘演講也沒有好好斟酌。如果要準備的話，至少應該寫幾個漢字，帶一些圖片，讓學生看看，幫助他們從感性上瞭解中國。如果時間許可的話，還可以談談中國方面將給予他們學習漢語提供的種種幫助。輪到我的幾個學生作宣傳演講時，她們低聲問我講什麼，我沒有時間考慮，只能不假思索地告訴她們：「就講在揚州大學學習的各種感受。」因為她們到揚州大學學習過。

泰國的稅費

　　在出國之前，我總以為中國現在的稅費很高，然而到了泰國才知道還有更高的。在泰國生活了幾個月深深感到這裡的稅費幾乎是無孔不入，遇到點事，就得交錢，而且高得驚人。

　　且不說剛剛到曼谷，給計程車司機 20 泰銖的小費（相當於人民幣大約 4 元，其實不過是熱情地搬一下行李箱，而計程車費已經付了。）在來泰國之前，我到泰國駐上海領事館辦簽證。我的目的很清楚，不是無所事事到泰國旅遊觀光的，而是來工作的，但是領事館就是不肯給我辦工作簽證，而是辦了旅遊簽證。這樣一來，我似乎成為中國的大款，要到泰國來消費。而且，我明明申請的是 1 年的工作期限，可是，領事館卻給我只辦了 3 個月的，然而收費卻是 400 元人民幣，也就是說，我在泰國每待留一天就要交給這個國家 4 到 5 元錢。當我拿到簽證的時候，我想交涉，其他辦證的人告訴我，這是人家的規定。這到底是什麼規定，這種規定分明給來到這個國家的人設置門檻嘛，也是給來這個國家工作的人設置障礙嘛！來到烏汶皇家大學工作之後，聽說還要辦工作證。我在國內來到新單位工作也辦工作證，不過那很簡單，就交給有關部門一張 1 寸的照片，再提供性別、出生日期、籍貫、學歷和職稱等，不需要交錢，過兩三天證就辦好；快的當場就可以拿到。再看看泰國，先要按照規定要求拍照片（我從國內帶來幾種規格照片都不能用），然後再到指定的醫院去體檢。體檢倒是比較簡單而且很快，既沒有 X 光透視，也沒有 B 超檢查，沒有抽血化驗，就是用聽筒聽一聽，再通過翻譯簡

單地問幾句，就算是 PASS 了，收費是 65 泰銖。我的那位昆明來的
同事由於碰巧遇上感冒，就開了兩三種藥丸，結果花了將近 400 泰
銖。看來，所謂的體檢，其實不過是走過場，是泰國政府（也可能
是地方政府）有關部門與醫院合謀撈勞工（特別是外國勞工）衣兜
裡的錢。接著到地方政府有關部門辦工作證，一交就是 850 泰銖（相
當於人民幣 170 元）。本來，政府已經收了每個公民的稅（包括我們
這些外國人每個月也繳 600 泰銖的稅），免費辦理各種手續應該是順
理成章的事，就是收費也應該是少量的，然而這裡的政府卻據此斂
財，借辦手續敲老百姓的竹槓。我雖然不是泰國公民，但是卻也向
泰國政府納稅的，我的 1 萬 8 千多泰銖的工資每月扣除了 600 泰銖
的稅，相當於工資的 3—4%。而且，烏汶皇家大學財務處當時扣我
的工資並沒有說明，直到我帶著一位懂泰語的同事去詢問，財務處
的一位女士才告訴我說是扣了稅。對於向外國工作人員收稅，是否
有國際法依據，我不清楚，當然不能隨便議論。只是想說，無論什
麼理由扣錢，都應該向被扣的人作個說明，讓人心裡明白。

　　本以為，辦了工作證就一勞永逸，然而這種想法既很幼稚，又
錯了。過了 3 個月，我不僅須續辦簽證，還要續辦工作證，這下可
是大放血了。續辦簽證交了 1900 泰銖，續辦工作證又交了 3100 泰
銖，這個費用雖然由皇家大學報銷，但是我仍然感到很不爽。我實
在不知道有關方面收費的專案與數額的法律依據。作為外國人的我
有這種感受，就是泰國的老百姓也有同樣的感受。一位泰國朋友曾
經與我談到稅費的問題。這位朋友家在烏汶有一個店鋪，該店鋪按
大小交稅。而且辦一個門面招牌也要交費，據說如果掛外語招牌還
要多交錢。這位朋友並不因為我是外國人就替其政府保面子。這多
少說明，不僅是這位朋友非常坦率，而且政府的稅費引起了抱怨，

但希望泰國政府能夠傾聽老百姓的聲音，切實減除重疊的稅費和以搜括民財為目的的稅費。

　　實事求是講，泰國在某些方面的收費還是比較低的。無論是摩托車，還是汽車，外出停放通常都是免費的，這為人們的日常生活節省了一大筆開支。另外，泰國的教育和醫療費用也比中國低得許多。比如說上大學，中國的公立學校的最普通的專業都是差不多 5000 元，至於民辦高校的收費更是沒准，許多專業的學費是 1 萬元或者 1 萬元以上，還有不少學校的某些專業的年學費達到兩萬元，而泰國皇家大學的學費只有 2000 多泰銖，相當於人民幣 400 元左右，而且學校除了書本之外基本不收其他費用，學生在校內進電腦房操作電腦也不用交錢。再說醫療費，對於泰國人來說，也不算高。我有一個學生騎摩托車時不慎摔了一跤，面部、手臂和腿部多處被挫傷，到了醫院，醫生先是幫她清洗創面，然後幫她包紮傷口。一個星期後，見到她的時候，她的雙臂依然纏滿紗布。在問過她的傷情之後，談到醫療費時，她說只花了 100 多銖，相當於人民幣 20 多元。如果是在中國，像她這樣的情況，沒有一、二百元人民幣是不行的。不過，據我觀察，泰國的收費主要是優惠本國公民，對於外國人則不那麼客氣了。比如到大王宮等地參觀，外國人要花 200 銖買門票，而泰國人去參觀就不要買票。所以，我們這些外國人雖然向泰國政府納了稅，但是還是比泰國人多交了一些錢。

在泰國「首屆漢語教學論壇大會」上的即席發言

　　2006 年 1 月 11 至 12 日,「首屆漢語教學論壇大會」在曼谷國賓大酒店隆重舉行。我作為烏汶皇家大學的代表出席了這次會議。在 12 日上午的分組討論中,分會組織者給了我發言的機會。這次會議上,除了到會的中國教育部副部長章新勝、中國國家對外漢語教學領導辦公室的趙國成主任用漢語講話,泰國教育部的一位副部長講了幾句漢語之外,其他所有的到會者無論是在全體大會上,還是在分會上講的都是泰語。所以我沒有料到他們讓我講漢語。在會議上,我利用所給的 5 分鐘作了這樣的發言:「首先感謝主席先生給了我這樣一個與在座各位的交流的機會。我站在這裡是烏汶皇家大學的代表,同時我又作為一個中國同行和大家隨便談談。我從中國揚州大學來到烏汶皇家大學工作大約兩個半月的時間,對這裡的漢語教學工作瞭解不是很多,但是烏汶皇家大學在漢語教學方面有三點給我留下的印象很深。第一,烏皇大的漢語教學起步早,他們的漢語課程設置已經有 10 多年的時間,在泰國的大學中是比較早的;第二,烏皇大在開設漢語課程和開展漢語教學過程中同樣遇到了師資和教材的兩大問題。他們是如何解決的呢?自己師資不足,烏皇大既不是消極等待,也沒有簡單地向上級教育部門要,而是走出去,到中國的揚州大學和昆明理工大學去尋求合作,通過文化交流,引來了漢語教學人員,從而彌補了師資的不足,正是在這樣的情況下,

我這個揚州大學的教師今天到這裡與各位結識。近年來，烏皇大還派出大量的學生到揚州大學和昆明理工大學學習，這些學生學習回來後，許多人都成為漢語教學的骨幹，極大地促進了整個烏汶地區的漢語教學。針對教材的缺乏，烏皇大一方面利用到中國訪問的機會購買，另一方面則是組織教師編寫；第三，為了給學生提供漢語學習的機會，強化漢語教學的氣氛，烏皇大開設了漢語無線電廣播，每星期定時播出，讓漢語教師在空中與本校學生和本地漢語愛好者接觸和交流。烏皇大在漢語辦學方面的這些經驗可以作為在座各位漢語教學的借鑒。與此同時，烏皇大希望在漢語教學方面與各位加強來往，互相學習，互相交流。作為中國的教育同行，我熱忱歡迎各位到中國去，尋求交流與合作。我們揚州大學已經與烏皇大開展了有效地交流與合作，也非常歡迎各位到揚州作客。謝謝！」

在泰國過春節

　　春節在中國是非常重要的傳統節日，絕大多數中國人都在這一天與家人團聚。在結婚前，我每年春節都是同父母一起過的，結婚以後則一直與妻子、女兒一起過。今年是我第一次離開家人單身一人在外過春節。

　　在烏汶的華僑 X 先生知道我們這些人單身到泰國工作，在這歡慶新春的節日裡，格外想家，格外孤單，於是熱情邀請我們作客。因而，除夕之夜和大年初一，我們都到 X 先生家作客，與他們全家共同度過這美好的時光。

　　由於今年的春節是第一次在國外過，自然在許多方面不同於以往，所以同樣給我以深刻的記憶。今年的春節與以往最大的不同就是年味很淡，絕沒有往年國內那樣的濃墨重彩，淡到幾乎沒有過年的感覺。如果不是 X 先生的熱情相邀，與平常的日子沒什麼兩樣。泰國雖然有不少華裔華僑，但是泰國政府並不重視這個節日。據 X 先生說，政府不允許華人華僑放鞭炮和焰火。他告訴我，他家大門對面的商店裡就有鞭炮銷售，但是不許放，沒辦法。我們在他家聊天的時候，X 先生還拿出一疊紅紙給我們看，原來他早已寫好春聯和福字，但是沒有貼。後來我到其他華人華僑家看了，竟然也沒有貼春聯。過年過節，沒了鞭炮和春聯，那還叫年嗎！更何況，泰國政府這些天不放假，學校照常上課，其他部門照常上班，街頭也沒有國內過年時的張燈結綵，大紅燈籠高高掛，沒有各種娛樂表演，白天的街頭人也不多。此外，國內的春節裡，大多數地方是冰天雪

地，而這裡卻如初夏，這也讓人覺得少了春節的某種味兒。所以，今年的春節只有少數幾個華人華僑互道問候，除了國內的朋友發來熱情洋溢的電子賀卡，一切都和平常一樣。春節過了幾天以後，皇家大學的校長忽然想起要慶賀我們的春節，於是邀請我們漢語系的幾位中泰教師到飯店吃飯，並且用漢語對我們說：「恭喜發財！」這到底讓我感到春節的一點味道。

霸道的電信

　　在國內，我們常常抱怨電信業的壟斷和不合理的收費。到了泰國才知道，中國電信與泰國電信的霸道相比不過是小巫見大巫。從中國來到泰國，換手機卡是不可避免的。剛到烏汶，朋友向我推薦orange 的卡，於是我遵從買了。最初沒有感覺到什麼不同，可是過了一段時間，電信公司給我發來短信，要我給卡上充值。我先以為卡上錢用完了，於是買充值卡給手機充值。為了能多用些時間，我買了 300 泰銖的卡。這次果然用的時間比較長，可是過了一個月，電信公司又給我發來短信，要我往卡上充值。我想這個月沒有打多少電話，300 泰銖不會用完了吧？怎麼又要我充值？於是我開始注意短信的細節，原來我的錢確實沒有用完，還有數十泰銖，但是已經不能使用了，要我必須充值才能啟動這部分錢。真是奇怪，自己的錢竟然還要受到電信公司的管制，真是不可理喻！於是，我問泰國的同事。一個同事告訴我說，在泰國南方有恐怖分子利用手機製造恐怖事件，電信公司的這個舉動是為了防範恐怖活動。這個說法後來在其他同事那裡得到證實。他們都是泰國人，我相信他們說話是真誠的。但是對於泰國電信公司所給的說法，我是心存疑問的，就靠控制使用時間就能防範恐怖活動？世界上的事情不會這麼簡單吧！無論是恐怖分子，還是警方，誰都不是弱智。泰國電信的這個限制客戶的行為的理由就是連三歲小孩也騙不了的。我知道這個理由的荒唐，但是沒有能力促使它改變或放棄這種規定，因為我沒有精力去研究泰國的法律，不可能將其告上法庭。於是，我想是否有

變通的方法讓電信公司撤銷對我使用期限的限制，於是我詢問了另一位同事，他又向其他人諮詢，後來告訴我，帶著自己的護照到 BIG C 去辦理身份登記。於是我興沖沖地找了一位泰國同事，帶我到 BIG C 商場的二樓，找到了 orange 卡的辦事處，請小姐給我作了登記。小姐拿著的我護照看了看，經過一兩分鐘的電腦操作，很快我的手機收到了短信，不過不是英語，而是泰文。我以為是我的身份登記成功，電信公司可能撤銷了對我使用的限制，所以沒有多問就興沖沖地離開了。誰知道我的高興太早了，過了沒幾天，電信公司還是給我發來短信，稱我的卡上還有 135 泰銖，但是服務到期，如果不存錢就不能給我提供任何服務。不過，這次同以往一樣都是英語的。真是奇怪，通知身份登記的用的是泰語，通知交錢了卻用英語。這讓人感到電信公司的可惡！我還通過我的泰國同事問過服務台的小姐，我卡上的錢如果用不完，是否可以在我回國的時候退還給我，同事翻譯告訴我，不可以。後來我在研究該公司致客戶的合同（Term & Conditions Orange Subscriber Contract）時發現了這樣一個霸王條款：「Any SIM Card the Company supplied to the Subscriber remains property of the Company, but it is the Subscriber's responsibility to keep it safe.」（該公司提供給客戶的 SIM 卡的剩餘之物仍然是公司的財物，但是客戶有保證其安全的責任。）SIM 卡是客戶購買的，卡上的錢是客戶存上去的，怎麼成了該公司的財產？真是豈有此理！不知道天下哪一條法律賦予它這樣的權利。竟有如此的霸道者。遺憾的是泰國政府對於這種利用壟斷地位行使這種霸權竟然聽之任之，沒有採取任何措施保護消費者的權益。同時，我還感到遺憾的是泰國的眾多消費者也沒有對電信公司的霸道提出質疑、抗議乃至控告。後來，據說泰國的電信業主要掌控在塔

信的手裡，塔信是泰國現任總理，他當然庇護著電信，而且有嚴重的腐敗嫌疑，難怪泰國反對黨遊行示威、舉行集會要求罷免這個腐敗的官僚，如果我是泰國公民，我也會成為塔信的反對派，不為別的，就因為可惡而霸道的電信。

學生的學習評價

　　上面談到過泰國學生的自由，須知這自由也有其消極的一面。不可否認，泰國學生中確有一些學習刻苦認真的，但是也有不少學習成績太差。這也難怪，試想上課經常遲到甚至缺席的學生怎麼可能把學習成績搞好，除非他是超級天才。所以，皇家大學的學生在期末考試中終於顯示出兩極分化的傾向。在我教的班級，好的學生可以輕鬆地考到 90 多分，最高的得到 99 分，而差的學生才考 10 幾分，甚至還有 6、7 分的。我的另一位同事所教的學生大體也是如此。那些差生之所以成績差，不是因為頭腦笨，而是因為他們遲到和曠課多。據瞭解，這些學生平時在課後基本不看書，既不預習課文，也不做練習，複習鞏固。期末考試卷批閱過後，登記好考分，看到分數偏低的學生還比較多，按照我們國內的評價方式，可能有 40% 的學生不及格。這個比例顯然偏高。我正想採取什麼方式減少不及格學生的比例。這時，泰國同事告訴我，這裡的學生學習評價方式是：平時練習占 60%，期末考試占 30%，還有 10% 是看他的出勤情況而定。更重要的是最後的成績總平分如果達到 44 分就算及格，這與我們中國的 60 分及格相差一大截呢！根據這個評價方式，有些學生雖然在期末考試的筆試中只得 10 來分，20 幾分，但是經過這麼一算，除了個別極差的以外，居然都爬到了 44 分以上──及格了，不用補考了。我為他們總算鬆了口氣。不過，鬆口氣歸鬆口氣，他們中的一些人將來走上社會，能夠適應社會的需要嗎？好在泰國人口不多，就業形勢不算很嚴峻，激烈的競爭似乎還沒有到來，他們

不用擔心畢業問題，也不用擔心將來的工作，不用考慮大學期間是否真正學到東西，所以他們才可以自由地決定聽課與否。不過，我還是擔心，這樣的素質在將來如何應對全球化時代的激烈競爭。但希望我這個局外人是杞人憂天。

畢業時刻

　　2006 年 3 月 5 日，星期一，烏汶皇家大學的四年級學生畢業
的時刻到了。一早來上班就看到：校門口的路邊一下子擺了好多
鮮花的攤位；許多穿著畢業服裝的學生從門口進進出出，伴隨著
他們的還有他們的父母和親友。進入校門，主幹道的兩側搭起了
許多臨時帳篷，其中不少也是出售花束、花環，也有銷售畢業紀
念品的。校園裡的行人和車輛比以往多了許多，不少地方還臨時
搭起了花環門，就像過節一樣，非常熱鬧。通往 1 號樓（行政辦
公樓）的道路設置了路障，車輛不能通行，只有行人才可通過。
原來 1 號樓前正擁著一批一批的學生準備著拍集體畢業照，1 號
樓是他們拍照的背景。畢業的時刻在泰國學生這裡是最熱鬧的，
畢業生們集體租來具有其民族特色的畢業服穿，非常興奮和激
動。他們的畢業服是一件鑲著醒目的金紅色相間條紋的黑色長
袍，沒有帽子，不同於中國大學畢業生穿的學位服。中國大學畢
業生穿的學位服基本上是西方式的，沒有民族特色，而且不同學
位的服裝大體相似，只是有些細微的差別。而泰國學生的這種畢
業服穿起來人就顯得既端莊也修長。這些畢業生除了拍集體畢業
照，就是拉著父母和親友在校園裡找地方拍照。為了拍照，女生
們特意化了妝，男生也將頭髮梳得一絲不亂。他們買來花束和花
環，拉著父母親友亂鑽，找地方拍照留念，由於人很多，很難精
心選景，往往是幾個人朝花環門前或者什麼樓的前邊一站，就哢
嚓哢嚓地拍了幾張。所以，這天從早晨到下午，整個校園裡，幾

乎是每個地方都閃著照相機的閃光燈，特別是校園的幾個風景點，更是閃光不斷，熙熙攘攘的全是人。

照相的時候，畢業生們準備幾束花讓父母、親友抱著。還有不少學生打電話給老師請他們與自己一起合影留念。那天我正在漢語系辦公室上網收發電郵，大約 10：20，我的手機響了，是陳燕來的電話，她先問我在哪裡，接著邀請我下樓與她們合影。陳燕是中文副科的學生，但是我沒有教過她，我所教的學生都還沒有畢業。因為她和潘紅在去年 11 月接待過揚州大學前來參加大湄公河區域合作會議的代表團，所以與我比較熟，就在她們畢業之際也沒有忘記我。在樓下拍了合影之後，陳燕忽然想起了我們漢語系的辦公室是個拍照的好地方，因為辦公室的門上不僅貼有一對具有中國特色的福娃，而且還在福娃的上方貼著五星紅旗。於是，我和她又在這門前拍了一張極有紀念意義的照片。過了兩天，潘紅又打電話給我，也約我到漢語系辦公室前拍照片。她向我解釋那天未能一起合影的原因，我說：「這幾天無論哪一天都一樣，你們畢業了，我真心地祝賀你們，祝你們今後工作順利！」

王子幸臨

　　皇家大學與其他大學不同的是她的學生畢業時大多是由王室成員親自頒發畢業文憑。國王年事已高，一般不會給學生頒發文憑，主要是由王子和公主去辦。因此，每年暑假中，王子和公主都會到全國各地的皇家大學頒發文憑。據瞭解，泰國有 40 幾所皇家大學，王子並不是每所都去，而是選擇其中一些，被選中的學校倍感榮幸。我們曾經在閒聊中問過泰國同事：王子來，皇家大學有什麼好處？同事說，這是非常榮幸的事情，王子能夠駕臨，大家都很高興。那麼，王子自己有什麼好處？他可以得到許多錢，他到每所大學，大學都要給他錢。我想，既然是給王子錢，那一定是相當可觀的數目，就像中國的某些領導人給人題寫幾個字，然後拿數萬潤筆差不多。後來有人告訴我，王子每給一個學生發畢業文憑就可以拿到 3000 泰銖，烏汶皇家大學今年有 4000 多畢業生，那該是多大的一筆數目呀！有位朋友開玩笑說：「發一本畢業文憑就是給 3 泰銖，我也幹。」難怪我的中國同事羨慕說：「當王子真好，可以全國到處跑，拿到的錢又不少，這樣的好事哪裡去找？」

　　今年，烏汶皇家大學頗感榮幸，王子將大駕光臨。到了 3 月下旬，皇家大學及其周邊地區明顯地與往日不一樣。校園的大門內側，樹立起嶄新的國王畫像，畫像放置在兩三米高的台座上，而且鑲有金黃色的邊框。沿著大門往前，直到路的盡頭，樹立的是王子的頭像，頭像同樣鑲有金黃色的邊框，同樣放置在台座上，只不過這個台座沒有國王的高。在學校行政辦公樓前左側也樹立了身穿白色制

服的王子的畫像。皇家大學的圍牆外，馬路上特別整潔，人行道上每隔十多米就置放一個一米多高的鐵架，架子上擺放著花草，每隔20多米，就放一個嶄新的垃圾桶。學校的圍牆或者柵欄上裝飾著白、藍、黃相間的長條布，這些布打結成一連串的布花。公路中間隔離帶上花草鮮豔，路燈桿懸掛著長條形泰國國旗和黃色旗幟（據說是國王的旗幟）。從三月二十六、七號開始，行政辦公樓的北邊和西邊的道路上開始搭起了帳篷，不過，這種帳篷不是一個個封閉的，獨立的，而是連在成一片的，開放的，各個帳篷實際上都是只有頂，沒有「牆」的，相互間完全相通。3 月 28 日，這些連通的帳篷裡全整齊地擺放著塑膠椅子，每一帳篷大約放了 40 張左右，前邊放置著一個電視機檯，檯上放著一台大彩電。與此同時，校園裡的員警與保安增加了許多，有些通往學校會議大廳的路道開始封鎖，一般人不能通行。與此同時，校方通過外事處告訴我們，3 月 29 日到 4 月 2 日幾天，王子駕臨，行政辦公樓和教學樓均不許入內，我住在校外不用到學校來，來自昆明的同事住在招待所不能外出。沒想到王子來皇家大學竟然給人帶來如此不便。3 月 29 日，我還是到校園轉了兩圈。從皇家大學東側的主幹道直到西側的主幹道全部封鎖，一般機動車已經不許通行，只有警車和極少數機動車可以來往，幸而我騎的是自行車，推著通過路障，好在員警沒有阻攔。上午進入校園，好傢夥，這裡就像節日裡的市場，到處是人，其中大多數是穿著校服或者畢業袍的學生和他們的親友，就同 3 月初畢業時刻的一樣，隨便找個地方，三五個親友站在一起就拍照、攝像，學生還同月初一樣捧著鮮花。校園裡除了通往學校會議大廳的路道之外，到處都是人。我對這些並不感興趣，因為月初已經看到過這樣的景象。我只想到辦公樓和教學樓這邊看看，這兩個地方果然是不許人進。

辦公樓這邊除了拉起警戒繩之外，樓梯口全由員警把守，這裡一下子就像是保密要地。再看教學樓那邊，兩邊樓梯入口都是鐵將軍把門，真不知這教學樓與王子的光臨有何相干，也不許人進，害得我好幾天都沒辦法收發電子郵件，與國內失去了聯繫。既然辦公樓和教學樓進不了，就到校園裡隨便轉轉，但見凡是有陰涼的地方，都有人放一張自帶的席子，幾個人或坐著或躺著，或者聊天，或者喝水吃東西。看那樣子，他們就像到校園裡休閒的，非常自在。下午到校園來，情況和上午差不多，不過，帳篷裡的塑膠椅子上大多坐了人，他們在收看王子給學生頒發文憑的現場直播。我估計接受文憑的學生是一批一批進入學校會議大廳的。

　　4 月 1 日和 2 日烏汶地區下了大雨，王子頒發畢業文憑的儀式還是照樣舉行。據瞭解，在王子到來之時和離開之時，學校都得組織學生和教師夾道歡迎歡送。下雨時，歡迎歡送儀式照樣進行，許多人都被淋了雨。我聽說了這一消息，首先想到的是那些學生會不會因此而感冒。一位泰國同事告訴我，淋雨無所謂，能親近王子是非常榮幸的事。

　　那天晚上，給住在招待所的那位同事打電話，問住在裡面的感受怎麼樣？她說：「非常自由。」我問其故，她說：「這些天一個人在宿舍，想看書就看書，想看電視就看電視，想睡覺就躺下，想吃東西就打開冰箱，……沒有人打擾，非常自在。」她在這之前買了許多食品作準備，所以有備無患，現在倒落得逍遙自在。不過，同事所言是否由衷抑或自我調侃，不得而知，倒是我和她開過這樣的玩笑：「你將遭軟禁了，不為別的，就因為王子幸臨。」

雲南之旅

　　雲南是中國西南地區的一個省，到雲南旅遊等於回國，實質上已經不在旅泰的範圍之內。但是，從另外一方面講，我是作為泰國烏汶教育考察團的一員赴雲南旅遊的，而且一直與泰國朋友同行、同吃、同住，所以將其納入旅泰見聞應該沒有什麼大錯。

　　雲南之旅，從空間上講，我是回國了，但是從另一點來看，我還是有一種在泰國的感覺，因為我在這幾天裡都生活在泰國的人群和語言包圍當中。在這幾天裡，我一睜開眼睛，見到的是泰國朋友雅容‧克拉汗（Jaroon Klahan）先生；進入餐廳，大家打招呼基本上用的是泰語，除了穿行其間的服務員以外，滿眼都是泰國人；到了旅遊巴士上，隨車導遊都是用泰語解說，大家的自娛自樂講的當然是泰語，車載 CD 播放的是泰語歌曲；就是到了寶樹堂之類的購物場所，服務員大多講的也是泰語；到了酒店吃飯，端上桌的大多是泰式菜肴……只有在大理觀看大型夢幻風情歌舞《蝴蝶之夢》時，我才真正有了回國的感覺。然而這在整個行程中不過是一個短小的插曲，正如其海報所云，是一場「夢幻」。

　　雲南電視臺曾經自稱雲南是「彩雲之南」，同時從電視節目上看，雲南的雲霞實在是五彩繽紛。其實，雲霞的色彩並不是某個地方所特有的，只不過在某些沒有受到工業污染的地方，由於天空的清澈而使雲霞顯得更豔。所以，在我看來，雲南的真正色彩並不只是在虛幻的天上，更在人間：在地上，在人們的身上，同樣還在人們的心裡。雲南的色彩在地上，這大概是每個到過雲南的人的共同

感覺。從昆明到大理，再到麗江，一路過去，公路兩邊青山綠水，金黃的莊稼，碧藍的湖水、浮現在山野間或粉紅或金黃或淺藍或白淨的花雲、潔白的雪山與民宅建築、黝黑的盤山公路等等，相互輝映，構成一幅幅的畫面，讓人大飽眼福。特別惹人喜愛的是麗江近郊的油菜花，金燦燦的，十分奪目，在遠山黛色的映襯下真是美極了，若是經過一場春雨的洗滌，那就更美了。

雲南是一個多民族的聚居地，在這裡生活著傣、白、彝、佤、藏、苗、哈尼、納西等多個少數民族。這些民族不僅能歌善舞，而且非常善於裝飾打扮自己，他們的服裝色彩鮮豔豐富而且搭配得當，白族尚白、佤族崇黑、傣族喜綠，因而人們的服飾各不相同，都具有濃郁的民族特色和文化內涵。所以，到了雲南，隨處可以見到少數民族同胞身穿民族豔麗的服裝，尤其是到了大理、麗江、石林這些地方，就像是置身於色彩的海洋，而且這些多種的色彩不斷地流淌著，變幻著，令人目不暇接。單這一點，就讓人覺得雲南確實是色彩的家園。與這流動的色彩相映的是山下的建築和店鋪裡的琳琅滿目的工藝品。蒼山腳下的白族聚居地的建築大多是白色的牆壁，配以深褐色的屋頂與金黃色的門窗，其門樓雕刻著當地的神話傳說，色彩自然也很漂亮。與之相比，店鋪裡的工藝品更是鮮豔奪目，那碧綠的、蛋黃的、幽藍的玉器，清冷中透出迷人的色彩；高高掛著的各式少數民族服裝、頭飾以及製作精細的葫蘆絲、書畫作品等也都各具色彩，引人入勝。

雲南的另一色彩不是由眼看的，而是由耳聽的，由心靈來感受的。到了雲南，隨處可以聽到獨具特色的地方音樂，而這些音樂給了我們又一種「色彩」的感受。從《有一個美麗的地方》到《蝴蝶泉邊》，從《月光下的鳳尾竹》到《小河淌水》，從《阿佤人民唱新

歌》到《阿詩瑪》和《阿細跳月》等等，這些由葫蘆絲和蘆笙等演奏的音樂可以將我們帶到一個個色彩綺麗的想像的世界。以往，我在揚州的家裡也聽這些音樂，確實是百聽不厭，但是在雲南聽感受更特別，周圍的山山水水更容易激發人的想像，甚至還有身臨其境的感覺。徜徉在大理古城，漫步在三塔附近，悠遊在洱海之上，就在《蝴蝶泉邊》的音樂聲裡，似乎美麗的金花和阿鵬就在身邊，就在眼前。最讓人心醉的是大型夢幻風情歌舞《蝴蝶之夢》，那就是色彩的盛宴，它以豐富奇特的想像、深厚的文化意蘊、美麗動聽的音樂和精湛的表演將觀眾帶到一個奇特夢幻的色彩迷人的世界。在這個世界裡，觀眾早已超脫了日常的自己而觸摸到色彩的精靈。雲南之所以吸引著許多中外遊客，主要在於這裡的民俗風情和美麗的風景名勝。我們這次雲南之旅主要是遊玩大理、麗江、玉龍雪山、石林和九鄉溶洞等幾個地方。這些地方已經得到充分的開發，自然來過無以計數的遊客，其中不乏墨客騷人和社會名流，相信一定留下若干遊記隨筆，這種情形正如李白所雲：「眼前有景道不得，崔灝題詩在上頭。」所以，我不想再去描繪雲南各地的風景名勝，以免班門弄斧。

　　2005 年暑假，揚州大學文學院組織教師到山西旅遊。回來的途中，有位教授總結這次旅遊是「文化之旅」、「健康之旅」、「快樂之旅」。現在借用這位教授的話來概括我們這次「雲南之旅」是「文化之旅」和「快樂之旅」，同樣是很恰當的。說雲南之行是「文化之旅」，首先表現在整個旅行團到雲南的重要目的就是教育考察與文化交流。我所參加的一個小組到了昆明後立即驅車前往昆明理工大學參觀訪問，在該校有關人員的陪同下，參觀了該校的古生物化石陳列室和地質礦產博物館，接著就加強烏汶皇家大學與該校的文化交流

與教育合作舉行了會談。這就賦予了這次旅行以文化意義。就是在風景名勝區的旅遊，同樣具有文化意義。在大理，人們不僅瞭解到古城的歷史文化、崇聖寺三塔的文化內涵、古南詔國的歷史傳說，而且認識到白族人的審美追求和蒼山洱海的文化意蘊；在麗江，作為世界歷史文化遺產的古城，同樣散發出濃郁的文化氣息，那街頭的雕塑、巨大的水車、鱗次櫛比的古色古香的店鋪、那店鋪裡外的匾額、對聯與招牌、那每條街巷裡飄出的地方音樂、那徜徉於街頭的納西族、藏族的姑娘小夥，都讓人感到本土文化的芳香；在石林，阿詩碼的傳說令整個石林都浸潤著彝族的文化意味；九鄉的溶洞以其多姿多彩的石與水和奇幻的燈光激發著人們的想像，就是在這想像中人們進入了一個獨特的文化境界。

　　說雲南之行是「快樂之旅」確實是我的親身感受，給我印象最深的是一路上笑聲不絕。為什麼會有這樣的笑聲？這大概是泰國朋友樂觀、爽朗與幽默詼諧的天性所致。4 月 2 日，在烏汶開往曼谷的大巴上，廣播喇叭裡就有一位女士用泰語在向全車人講述什麼，逗得大家前仰後合。我因為不懂泰語，不知道她講的內容，但是從她的腔調、她的模仿動物的叫聲，可以想像出她一定還伴隨著某些動作，很像一位喜劇演員，給全車人帶來歡樂。到了雲南，我發現這位女士就在我們車上，她的年齡 50 出頭的樣子，體態較胖。在旅途中，一旦導遊歇了下來，她從後面的座位跑到前面來，手持麥克風，儼然節目主持人，給大家表演著各種各樣的「節目」。就在她講述的同時，她還伴以腰肢和手勢的動作。有時，她還把麥克風遞給身邊的賽尼博士（烏汶皇家大學副校長）或者其他人，讓他們模仿某個動物的叫聲或者某個動作，他們也都毫不猶豫地遵命做了。這在中國幾乎是不可能的，官員們即使在幽默的時候也不失其威嚴，

而泰國朋友在這種娛樂的時候早已將官員的身份棄之一旁，恢復了一個普通人的面目，與大家一起取樂。很可惜我不懂泰語，對泰國文化瞭解也很有限，未能加入到這個行列，只能作為一名觀眾默默觀看，只有從大家的笑聲中感受到他們的快樂。就整個行程而言，最快樂的是 4 月 8 日晚在昆明的一家飯店吃飯時的情景。吃飯過程中，一位小夥子手持長嘴壺給客人表演斟茶的功夫，博得大家熱烈的掌聲和嘖嘖讚歎。臨近結束時，自稱「阿詩瑪」的 3 個女服務員站成排，給大家唱起了當地民歌。這一唱，就把晚餐熱烈的氣氛推向了高潮。緊接著，先前在車上非常活躍的那位女士跳起了泰國式的舞蹈。她見「阿詩瑪」們看得有些發呆，於是教起了這些「阿詩瑪」。就是她的教和「阿詩瑪」們的學，引發了一陣又一陣的掌聲和笑聲。一時間，整個餐廳都成了歡樂的海洋，忙得不少人攝像的攝像，拍照的拍照，大家要記住這極其美好的快樂的時光。

潑水節

　　我曾經問過一位泰國同事：「在泰國，什麼節日最好玩？」她毫不遲疑地告訴我：「宋幹節（Songkran Festival）。」她所說的宋幹節就是潑水節。後來，我先後遇到從揚州大學學習回國的陳玉芳和陽明光，問她們在揚州學習期間也過潑水節嗎？她們不約而同地說：「過呀！照樣潑水！」我說：「4 月中旬的揚州氣溫還很低，往身上潑水還會不會感冒？」她們都說：「潑水很刺激！」是啊！泰國人的天性是浪漫的，如果都像我問的那樣現實，大概就沒有潑水節了。

　　潑水節當然並不是泰國所獨有，東南亞的緬甸、老撾、柬埔寨、越南的部分地區和中國西雙版納的傣族同胞也都過潑水節。這些地方的潑水節不僅時間一致，而且潑水節的神話傳說也都一樣，都與古代的宋幹王的故事有關。好在現代的網路非常發達，人們可以從網上瞭解到有關潑水節的這些神話傳說，還可以從大量的影視和書刊上看到中外潑水節的盛況。我想說的是，為什麼會在東南亞地區以及中國的西雙版納產生潑水節？其實，戲水是人類的天性，我們注意到小孩天生喜歡玩水，只不過長大以後，由於各種因素的影響，人們很少戲水了，在與水打交道時顯得嚴肅而矜持，許多人竟然成了不會游泳而且懼怕水的旱鴨子。可是，泰國、緬甸和中國的傣族人在人類社會的進化過程中依然保留著人類樂於戲水的天性。撇開神話傳說，我們想知道的是為什麼泰國和緬甸以及中國的西雙版納人還保持著人類的這一天性？有一種說法是，潑水節來源於印度佛教的傳統。據說每年新年伊始，信奉婆羅門佛教的人都要跳入恒河

沐浴，洗滌身上的污垢，後來這一習俗向包括泰國在內的周邊國家擴散。然而，印度人的這一傳統為什麼會失傳？我立即產生了這個疑問。講述這一傳統的朋友告訴我說，歷史上佛教曾在印度遭到滅頂之災，於是潑水節也就隨之消失。我又接著追問，當佛教在印度重新傳播的時候，為什麼潑水節沒有回來？為什麼在東南亞其他國家和包括臺灣在內的中國南方地區信仰佛教的人沒有過潑水節的傳統？這位朋友無以應答。遺憾的是我還沒有找到有關資料，證實朋友的這一說法，現在我只能依據自己的經驗作一番推測。炎炎烈日之下，令人感到最痛快的是什麼？兜頭潑一盆水，涼快涼快。我們每個人都可能有這種感覺。潑水節產生的最根本的原因大概就是潑水降溫。泰國地處熱帶地區，一年分為雨季和旱季。雨季由於自然降雨，氣溫比較低一些；旱季降雨量很少，常常是一連幾十天不下雨，特別是到了西曆 2—4 月份，陽光直射點從南回歸線回移到赤道附近，泰國的氣溫就顯得特別高，中午的時候有的地方可能接近 40℃，再加上天氣乾燥，讓人覺得空氣中流竄著火，特別灼人。這時候，如果有一盆水從天而降，大概是求之不得的事情。難怪偶爾下雨的時候，人們很少用雨具遮雨。2 月的一天，早晨 7 點多鐘，突然下起了陣雨。我撐著傘去皇家大學上班。走到大街上，可以看到許多人根本不帶任何雨具，任憑雨淋，根本不像中國的雨天的街頭滿眼是雨傘和雨衣。或許是天氣炎熱乾燥的原因，雨過天晴，被雨淋濕的衣服很快就幹了。到了 4 月份，雨季到來之前，正是一年中最熱的時候，往身上潑水可以抵擋高溫的肆虐，因而可以繼續在田間勞作而不誤農事。當然，單憑這一點，還不能說明潑水節產生的根源。因為，在全世界範圍內，還有許多地方處於熱帶地區，同樣氣溫很高，有的甚至遠遠高於泰國和緬甸的氣溫，為什麼沒有潑水

節的傳統呢？其原因有二：一是許多地方缺水相當嚴重，有的地方甚至連人、畜飲水都很困難，哪裡還有水往身上潑！相對來說，泰國位於東南亞地區，南臨印度洋和太平洋，北邊森林茂密而且河流縱橫，雖然有較長時間的旱季，但是水資源還是比較豐富的，過幾天潑水節並不影響生產和生活用水。二是有些地方氣溫雖高，但是一年中降雨比較均衡，降雨帶來了降溫，因而不需要以潑水的方式降溫。從潑水降溫到潑水的節日化，這其中還可能包含某種崇拜水的宗教文化心理。在泰國人看來，水是純淨的，可以洗滌污垢。在泰國，除了潑水節與水密切相連，還有水燈節也同水的關係密切。因而，當他們把水潑給別人的時候並不是單純地為了降溫，還含有祝福的意味。水是生命之源，同時也是財富之源，賜人予水，便是賜人予福。此外，泰國還是個詩意化的浪漫的民族。佛教給了他們無窮的想像和幻想，這使他們在現實生活中追求浪漫的東西。潑水節可以說集中體現了這種浪漫的天性。當他們提著盆子潑水時，他們整個民族都在飛揚的水花中得到了狂歡式的刺激和樂趣。因此，潑水的人潑得痛快，被潑的人同樣有被潑的興奮。當大家相互潑水的時候，人們已經忘記了彼此的年齡、性別、民族、職業和地位等方面的差異，也不論是否相識，共同在飛舞的水花中享受快樂。

水花中的狂歡

　　潑水節在泰國可以說是一個全民參與的狂歡節，僅從烏汶地區的情景就可以作出這樣的判斷。在中國，一些旅遊景點在炎熱的夏天也搞所謂的潑水活動，揚州的鳳凰島風景區就搞過，媒體還作過報導，其實那不過是一群遊客在工作人員的帶動下的自我取樂，除了潑水，還是潑水，只有一陣興致。而烏汶的潑水節就不同了。大街上，小卡車播放著節奏強烈的音樂，載著一大水箱或者大水桶的水和七八個人緩慢地行駛，遇到路邊有人，小卡車幾乎停下來，讓車上的人就往下面潑水，而下面的人自然也準備好水，與之對潑。他們的潑水武器也是五花八門，既有塑膠盆、銀碗，也有可以射出大約 5—10 米距離的水槍，甚至還有用水管噴水。經過一番水戰之後，小卡車繼續往前開。特別是到了十字路口，許多車幾乎停下來，車上的人相互潑水，水戰中不時有人發出尖叫的聲音。節日裡，整個烏汶的大街小巷都是如此。

　　最熱鬧的是市中心的通斯芒公園（Thung Sri Muang Park）東側的潑水街。這條街不長，大概 200 米。潑水節這幾天，這條街的路燈杆上都安裝了噴水裝置，有的噴的是如毛毛雨一般的水霧，有的噴出的是水流，在水流的著地點還放上水缸，供人舀水潑灑。來這裡逛水街的大多是年輕人，但是也有不少老人和兒童，有的婦女還抱著不會走路的孩子來這裡淋雨潑水。他們的衣著都是隨興所致，既有專為潑水節買的那種色彩鮮豔的大紅大綠的花衣服，也有牛仔服，有的穿著泰國的民族服裝，有的穿著大褲衩和文化衫，還有的

甚至穿著春秋衫、夾克衫和開司米線衣。潑水街的北端搭起了一個舞臺，那裡播放著強勁的音樂。人們來到這條街不僅只是為了潑水，還可以隨音樂起舞，如果興致濃厚，可以隨心所欲地舞上一通。所以，街上的舞蹈以迪斯可為主，還有霹靂舞，健身舞等等，五花八門。在場的許多人，既有三五歲的孩童，也有四五十歲的中老年人，既有少女，也有老太太，都在強勁有力的音樂感召下，一邊享受著潑來的清水，一邊扭腰擺胯地舞蹈起來，看那神情非常投入、非常專注，就像醉入了另一個世界。對於真正想跳舞的人來說，不一定需要搭建的舞臺，站在任何地方，只要響起了音樂，都可以舞動起來。所以，在街上，有的人站在木箱上或者油桶上翩翩起舞，有的站在小卡車上居然也能扭動身體，真可謂無處不可舞。這種在飛濺的水花中跳舞確實有趣。也許有些人覺得在這條街上僅僅淋點雨、潑點水還不夠過癮，於是他們紛紛跳進街邊的小河裡游動起來。本來，我以為只是一些小孩，下河取樂，再細看還有不少成人，包括五六十歲的老頭、老太太。當然，這些老頭、老太太沒有像年輕人那樣玩跳水或者潛水的遊戲，他們只是站在齊腰深的水裡，也是隨著音樂舞動著雙手，扭動著腰肢。比較奇特的是在潑水街南側左拐處一處小舞臺上，一群人穿著奇異的服裝在跳舞。遠遠看去，這些人都像是女人，因為「她們」穿著草綠色短裙，上身穿著點綴著閃光亮片的白色的背心，臉上塗著濃妝。走近去看，有男有女，年輕的不多，年老的不少，就是那些老頭，也都穿著裙子，甚至還將胸部墊高，裝扮成女人，還有的戴著恐怖的面具跳舞，這些都為節日增添了不少的情趣。經過這裡的許多車輛，到了這裡都放緩速度，甚至停下來，車上的人來到舞臺前的空地上跟著跳舞。這樣，臺上臺下，都在跳，彷彿相互傳染，共同進入了醉界。

　　狂歡的人們大概是容易餓的，不要緊，潑水街的南側往右是小吃一條街，潑水潑累了，跳舞跳累了，玩累了，可以到那裡坐下來吃點東西，這裡吃的品種繁多，琳琅滿目；除了花錢的，還有人免費提供果凍等食品和加冰的飲用水，如果想吃可以去領取，有時還有人送過來。由此可見，這些泰國人，確實非常熱情，非常大方。

　　如果說潑水街是全市最熱鬧的地方，那麼蒙河的哈瓦太（Haad Wat Tai）地區的茅草棚則呈現出另一番景象。潑水節這些天，蒙河的水位比較低，水流也十分平緩，幾乎沒有波浪。聰明的商家就在河的淺灘處，搭起了幾十座茅草棚。這些棚子的「地面」是竹子做成的，距水面只有 20 多釐米，來了客人再給一張草席，通向各個茅草棚的也都是木板或者竹子搭成的便道。幾個人走進茅草棚，可以自成天地，他們在茅草棚裡，既可以欣賞河岸邊的自然風光，又可以喝啤酒、可樂，吃烤魚，興致來了還可以走過淺灘，到較深的地方游泳，由於是在潑水節期間，衣服反正早已濕了，因此，游泳不必換衣服，也不用脫衣服，想下水就下水，想休息一會兒就爬進茅草棚子。所以，在這裡可以看到許多人一會兒下水游泳，一會兒上來喝啤酒，很有樂趣。河裡游泳的幾乎沒有人穿游泳衣，也很少見到赤裸上身的男子，這很可能因為泰國緯度低，處於熱帶地區，太陽光特別強烈，穿著衣服游泳，可以避免強烈的太陽光灼傷皮膚。

　　潑水節的另一道景觀就是許多泰國人喜歡在臉上塗上白粉。這白粉是否具有化妝的功能，還不清楚，有人說是為了防曬，也未可知，只覺得那白粉有點薄荷的味兒，是不是夏天通常用的爽身粉也很難說。他們不僅自己塗，還喜歡將白粉塗在對面走過來的人的臉上，有時可能覺得塗在臉上還不夠過癮，還往人家衣服上塗。好在白粉不是顏料，水一沖就沒有了。

　　潑水節也是人妖最活躍的時候。泰國的人妖是世界有名的,早就有所耳聞,但是來泰國這麼多天就沒注意到。這一次潑水節,不僅見到了許多人妖活躍在街頭,還免費看到「她們」在飛濺的水花中表演舞蹈。這些人妖年齡大多在 20—30 歲之間,皮膚比較白晰,身材苗條而細長,穿著漂亮的衣裙,有的還戴著捲邊的牛仔帽,「她們」或許受到過專門訓練,舞姿確實比一般人漂亮,但是做作和誇張的成分比較明顯,更讓人難受的是「她們」突出的喉結與隱約可見的鬍鬚。然而,潑水節期間的「她們」與其他人一樣都在狂歡,表現得非常開心。

　　潑水節裡,泰國人除了參加潑水跳舞狂歡以外,還有一項重要的內容,就是到寺廟去。所以,一向比較冷清的寺廟在這幾天裡人特別多,人們先到寺廟的大堂裡敬拜神佛,給神佛磕頭,然後退出大堂拿出一些泰銖買上一朵沒有開放的蓮花苞,帶上一小炷香和一銀盃的淡黃色液體(可能是甜酒),來到另一神龕面前敬拜。他們先把香上夾著一張小紙片取出,然後磕頭敬香,同時將蓮花苞放在一隻大盤子中,再到另一邊將銀盃中的液體倒進一木槽中。最後,將香裡取出的小紙片內附的一小塊淡黃色箔紙貼在佛像上。退下後再繞佛像一周,這樣拜佛的儀式便算結束。我在一寺廟碰到我的學生,她們乘車來到這個寺廟,非常匆忙,據說在潑水節的第一天要跑 9 座寺廟參拜。與我見面的時候,她們已經跑了 5 家,還有 4 家要跑。

　　一年一度的 3 天潑水節,整個泰國都是在狂歡中度過的,狂歡讓人的能量得到了大釋放,狂歡讓人忘記了一切的煩惱和憂愁,狂歡讓人與人之間的關係變得更親近了。狂歡的日子裡,每個人都成為詩人,以其熱情奔放和活潑的生命書寫下行為的詩篇。

等級觀念

　　在烏汶皇家大學招待前來參加大湄公河次區域高等教育合作會議的各代表團的晚宴上，中文系的一位年輕教師在跟校長談論一件事情的時候一直長跪在校長的邊上。由於這位老師剛剛留校工作不久，近旁的揚州大學代表團的一位老師見了這個情景感歎道：「這裡的學生規矩真大！」如果對泰國文化有深入理解，就知道這不只是規矩問題，而是一種思想觀念的體現，這就是嚴格的等級觀念。

　　從國家的政治體制來看，泰國算是一個民主國家，多黨競選，全民投票，看起來與西方差不多，但是與泰國人打的交道多了就會感受到社會等級森嚴。你雖然看不到多少制度上的規定，但是在人們的心靈深處，總是存在著濃厚的等級意識。比如說，你是女人，男人從這裡走過，你就得閃讓到一邊。「我憑什麼要閃讓到一邊？」在一次與朋友的聊天當中，朋友就談到了這個問題，作為女士的 L 感到很是不平。朋友說你在中國可以這樣問，但是這裡是泰國，不問「憑什麼」，如果你不閃讓開，就說你沒教養。這使我想到了平時那些學生為什麼見到我總是閃讓到一邊，而且不只是學生，包括許多女教師也是這樣，她們在閃讓的同時，都是低著頭，雙手合十。起初，我總以為這純粹是人家的禮儀，後來我才瞭解到這裡還包含著這樣的等級觀念。

　　等級觀念不只是體現在男女性別之間，還體現在年長與年幼、上級與下級之間。朋友跟我講過有些學生到老師面前站都不敢站，老師的臉色稍許嚴肅些，他們就得跪著。其實，何止是學生呢？在皇家大學，我的那位泰國同事 A 經常受到上司的痛罵和訓斥，她經常告訴我

們今天主任又罵她了。有一次，我還在辦公室外就聽到主任對她的厲聲訓斥，只是後來見到我進了辦公室，主任的臉色才陰轉晴。由於經常遭到訓罵，同事 A 似乎早就習慣了，只有默默忍受，但是主任無論什麼時候吩咐她什麼差事，她都得無條件照辦，因此她的車幾乎成為皇家大學外事處的公車，不知道她是否得到應有的汽油補貼，但是看那情形十有八九是拿不到的。在學生拜師儀式上，主席臺上排列的座位有 3 種椅子，置於前排正中的是一張豪華的椅子，也是所有椅子中唯一一張有扶手的椅子，那是校長的專座，顯得與眾不同；前排其他人的椅子就沒有扶手，但是也比較豪華，椅子的前後都有精美雅致的藝術圖案，這些都是給學校其他要人坐的；後面的椅子都比較普通，椅子上只加了一層白布罩，這是給一般教師坐的。在 2006 年農耕節的儀式上，人們或許可以從電視直播的畫面中看到這樣的一個鏡頭，儀式結束時，王子殿下乘車離去，那個為王子開車門的人就是長跪著的。泰國的報紙電視其實也在不經意間流露出這樣的等級意識。比如媒體在報導王室活動時，總是喜歡用御賜、恩寵、榮幸之類的詞語。就是上面提到的這個鏡頭，細心的觀眾或許注意到，當王子上車以後，整個活動已經結束，電視播出也應該隨之結束，但是電視直播的結束是在幾十秒之後，直到王子的車開走並從視野中消失。此外，在泰國的電影院裡，每次電影正式反映之前，全體觀眾都要起立，因為此時銀幕上都按慣例放映一段一兩分鐘歌頌國王的短片，全國的大街小巷都供奉著巨大的國王和王子的畫像，這與其說是尊重國王和王室的表現，倒不如說是等級觀念的體現，因為國王就是處於等級金字塔塔尖的人物，為全國人民所仰望。泰國的等級觀念當然不同於歷史上那種十分嚴格的等級制度，畢竟現在是 21 世紀，泰國的等級觀念說到底不過是歷史的殘餘，然而要徹底消除恐怕還需要比較長的一段時間。

湖邊野餐

　　傍晚時分，一輛雙排座小卡車沿著河邊公路行駛著，到了一個小碼頭附近停了下來，從車上下來 5 個人，3 個男的，兩個女的，看樣子像是一家子。他們有的從車裡提出一張折疊成塊的席子，有的提出一隻塑膠捅，裡邊裝著碗、碟、匙、叉等餐具，有的提出一隻較大的塑膠袋，裡面裝有幾隻小塑膠袋，看那樣子是自帶的一些菜蔬和水果，還有一瓶淡黃色的酒等。一家人來到碼頭上找了一小塊空地，鋪上席子，擺上餐具和菜蔬，對著平靜的河水野餐來了。

　　在野餐開始前，十幾歲和八九歲的孩子就先跳進河裡游泳，父母和那個 20 歲左右的姑娘坐在席子上一邊聊天，一邊聽著車子上的喇叭裡播放的歌曲，一邊欣賞河岸邊的自然風光，一邊看著河裡自家和其他的孩子們的游泳和戲水，那真是十分甜美的天倫之樂，人間還有什麼比這更和諧的風景呢？水裡的孩子們與其說是游泳，倒不如說是戲水，他們大呼小叫的，在水裡你追我，我逐你，相互潑水，你爬到他肩上，他拖住你的胳膊，這些孩子人雖不很多，卻非常熱鬧，就像是一群歡騰而調皮的魚。在烏汶的一條河邊，傍晚的時候從這裡走過，可以常常看到這樣的景象，這就是泰國人生活的趣味。

宋的另一面

　　這裡所說的宋，確是一位泰國人，因為他的名字很長，名字中包含著「song」這幾個字母，取其音為「宋」，作為他的指稱。對於這位宋，我們在前面已經以另一個名字介紹了他的一些情況，可以說那是他的正面形象，而這裡所記述的則是他不那麼光彩的一面，所以稱之為「另一面」。按照某個同事對宋的評價，所給出的詞語是「不要臉」、「變態」。這種評價如果放在中國的文化語境中，人們可能認為宋這個人是個大色狼，生活作風有問題。不過，從我對他的瞭解來看，他在生活作風上是沒有問題的。他既不存在猥褻調戲女性的問題，也不存在亂搞男女關係問題。這位同事之所以說宋「不要臉」、「變態」，是因為他比較貪婪、小氣以及庸人自擾等等。當然，如果這些特性放在普通教師身上，就可能使大家拒而遠之，然而宋偏偏是一個部門的負責人，加上等級觀念滋長了他的錯誤，使他變得有點令人生厭。宋最初在那位同事的眼裡形象還是不錯的，認為他長得比較帥，人比較年輕，才 30 多歲就擔任一個部門的領導職務，因而對他頗有幾分推崇。可是後來，宋的形象在工作相處中漸漸地黯淡失色了，原因是他總是把自己的家教分給別人去做，而他自己卻得到大頭，那位同事僅僅得小頭，因而讓同事感到自己的勞動力賤賣了，然而他是上司，拿他真是沒辦法。當然，硬的辦法是不行的，於是便採取軟的辦法不予接受，反正額外的家教又不是工作範圍內的事。更有甚者，學生畢業前夕送給這個部門的禮物，本來應該為這個部門集體所有，可是卻因為他是領導，便搬回了家。不僅如此，同事常常告訴我說，宋又將某

件公家東西搬回家了。暑期裡，這個部門辦了幾個大小不一的培訓班，幾位老師混合著上課，到了算報酬的時候，他先是說教師的工作是在合同之內，報酬是可給可不給的，教師只好問他泰國有沒有教師法，如果有教師法，就按教師法的法律精神來辦，他說不知道。作為大學的一個部門的官員，竟然不知道是否有教師法，實在是奇怪！結果在教師的爭取之下，報酬是拿到了，問題是給壓得很低，整個暑期一個教師上了 70 多課時，結果才拿到 2000 泰銖，可見他克扣了不少。這種總是喜歡占小便宜的行為摧毀了他在別人心目中的良好的形象。

　　毀了宋形象的另一個問題其實並不是什麼大事情，都是些芝麻綠豆大的小事。比如說他可能在假期裡的某個時候打電話將同事召到辦公室，當時，這位同事因為頭天出去遊玩，接電話的時候還在睡覺，接到電話後原以為有什麼火急的事情，於是急急匆匆趕到辦公室，原來並不是什麼大不了的事情，就是問家教學生上課的事，其實這完全可以在電話裡講清楚，根本用不著讓人立即趕到辦公室來。如此這樣的事情一多，著實讓同事感到很煩，甚至不想接他的電話。這位同事喜歡用 leader 和 manager 來指稱不同類型的官員。在其心目中，宋是屬於 leader 型的，這類官員只知道指派人做這做那，根本不懂得調動人的積極性，不是一個現代型的科學管理者。確實如此，宋特別喜歡使喚人，不論大事小事，都喜歡使喚人去做，就是往電腦裡輸入幾個漢語詞語或者給中國某個人打電話，都要手下的工作人員去幹，而他自己並不是忙得不可開交。這早已形成了習慣，進而不知不覺地向外延伸。有一次，他要接一個沒有車的女士來皇家大學辦事，此時有車的那位同事不在烏汶，他竟然要一位學生的母親替他去接人。人給接來，他竟然連一聲道謝都沒有，這彷彿是學生家長的義務。照常看，這似乎是禮貌問題，其實反映的是他內心深處的那種官僚意識。

拜師儀式

　　2006 年 6 月 22 日，同在烏汶皇家大學任教的澳大利亞朋友克裡斯托夫・馬特・斯密司（Christopher Mattew Smith，簡名 Matt）問我：「中國有教師節嗎？」這一天，皇家大學在會議大廳舉行了盛大隆重的學生拜師儀式（The ceremony of Paying Homage to the Teacher 泰國的表述英譯為 Wai Kru Ceremony）。在這樣的語境中，我知道其中的某些意味，於是我坦率地告訴他：「中國的教師節在 9 月 10 號。每年這一天，中國各級政府的一些官員都要到學校看望和慰問老師，政府舉行優秀教師表彰大會；教師還可以從學校拿到一些錢作為福利；學生給教師送些賀卡、鮮花等禮品。但沒有像泰國這樣舉行盛大的拜師儀式。」

　　泰國向來有尊師重教的優秀傳統。在平時生活中，我們就明顯地感到這一點，一年一度的拜師儀式正是其尊師重教的集中體現。在拜師儀式上，主席臺的最前排坐著校長等學校要人，他們都穿著類似於學位袍的長袍或者鑲著醒目的金紅色相間條紋的半透明的白色長袍；其後坐著 100 多名教師，他們有的穿著西裝打著領帶，有的也穿著長袍，還有一些教師穿著烏汶地區的特色服裝。穿著校服的學生坐滿了大廳的觀眾席。大概在 9 點，校長走上主席臺，儀式正式開始。

　　校長來到主席臺，並沒有立即入座，而是走到主席臺的右側，在工作人員的協助下點燃大蠟燭，並且向這裡供奉的國王像行磕頭禮，此時，主席臺上的所有人都起立，向右轉，面對著那邊的國王

像行注目禮。行禮畢，校長才入座。校長入座後，主席臺的後邊有學生排列著經由兩側過道向前跪行。他們跪行到前邊校長等人的座位後席地跪坐——這是為學生獻花做準備的。獻花在整個儀式中所占時間最長，應該說是拜師儀式的主要內容。獻花時，學生在主席臺入口處排隊，每人雙手捧著製作精巧的鮮花，先像校長一樣跪拜國王，然後來到校長所座的那排前邊，與校長等人一一對應後，轉身面向校長等第一排的人，先行合十禮，再向校長等人磕頭跪拜，再雙手將鮮花獻給面前的師長，然後再合掌呈十字，左轉後跪行一一離開。校長等師長接過鮮花後遞給跪坐在其身後的學生，等待著下一輪學生的獻花。那些跪坐著的學生接過校長等師長們的鮮花後，再一一向左傳遞，再由主席臺下的學生將花擺放在主席臺前特意搭起的木板上。學生們所送的鮮花與我們在國內那種花束不一樣，而是製作成造型各異的鮮花的雕塑，充分展示了製作者的豐富的想像力和精湛的製作技藝。細細看去，這些花雕有的呈球形；表面上點綴著像星星一樣閃光的微型金屬球；有的呈佛塔造型，塔頂的部位插著橘黃色的蠟燭；有的花雕做成鳥的模樣，但是這花雕的頭是龍的，身體卻是飛鳥的，那一對翅膀非常突出；有的則在花叢中豎起一座金屬絲製作的銀白色的鐵塔，鐵塔上還掛著一閃一閃的赤豆大小的紅燈；……還有許多造型難以描述，總之，我為這些花雕的創意所折服，泰國人的心靈手巧在這裡得到了充分的展示，進而表明泰國民族不愧是一個藝術的民族。

　　大約一個半小時，花雕堆滿了主席臺的前端，其數量之繁多、色彩之鮮豔、形態之多樣、香味之濃郁，真是美不勝收，讓人分外陶醉。置身於這美的世界中，可以感到學生對師長的敬意實在是真誠而濃厚，同時感到教師職業的崇高和神聖。在這拜師儀式上，學

生不僅向師長行跪拜禮，敬獻花雕，而且還全體起立，以合唱和領唱等形式，面向著主席臺唱起了莊重的歌曲，可惜我不懂泰語，不能知道其準確的意思，但是根據這個情境可以猜想出是獻給老師的頌歌，表達對師長的敬重和感恩。面對學生的敬拜，校長發表了講話，後來從同事那裡瞭解到校長的講話主要是勉勵和激發學生，希望他們學到知識和技能，學會做人，將來服務社會。

泰國雖然是一個比較富裕的國家，學生的學費不算高，遠遠低於中國的大學生，但是仍然有相對貧困的學生在讀書。於是，許多教師和學校管理人員紛紛解囊相助，他們將準備好的捐助金放在一個信封裡，在學生拜師儀式上先後鄭重地遞交給校長，再由校長轉給那些需要資助的貧困學生。

與此同時，校長代表校方，給品學兼優的學生頒發了獎狀。

在舉行拜師儀式的前一天，皇家大學的副校長賽里・宋考博士（Dr. Seri Somchob）給我們這些外國教師發來了信函，鄭重邀請我們出席這一儀式，讓我們榮幸地見證了泰國這一光榮的傳統和美德。

煙火節

　　中國在節日裡通常放的是焰火，黑暗的夜空給絢麗多彩的焰火裝點得五彩繽紛，非常壯觀美麗，雖然如此，在國內，夜空的焰火看多了，也就不覺得稀奇。所以，我一聽說泰國的煙火節也滿以為與中國的一樣，說實話我當初並不太感興趣。6 月 24 日我與烏汶的幾位朋友驅車到我的暑期漢語班學生李萍（很遺憾記不清她的泰語名字了）家作客。她的家位於四色菊府（Srisaket Province）堪塔拉拉（Kantalralak）鎮，距離烏汶大約一百七八十公里，靠近柬埔寨的邊境。由於語言障礙，我對這裡的放煙火並不完全知情，不過當天晚上在她家等待放焰火的時候，心裡並不那麼急躁。當時，外面的廣播聲音很大，一位男子滔滔不絕地說著什麼，據瞭解他正在解說當地的一場泰拳比賽。到了八、九點鐘的時候，主人在院內的空地上升起了篝火，沒有將要帶我們出門觀看焰火的跡象，我還以為當地的焰火活動可能取消了，但是並不感到遺憾。直到第二天上午，我還發生了一場誤會。我們在李萍的帶領下，驅車前往她家的果園參觀。返回的路上，天空陰沉，雲層比較低。突然，我發現前方天空的烏雲向下伸著一條長長的尾巴。我立即告訴車上的同伴，說前面有龍捲風，由於我情急之下說的是漢語，坐在我身邊的澳大利亞朋友潑萊特和麥特沒有聽懂，所以沒有反應。我拿著相機準備拍照，但是相機螢幕上顯示的效果很差，根本看不清楚這塊烏雲的「尾巴」。一兩分鐘後，「尾巴」消失了。看著雲「尾巴」的消失，我感到很有幾分遺憾。

　　差不多 10 點多鐘，李萍及其丈夫、孩子一起帶著我們驅車出發。大約 10 分鐘後，車在一個停車場停下，我們所有人都下了車，抱著席子、提著雪碧、啤酒以及水果等，跟著李萍及其家人在人群中鑽行。經過幾次拐彎，我們來到了一面緩坡地。這裡原先可能是一大片茅草地，現在這裡就像是一個盛大的農貿集市。草地上滿眼是卡車、帳篷、攤販和人群，非常熱鬧。在草地較為低窪的前方，豎著一座 10 來米高的鐵塔，10 來個工人爬在鐵塔上捆綁著什麼，一問才知道他們是在做煙火發射的準備工作。20 來分鐘緊張的準備工作做好後，工人們從塔上撤了下來。隨即，廣播喇叭裡傳來了倒數 5 秒計時。倒數喊到「零」時，煙火的尾部噴出桔黃色的火焰。兩三秒鐘後，火焰變成銀白色的煙，這煙迅速擴散，很快淹沒了發射鐵塔的底部。隨即煙火發出一聲尖嘯，就像發射衛星的火箭一樣，拖著長長的煙尾巴直沖雲霄。現場的人們望著升空的煙火發出一片尖叫的聲音，歡呼煙火的發射成功。煙火在高空蜿蜒地升騰，變得越來越小，如果不是那細長的尾巴和跟蹤觀看，恐怕誰都無法看到它的蹤跡。有時，天空的雲非常稀薄，人們可以看到發射的煙火在高空鑽了大約 100 多米便開始緩慢地墜落下來。10 來秒鐘之後，煙火的殘片便落在前方的某個地方，人們又是一陣歡呼。

　　如果單純觀看煙火的發射，恐怕有點單調，時間長了也就沒多大意思。然而，幾個小時下來，現場的人們似乎興趣不減。究竟什麼原因呢？我到現場的幾個地方轉轉，順便拍了一些照片。瞧，這裡的空地上，兩個少年在耍蛇，兩條巨蟒成了他們的活道具，引來了許多人的圍觀。

　　再看廣播喇叭車的前面空地上，一些人在跳舞。此時，儘管正當午後，天空比較晴朗，驕陽似火，但是這些泰國人不懼烈日暴曬，居然興高采烈地隨著廣播裡強勁的音樂跳舞。其中一個中年男子，赤裸著上身，將身體的左一半塗上紅色，右一半塗上綠色，形象十分怪異，

他的舞蹈動作幅度也很大。而他身邊的其他男男女女跳得比較輕柔，基本上是突出手的各種姿態，這在泰國的許多地方都可以看到。在這樣的場合，沒想到有些人十分大膽。其中一男一女，看樣子都已四五十歲了，跳著跳著，居然抱到了一起，彼此親吻起來，更奇特的是隨後又有一男的加入他們的擁抱，3 人抱成了一團打轉，時間持續了兩三分鐘。看來，泰國人在某些時候確實非常開放，並不像某些旅遊書裡介紹的那樣保守。

　　這種思想觀念的開放有時讓人大跌眼鏡。就在人們跳舞的時候，有一 50 歲左右的男子挑著擔子加入了跳舞的人群。而他的擔子上掛著的卻是大大小小的木製的男女生殖器官。男生殖器的頂端塗上了紅色，女生殖器的陰部粘上一些稀疏的黑色的毛。最大的男生殖器官大約有七八十釐米長，10 多釐米直徑的粗細；小的大約 10 幾釐米長，一兩釐米直徑的粗細。隨著他的舞步擺動，他的擔子上的那些生殖器木雕都跟著跳躍起來。而現場的那些人，無論是男人還是女人，無論是老人還是少年，沒有人覺得奇怪，感到很正常，他們只管跳他們的舞，看他們的熱鬧，談他們的心。而那位男子跳了一陣子，似乎還不過癮，便常常舉起其中一隻大型的男生殖器對周圍的男人或者女人指指點點，而周圍的人沒有一人躲讓或者臉紅，而是發出快樂的尖叫聲。跳舞過後，這位男子挑著他的木雕，四處招搖，進而走進了人們閑坐的帳篷，端著木雕與人拍照片合影，而且不收分文。

　　如果說這個男子真夠豪放，那麼這裡婦女的表現也決不遜色。在另一處，有位穿著泰國民族服裝的婦女也是挑著一擔子的男女生殖器的木雕隨著吹蘆笙的人一起跳舞。更有這樣的婦女，手裡舉著一根長 20 釐米左右的男生殖器的木雕跳舞，另有幾位婦女圍著她。有趣的是在跳舞之前，她還從衣兜裡掏出一瓶酒（可能是白蘭地），揭開瓶

蓋，往紅色的木雕頂端倒了點酒，然後親吻了一下木雕的龜頭。再細看，圍著這位婦女跳舞的另外幾位婦女，胸前的衣袋裡居然還插著鋼筆大小的男生殖器木雕，並且讓那血紅的龜頭露出衣袋。如此在公眾場合舉著生殖器木雕跳舞，在中國很可能被認為是無聊或者是要流氓，一定會遭到大家的唾罵，甚至可能被扭送到公安機關，而在泰國這個邊遠的小鎮卻相安無事，顯然這是當地人生殖崇拜的表現，是原始先民心理的殘留。不過，這裡也不光是生殖崇拜，因為從她們的心態來看，似乎更具有遊戲娛樂的意味，因為她們的神情不再是嚴肅的，沒有那種虔誠的感覺。其中一位婦女後來居然來到一個帳篷裡拿出衣兜裡的小木雕對著一位青年男子的身體的敏感部位點點戳戳，很有幾分取樂的味道，另一位婦女則拿著相機起勁地拍照。

除了拿著男女生殖器木雕跳舞取樂外，有些婦女孩子氣十足，儘管她們都已四五十歲，卻像四五歲的頑皮小孩一樣耍泥漿跳舞。有一位穿著半新的白色旅遊鞋的婦女，在跳舞的地方用腳輕輕踢起浮土，踏出一個淺淺的小坑，接著倒些水進去，再用腳攪了幾下，然後使勁地往泥漿裡猛地一跳，頓時泥漿四濺，周圍許多人的身上都落了不少泥點。然而，那些衣服上落了泥點的人沒有一點惱火的樣子，還是跳他們的舞。再看有的婦女身上不僅沾了不少泥點，而且還有比較鮮明的手掌塗的泥巴。好好的衣服和鞋子竟然搞上那麼多泥污！如果是中國的小孩，回去時一定會受到父母嚴厲的訓斥。然而這些年屆半百的婦女卻童心未泯，在這個節日裡玩得這樣痛快，可以說到了忘乎所以的地步。有些人可能對此看不習慣，可能說他們有病，犯神經，然而，這正表明泰國不少人在節日裡的狂歡確實是進入了醉態，世界上還有什麼煩惱和憂愁能糾纏住他們呢！而節日的真正意義大概就是給人們提供一個狂歡的機會。

人妖

　　來到泰國一段時間之後，人們會發現泰國有五多：人妖多、單身多、空地多、寺廟多、狗多。泰國的人妖在全世界都很有名。人們談到人妖，大多會將其與海邊城市芭堤雅聯繫起來，其實，泰國的全國各地都有人妖，只是芭堤雅的人妖更多更出名。

　　對於泰國的人妖，國內早有介紹和傳說，給人的印象主要有兩點：一、「她們」的心理嚴重病態，很不正常；二、「她們」的人生都非常悲慘。因而，在思想觀念中，一般中國人對人妖是持否定態度的。然而，通過與「她們」的一些接觸，對「她們」有了一些瞭解和認識，我們就會覺得國人的人妖觀儘管有些道理，卻也不無偏頗。在許多人看來，那些成為人妖的人放著好好的男人不做，偏偏要做女人，真是令人不可思議。這種看法多少是站在男性中心的立場上說話，帶有某種程度的性別歧視的意味。其實，做女人並不是壞事。問題是人的性別是上帝決定的，自己無法選擇，現在有些人可以做變性手術，改變自己的性別，但除了付出極高的手術費用之外，手術的改變終究沒有自然的好，總可能留下一定人造性別的局限和遺憾。然而，每個人都有權選擇自己的生活方式——只要不侵害他人的權益，要求改變自己的性別，以另一種性別生活有什麼不可以，這是他／她的自由，也是他／她的權利。說人妖是心理病態其實是以認同上帝所賦予的性別為前提的，然而，人既然有自己的自由和權利，那麼做出自己的性別安排，又不傷害他人有何不可？當我們以平常心對待「她們」，我們就會覺得，「她們」的性別選擇

和生活方式也是很正常的。就我與其接觸來看，我覺得「她們」無論是說話還是處事，都與我們沒什麼區別，所不同的是我們一般人可以結婚並且生兒育女，而「她們」則不能，但這構不成判定「她們」心理病態的理由，因為除了「她們」之外，世界上還有許多男女僧人以及單身男女不也沒有結婚和生兒育女嗎？據我看來，人妖就與同性戀等一樣，只是少數人的生活方式，都是很平常的事情。世界上存在人妖和同性戀應該說是世界多樣化的表現，就像大自然中除了常見的紅花之外，還有白花、藍花、黃花、紫花等等，但我們不能只肯定紅花而否定其他的花。在泰國，人妖生活在人群之中，大家都平等對待，所以人妖們生活也很正常，決沒有半點自卑。宋幹節期間，在蒙河游泳時，我見到了一位人妖，年齡約二十八、九歲，「她」與父母一道到蒙河來游泳，「她」的父親向我介紹「她」時，也很坦然。後來，「她」見到我，得知我是中國人，就用漢語和我交談，介紹「她」的情況。「她」說自己曾經到中國的成都演出過。談到這個經歷時，從「她」的眼神中可以看出「她」確有幾分自豪。就泰國的社會來說，人妖之所以能夠活躍在各地的舞臺上，公開地穿行於城市的大街小巷，是因為泰國的大多數人都能正視「她們」，沒有視「她們」為病態或者歧視「她們」。就是在烏汶皇家大學的校園裡，一些人妖與其他學生一樣生活和學習，老師同學也都與「她們」正常相處，並沒有因為「她們」的人妖身份而疏遠「她們」。」有一段時間，國內的新聞網站在報導泰國的人妖時，稱「她們」生活「悲慘」。但是，通過與「她們」打交道可以感覺到「她們」並沒有那種「悲慘」的感覺。據我瞭解，絕大部分男孩成為「人妖」並沒有人逼迫他們這樣做，基本上都是自願的。從目前泰國人的生活水準來看，就我所見到的烏汶情況而言，還沒有人

貧困到活不下去的地步，就是那些失業在家的人生活都有保障，因而沒有人為生活所迫去做人妖，都是一些男孩到了一定的年齡，自己的心理比較自然地出現了這種傾向。其次，絕大多數人妖都是從藝的，「她們」常常登上舞臺跳舞。為了演出成功，「她們」必須經過艱苦的培訓。那麼，這個艱苦的培訓過程是否稱得上是「悲慘」呢？我以為否。要成功地從事每一個職業，都必須經過艱苦的訓練，無論是雜技演員，還是特種部隊士兵，無論是舞蹈演員，還是體育運動員，都需要經過超強度的肉體磨練，但是這不能說是「悲慘」。如果要說一個人生活的「悲慘」或者遭遇「悲慘」，並不是簡單機械地看他／她的身體受到的磨練，而是要看身體遭受摧殘的程度與心靈受到傷害的程度以及精神痛苦的程度。從人妖來說，「她們」的身體可能為了女性化而服用某些激素，最終影響到「她們」的壽命，但這構不成「她們」的「悲慘」，「她們」自己並沒有感覺到心靈因此而受到重創。艱苦的訓練無論如何都談不上「悲慘」，因為這是一個人獲得成功必須付出的代價。有些人從「她們」的壽命比較短來認定「她們」人生的悲慘。但是，一個人能活到一百歲或者更長的壽命，當然是好事，然而壽命略短一些也不一定是慘事。因為，人的一生不能只看生命的長度（年齡），更應該看到生命的品質，看到其成就感和幸福感，如果擁有了這些，哪怕是曇花一現也是值得的。現在，要問的是泰國的人妖是不是生活幸福呢？「她們」有沒有成就感呢？對於這一點最好要做一番深入細緻地調查，才能得出準確地結論。可惜我沒有那麼多時間和精力去做，但是就我觀察到的某些情形來看，我認為答案是肯定的。試想，當「她們」的演出招徠了大量的觀眾，並且獲得許多掌聲與喝彩，你不能說「她們」就沒有成就感和幸福感。從「她們」在街頭的演出時的

那種高度投入，從交談時那位人妖的自豪眼神中可以看出「她們」
是幸福的。或許，「她們」青春期過後，離開了舞臺，人生大概就
要日漸地黯淡下來。「她們」以後的生活可能會非常孤獨和寂寞。
我相信這也是事實。但這不是因為「她們」是人妖的緣故，且不說
那些吃青春飯的人，大概都會到了青春消失後感到寂寞和孤獨，就
是一般人從工作崗位上退了下來，回家養老，總免不了產生不同程
度的孤獨感和寂寞感，這是整個社會的問題，並不是人妖所獨有
的，因此，不能說這是人妖的悲慘的下場。更何況不少人妖年輕時
賺了許多錢，到了退出舞臺時，「她們」的日子過得還挺滋潤的。
或許有些社會學家認為，泰國的人妖多是一大社會問題，理由是人
妖多了導致性別紊亂和嚴重失衡，使得泰國男人減少，許多女人不
能找到丈夫，於是，單身女人很多，進而導致出生率較低。不可否
認，這確是事實。但是，這是否構成社會的一大問題，還有待研究。
不少男孩做了人妖，確實使一些女孩找男朋友很困難。但是，我們
知道，泰國本來就是一個佛國，95%以上的國民信仰佛教，在人妖
出現之前，就有許多男人出家做了和尚。泰國的女人們坦然地接受
了這一現實，泰國的社會並沒有出現什麼問題。單身女人多，並不
是一件壞事。我曾同一位泰國朋友談到過泰國單身女人多的問題，
她說這正說明泰國的女人沒有對男子的依賴性，具有獨立生活的能
力。所以，男孩做了人妖，女人單身，都是一種生活方式的選擇，
泰國社會也沒有因此而發生淫亂。至於人口出生率較低，也不全是
壞事。這樣，泰國政府不用像中國政府那樣為計劃生育而殫精竭
慮，操心費神。那些結了婚的人如果想生育兩胎、三胎或者更多的，
儘管放心大膽地生，同樣不用像中國的一些人那麼擔心受罰，真是
各得其樂。再說人口少，國家發展得更快，泰國普通百姓之所以能

夠住上寬敞的房子，大多數人開上轎車，騎上摩托車，並不是因為這個國家的科技和貿易特別發達的原因，而是人口不多的緣故。正因為如此，泰國政府沒有把人妖看成是社會問題，沒有對其採取什麼措施，而是任其自由地發展。

蠟燭節

　　烏汶是泰國的一個府，從行政區劃上說，位於泰國的東北部，其地理位置是在泰國的中部的東邊，與老撾相鄰。從曼谷到這裡大約有 600 公里。這裡最大的節日就是一年一度的蠟燭節（Ubon Ratchathani Candle Festival）。蠟燭節來源於守夏節。守夏節又叫坐夏安居節，也叫入臘節或者入雨節，時間是每年的佛曆 8 月 16 日。據說，這個節日來源於古代佛陀在世時和尚在雨季禁止出寺門的舊俗。每當雨季來臨時，和尚都應該在寺內坐禪修行，接受供養。守夏節的來歷是因為當時佛家在王舍城傳經講道，有幾位和尚不論是在寒季、熱季、雨季，都要外出化緣，到了雨季，就是萬物生長的時節，和尚外出，必然踐踏了不少小動物與禾苗。為了避免小動物與禾苗受到傷害，佛家規定和尚在雨季必須在寺廟裡安居修行 3 個月，同時，善男信女們趁此機會行善聽經為僧侶提供日用品。

　　泰國是一個佛國，在守夏節期間，各地的善男信女都為當地的寺廟合力設計製造精美的大蠟燭，足夠僧侶們用 3 個月的，久而久之，在全國形成了蠟燭雕刻和展示的節日。

　　泰國首次盛大的蠟燭雕刻和展示活動是佛曆 2480 年（西元 1937 年）在烏汶府舉辦的。當初，雖然府中每座佛寺都舉行製造蠟燭比賽，但是規模不大，後來逐漸發展壯大，而且蠟燭的花樣也不斷翻新，雕刻技藝日益精湛，雕刻的主題也不斷地豐富，進而在全國居於首位，充分顯示了烏汶人的聰明才智。

　　烏汶的規模空前的蠟燭節以其濃郁的民族風情、熱烈的節日氣氛、獨特的民族藝術、壯觀的場面吸引著來自世界各地的遊客。2006年是泰國現任國王蒲密蓬登基 60 周年，為了表示慶祝，烏汶今年舉行了更為精彩的蠟燭節的遊行表演和雕刻展覽。早在西曆 7 月 1 日，烏汶皇家大學給我們這些外籍教師發來了邀請函，盛情邀請我們參加當天下午和晚上舉行的蠟燭雕刻國際大賽的開幕式活動。下午 3：30 左右，開幕式在皇家大學的文化藝術大樓的二樓舉行。早在 3 點整，我就帶著照相機來到這裡看一看開幕式之前的一些安排。儘管距開幕式還有半個小時，但是二樓大廳已經來了不少人，包括許多新聞記者，他們扛著攝像機，端著照相機，舉著話筒，到處尋找素材，準備製作節目或者拍攝照片。在大廳的入口處，兩位身穿泰國民族服裝的小姐站在一個大約 1 米高的白色蠟燭雕塑前向來賓發放印刷精美的有關蠟燭節的宣傳材料。入口的右側，陳列著參加國際蠟燭雕塑比賽的各國選手的情況介紹。不久，這些選手先後出現在人們的面前，他們是法國的萊奧拿德‧拉切塔（Leonard1. Rachita）、印度的馬丹‧凱爾（Madan Cal）、義大利的貝梯諾‧普旺西尼（Bettino Prancini）、盧森堡的福仁絲‧霍夫曼（Forence Hoffmann）、墨西哥的密根威爾‧何蘭德茲‧烏爾本（Migvel Hernandez Urban）、葡萄牙的阿林多‧阿茲（Arlindo Arez）、韓國的尹印紅（Young In Hong）、美國的克芬‧克利斯蒂森（Kevin Christisen）和泰國的一個選手。除了盧森堡的福仁絲‧霍夫曼晚來之外，這些選手一出現，最先擁過來的是那些記者，其他來賓也紛紛聚攏過來，一時照相機唭嚓唭嚓地響個不停。就在人們忙著與這些藝術家們拍照留念之時，我逕自來到大廳的東側，這是一個蠟雕場所，地面上擺放著六、七塊一個立方左右的方形黃色蠟燭，每塊蠟燭旁邊都有三兩個青年人手持

大小不同的鏟子做著蠟雕，有的雕刻人員還拿著鋸子在鋸蠟燭，還有一些人同我一起圍觀。只是我缺乏耐心，當看到這塊蠟燭還沒雕出某種形狀時，我便跑到另一蠟燭前觀看。倒是有不少人忙著給這些刻手拍照，或者自己站在蠟燭前讓人幫忙拍照留念。轉了一圈之後，我便來到二樓大廳的正中過道，這裡空間雖然不大，但是擺放著話筒，無疑，簡單的開幕式可能就在這裡舉行。果然，三點半一到，開幕式開始舉行，四個身穿泰國民族服裝的少女隨著悠揚的民族音樂翩翩起舞。舞蹈過後，有關領導作簡短的致辭，接著向人們介紹光臨的藝術家，於是藝術家們紛紛亮相，並用刀鏟在準備好的蠟燭板上刻下自己的名字。

　　晚上的活動主要是皇家大學設宴招待前來參賽的這些藝術家和應邀而來的佳賓。泰國的宴會與中國不太一樣。中國的宴會除了東道主作簡單歡迎辭之後便是喝酒吃飯。在泰國，往往是一邊喝著加冰的啤酒或者可樂之類的飲料，吃著飯，一邊欣賞著歌舞。宴會的高潮不在頻頻舉杯敬酒，而在大家湧上舞臺與演員們一同跳舞。此時，音樂也由抒情轉向剛勁，節奏加快，大家開始狂歡起來，各人的舞姿各不相同，可以說沒有規則，隨心所欲，想怎麼跳就怎麼跳，不受任何拘束，當然也就不會考慮舞姿怎樣，只要跳得痛快就行。

　　皇家大學的活動拉開了整個烏汶地區蠟燭節活動的序幕。從這個時候開始，一連10來天都是蠟燭節。這一期間來這裡旅遊的人可以到附近寺廟裡參觀蠟燭澆鑄和雕塑過程，可以到市中心的通斯芒公園及其周邊地區遊覽。這些天裡，許多商販在市政大廳的院子裡安營紮寨、擺攤設點，還有碰碰車、高架車、電動小火車、飛鏢紮氣球、氣槍打氣球等娛樂設施。到了夜晚，這裡一片熱鬧景象，就像前面元旦市場所描述的那樣，有吃、有穿、有玩、有樂，明亮的

燈光、鼎沸的人聲、擁擠的人群和喧鬧的喇叭演繹著人間的繁華。白天裡，這個地區在蠟燭節期間雖然人不算多，但是娛樂項目也不少，通斯芒公園南側的街道上同樣的繁多的各式各樣的攤點。一個會堂裡舉行著服裝表演，不過這些服裝既不華麗，也不時髦，而是用當地的土布製作的。模特們穿著這些服裝走在 T 型臺上，顯得十分古樸，別有一番風味。觀看這樣的演出，不需門票，隨便進出，非常自由。會堂裡，前邊是模特們的表演，圍繞著 T 型台的是幾百名觀眾和記者的攝像機，觀眾的後邊還有幾位婦女手搖著紡車，現場紡紗織布，雖然看她們紡紗織布的人很少，但是她們工作都很認真，並沒有被冷落的感覺，或許她們從舞臺的服裝表演中感受到自己的價值，由此可見，她們的工作構成了蠟紙節的一個重要組成部分，所以蠟燭節也是她們的節日。

　　蠟燭節的最高潮是在西曆 7 月 11 日，這也是蠟燭節的最後一天。這一天，烏汶在通斯芒公園與市政大廳之間的大街舉行盛大的節日遊行。早上八點多鐘，我騎車來到現場，將自行車架在附近的一個院子裡，觀看這個盛大的遊行。遊行開始前，環繞著通斯芒公園的主要街道上，排著長長的彩車隊伍（後來據一位朋友講，共有65 輛彩車）。這些彩車有拖斗汽車，有大型拖拉機，還有人力推行的巨大車輛，車上裝載著造型各異的巨大蠟燭雕塑。這些蠟燭雕塑都很高大，一般的相對高度在 1 到 3 米，最高大的相對高度可能有4 到 5 米。雕塑栩栩如生，十分逼真，體現了雕刻者高超的藝術造詣和精湛的雕刻技藝。就雕塑的題材來看，有的表達神話傳說，有的體現當地人的圖騰崇拜，有的敘述佛教故事，有的再現歷史人物，……充分表現了烏汶人的想像力和創造力。其中給我印象最深的是在一個低頭跪著的裸體少女的身邊竟然擺放著差不多二三十個

人頭骷髏。我頗感奇怪，在泰國藝術中很少看到裸體的少女，更讓人不可思議的是人頭骷髏。後來我問皇家大學的一位同事，他說這是一個佛教傳說，但是遺憾的是他是一個天主教徒，說不清佛教故事的具體內涵，只是有時看到有的女孩的耳針也是骷髏的圖案，當時我以為是現代青年人的好奇心理吧，現在想到這同佛教的傳說是否有點聯繫呢？似乎也說不清楚。許多人圍著彩車觀看欣賞，指指點點，議論紛紛，還有不少人站在彩車邊拍照留念，就是那輛裝有骷髏雕塑的車旁同樣有人拍照，並不感到恐怖，從他們的神情看大概是覺得非常有趣。

　　大約九點鐘，盛大的蠟燭節遊行開始了。走在最前面的是官員方陣，他們身穿最近一段時間泰國人喜歡穿的黃色短袖衫，手裡舉著黃色的旗幟，——據說是王室的旗幟。緩步從市政廳前的大街上通過。當隊伍從我面前經過時，我見到了皇家大學的副校長賽裡先生行進在行列中，他也見到了我，還朝我使了眼色。緊隨其後的便是載著蠟燭雕塑的彩車，彩車的後面有時有一個少女舉著大概是表示單位的小木牌，少女的後面便是身穿具有民族特色的傳統服裝，排成方陣的男女老少。有的方陣前還有四五個少男少女站在一輛車上邊演奏泰國東北地區的樂器，一邊舞動著身姿。每一個方陣的人基本上身著某種統一的具有地方特色的服裝，行進幾十米便在民族音樂聲裡跳起傳統的民間舞蹈。舞蹈的人群以年輕姑娘為主，她們身姿婀娜，舞姿輕柔，動作整齊而雅致。當然，也有中老年人和男子組成的方陣。有的隊伍中的男人則敲打著象腳鼓和其他的民族打擊樂器。不過，看了一陣之後，便覺得幾乎所有的人所跳的舞蹈動作大致相仿，主要是手掌的擺動和手指的變動，同時腰姿也跟著舞動。如果觀看了多種民族舞蹈，我們就會發現，每一種民族的舞蹈

都特別強調身體的某一部位，如果說中國的新疆舞所舞動的主要是脖子，印度舞突出的是小腹，非洲一些部落的舞蹈重在抖動臀部，那麼泰國的舞蹈則突出了手的美妙。整個舞蹈的動作都比較輕柔，易於模仿，據瞭解，在泰國這種舞蹈幾乎人人會跳，遇上什麼節日或者到朋友家做客，來了興致，他們就可能跳起這種舞蹈，只是在重大的節日裡人們跳得更歡。

　　整個蠟燭節的遊行持續了差不多六個小時，直到下午三點左右才結束。大概從下午一點多鐘開始，觀看遊行的人便開始陸續離開，等到兩點多的時候，觀眾已經很少，原先為了維持秩序而設置的隔離柵欄也鬆開，一些觀眾可以到柵欄裡來，與遊行隊伍作近距離接觸，有的人甚至靠到彩車或者來到遊行方陣的邊上拍照片。儘管觀眾大減，但是遊行的方陣依然沒有亂，那些舞蹈的人在烈日下表演仍然很投入，沒有絲毫馬虎，體現了他們的敬業精神或者說虔誠心理。後來據說晚上還有活動，主要是蠟燭燈火燈花展出，由於天氣又陰，擔心下雨以及其他原因，就沒有去到現場參觀，現在想起來確實有點遺憾。

本頭宮的傳聞

　　本頭宮的傳聞是從張仲旭（又名張振南）先生那裡聽來的。張仲旭先生是鑫鑫金店的老闆，祖籍廣東潮汕，會說漢語。我到烏汶來工作不久，經人介紹認識了這位年屆六旬的老先生。經過一段時間的交往，覺得與他談得來，於是得空就到他的店裡坐坐，與他閒談。七月下旬的一天，我又到他那裡跟他聊天，他給我講了這個傳聞，看他的神情挺認真的，不像是在編造故事，同時他還給我出示了記錄的東西，所以我不能懷疑他的誠實，當然也無法核實，不過辨別其真偽並不太難。只是此事頗有趣味，於是記錄下來。

　　本頭宮就在張仲旭先生興興金店的東邊大約四五百米遠的地方，我曾經去過那裡，進去參觀過，是烏汶市區華人寺廟之一。據說春節期間，那裡上演過潮州戲，只是因為不懂廣東話，就沒有去看戲。

　　當天在閒聊中，張仲旭先生問我國內有沒有降仙的事，我是一個無神論者，從來就不相信神仙顯靈之類的傳說，雖然周圍不少人，包括 20 多歲的年輕人曾經跟我說過一些頗為神秘的事情。當然，我不能告訴張老先生我不信神的事，因為我不想令老人家掃了興致，就對他說我不知道，不曾聽說。接著他就談到濟顛等神仙降柳的事情。

　　說到濟顛和尚，我還是比較熟悉的，還是在 10 幾歲的時候，我就讀過《濟公全傳》。國內前些年還上演過由游本昌先生主演的電視劇《濟公傳》，所以這位曾經在杭州靈隱寺出家，後來瘋瘋癲癲的雲遊四方的和尚對於國人來說可以說是家喻戶曉，婦孺皆知。對於歷

史上是否有濟顛其人，我沒有考證過，但是可以確信即使歷史上有這麼個和尚，只是從小說《濟公全傳》到電視劇《濟公傳》中的濟公確是神話中的人物，已經不再是一個歷史人物了。

　　所謂「降柳」，就是指這些神仙通過柳枝顯靈，授意柳生的手在一粉板上寫字。據說，寫得很慢，一個字一個字地傳授，一首詩大概要授寫兩個多小時。所謂柳生，是指替神寫字的人。張先生說，這個人必須具有良好的道德和高深的修行。我問他神靈授意他寫的是漢語還是泰語，他說是漢語。我又問，柳生的漢語水準一定不錯啦？他肯定地說不懂漢語。我又問，柳生不懂漢語，會寫漢字嗎？他說這就是神的力量。我說當時你在場嗎？他說他就在現場，親眼所見。他告訴我在寫完字後曾經悄悄地問過那位柳生寫字時的感覺，答「迷迷糊糊」、「似睡似醒」。我不知道這是柳生的原話，還是張老先生的翻譯。接著，張老先生給我看了濟顛降柳留下的詩：

　　　哈哈！善哉！
　　　道歌飛唱臨蓮城
　　　濟公喜歡唱眾聽
　　　降靈聖鸞結善緣
　　　柳木示音文呈章
　　　本德高崇行善道
　　　頭功立步積德馨
　　　公私共務落力作
　　　媽懷慈恕財丁香
　　　古今流傳揚善慈

　　廟宇莊嚴果欣綿

　　本濟公活佛降

　　這是一首具有濃厚佛教色彩的七言十句藏頭詩，論其詩意並無深奧之處，也無新穎之處，或許是佛作的緣故吧，詩歌的形象嚴重不足，幾乎是說道，而且最大的問題是每行頭字「道濟降柳本頭公媽古廟」中的「本頭公」並不是該寺廟的「本頭宮」。當然，如果從諧音，也未免不可。該詩之所以令張老先生信服，大概就在於每行藏頭字「道濟降柳本頭公媽古廟」。

　　除了濟顛降柳，還有「本頭公媽降柳」，其詩為七言六句：

　　哈哈　善哉

　　本性慈悲救世人

　　頭廟顯赫聚眾仙

　　公平正道處理事

　　媽心博愛一家親

　　臨柳開示諸善信

　　鸞會知悉明果因

　　本頭公媽降柳

　　這首詩與濟公的那首詩差不多，只是比濟公的少了四句。兩詩的語言風格基本相同，而且依然是藏頭詩。

　　本頭宮所供的「三山國王」也降柳，留下詩作一首：

　　哈哈　善哉

　　三世本有因

　　山峰修道深

國社事有為

王澤錫善人

本三山國王降

三山國王不僅降柳作了這首五言四句的詩，而且還留有語錄：

良緣有也　本頭古廟一百四十有一年來　汶埠善子香火時盛
敬神敬佛　行而施其善德　惻隱之心常生　神佛受之誠敬
故而施玄顯靈　庇佑合境平安　百業興盛　時過如水之流逝
日換物遷　是而有重修古廟之議　寄望同心合力　聚眾志而
成城　聚沙而建高塔　功德有加　仰望立德之人　自然是有
果報也　今晚本王一作細示　希望爐下善子　共崇之可　本
三山國王降

這段語錄先是表揚一番信徒，讓大家受寵若驚，接著就下派任
務，要求信徒出錢出力「重修古廟」。

在張老先生出示了這些降柳詩言之後，我立即要求複印下來作
點小小的研究。與此同時，我還詢問最近可還有降柳之事，我很想
親眼見識一下。可是很遺憾的是，他說那位柳生去年年底去世了，
現在沒有找到新的柳生。我說如果在我回國之前還有降柳的事就打
電話給我，張老先生應允了。

過了些天，我獨自到本頭宮去訪問，希望實地瞭解情況，再採
訪些人以驗證張先生的話。在本頭宮，我先進去參觀，見到一位老
先生臥於躺椅上聽廣播，當時這裡沒有其他人，我用漢語同他打了
招呼，可惜他不懂漢語，無法交談。他只是示意我在一張椅子上坐
坐。但是我沒有坐，而是逕自參觀，宮內除了供奉關公、三山國王

和一菩薩外，還懸掛了泰國國王的照片。不過，這些神的塑像供於大廳的坐北朝南的位置，而國王的照片則在側面。大廳內除了供奉的神佛以外，還懸掛許多稱頌神佛的匾額和條幅。在西壁上，我看到了張仲旭給我複印的那四份降柳詩文。參觀完大廳，來到門外，右側是一棵不知道名字的大樹，正前方是蒙河，左前方有一數米高的磚塔，塔身不像通常見到的那種瘦勁挺拔，而是顯得比較肥厚，很有點顏真卿的書法的味道。右側是一排房子，可能是宿舍。在這建築之前，又遇一位先生，打了招呼，見他懂點漢語，於是我向他瞭解情況，他竟然不知道降柳的事，後來他說自己不久前從曼谷才來這裡的，但是他向我介紹這裡的紫聊閣和華僑公學時卻如數家珍。臨回來之前，我注意到本頭宮門前的文字，抄錄如下：

本老仙

頭廟守莊嚴

公平正道無私偏

聖澤長流財源聚

庇佑眾康強

調寄憶江南

師白雲乩賜（右側）

道德功

齊步喜相逢

明心見性修道德

神氣顯赫佑民眾

四季皆興隆

調寄憶江南

師白雲乩賜（左側）

　　從門兩側的「調寄憶江南」來看，頗有意味的是右側的也是藏頭詩，與降柳詩的風格非常相似。更叫人感到疑惑不解的是本頭宮裡所供的神根本沒有濟公，不知道他老人家怎麼跑到這裡來降柳作詩。

　　奇怪的是道濟不僅在本頭宮降柳，在另一處華人寺廟──紫聘閣也留下詩作。紫聘閣距本頭宮不遠，大概只有幾百米。我來這裡訪問的時候看到了一個玻璃櫥窗裡貼著黃裱紙上用墨汁寫的毛筆字降柳詩，比較怪異的是有些字寫的不是正字而是反字，一般人需將紙翻過來，從背面才能識認。這些詩的含義差不多，只是文字與該閣的名稱相契合。在紫聘閣，我分別找了一位姓黃和一位姓陳的先生交談。他們都沒談到降柳的事。當我問到陳老先生時，他說了句意味深長的話：「不少人都信啦！」後來，我在臨別前獲贈一本漢語版的宣傳紫聘閣的小冊子，上面刊有何野雲道長的幾首勸善詩，居然也是藏頭詩，其風格與降柳詩差不多，這真讓我懷疑何野雲道長與道濟等神仙之間存在著某種聯繫。更有趣的是小冊子上有一篇署名「道濟佛尊」的短文，其中寫道：「人的生命是有限的，可是為人服務是無限的，世人要把有限的生命，投入到無限的為人的服務之中去。」國內的中老年讀者對此都會有似曾相識之感，因為這是將雷鋒的名言略加巧妙的改變，不知這位「道濟佛尊」何時拜雷鋒為師的。

宗親會

　　宗親會是旅居海外的同一姓氏的華人組織的一個民間團體。泰國就有許多宗親會，而且還在烏汶地區設置了分支機構。

　　2006 年 1 月 9 日，有一位泰國同事給我打電話說，皇家大學的外事處來了兩位泰籍華人，他想找中國人聊聊。原來這是一位 60 多歲的華人，見面後彼此一陣寒暄，然後他作了自我介紹。他說他的名字叫「黃國江」，還遞給我一張名片，與他一起來的 20 多歲的姑娘是他的女兒，叫黃瑩瑩。他告訴我，黃瑩瑩在揚州大學學習兩年漢語剛回烏汶，並將於 2 月份去深圳大學學習。他還向我介紹道：黃氏是個大家族，在泰國，在烏汶的人很多，而且不少在社會各界都是很有影響的人物。是啊，對於烏汶的黃氏，我早有耳聞，並且還見過一些物件。在漢語系辦公室裡，就有黃國江發給先前一位漢語教師的一份製作非常精美的請柬。在漢語系辦公室的電腦裡，還有這位教師寫給黃國湧先生的一篇文章。其他同事也曾偶爾提起過黃氏家族的人，只是我當時沒有留心。2006 年 3 月，一位年輕的中國人來到烏汶皇家大學，見面後，他作了自我介紹，他叫黃學仁，廣東揭陽人，來這裡是想學習泰文，以便將來在泰國做生意。我正想問他是怎麼想到來泰國的，在這裡吃住是怎麼解決的，他已經告訴我：他住在太叔公的家裡。而他的太叔公就是與我曾經見過面的黃國江先生，黃瑩瑩還是他的姑姑呢！後來在與黃學仁的交談中瞭解到黃氏不僅在烏汶，而且在泰國都可以說是一個望族，他們還成立了黃氏宗親會，在烏汶府建立了分會，並且出版了宗親會烏汶分

會的圖書。承蒙黃國湧先生之情，他委託黃學仁送了我一本，使我
對黃氏宗親會有了一些具體的瞭解。

　　黃氏宗親會烏汶分會出版的這本書是中泰文對照的，印刷精
美，封面的正中是黃氏宗親會的烏汶分會的會徽和黃氏大宗祠的圖
片，下方是中泰文的「泰國黃氏宗親烏汶府分會」字樣，這很可能
就是書名。書內的第一頁印著泰國國王的照片，表示對國王的尊重。
書的正文首先是介紹黃姓的「由來」，顯示了旅泰華人的濃厚的根源
意識和對源遠流長的祖國文化的認同。對於姓氏歷史的敘述，顯然
採取的是宏大敘事方式，盡可能敘述歷史之久遠與輝煌。「由來」是
這樣敘述歷史的：「溯吾黃氏肇自黃帝軒轅氏，第六代孫，陸終公之
季子，諱雲，因帝封其國之日，時有黃雲現於南極，帝喜而拜於雲，
封其國曰黃，後世以黃為姓，此黃氏得姓之由來也。」文中將黃氏
姓與傳說中的黃帝聯繫起來，不能不說歷史之非常久遠，只是此等
說法不過是傳說而已，並無史實依據。更為奇特的是居然夾有「黃
雲現於南極」的神話，當然是為了顯示黃姓的尊貴。這大概是典型
的中國家族史敘事方式。在歷史敘述之後，作者描述了黃氏蕃衍了
數千年後今天的現狀：「時自西元前二千四百六十餘年（垂今四千四
百餘載），相傳迄今一百六十餘世，全中國境內黃氏族人約有一億餘
人，為全中國五大姓氏之一，遍佈海外，全世界，⋯⋯」且不說歷
史年代是否可信，就「全中國境內黃氏族人約有一億餘人」的說法
就有誇大的嫌疑。我們相信，黃姓在中國確實是個大姓，但是怎麼
也不會有這麼龐大的數字，因為全中國總人口不過 13 億多一些，怎
麼可能每 13 個人就有一姓黃的！據 2003 年版的《中國文化要略》
提供的資料，黃姓在國內的人口數排在李、張、王、陳、劉、孫等
姓氏的後面的第 8 位，而不是第 5 位。這種人口數的誇大顯示的當

然是人的自戀。不過，這不是什麼大不了的事情，因為我們在提到自己的姓氏家族時總免不了有些自誇，讓自己顯得格外自豪，以便樹立自信心。

黃姓「由來」的後面是「太始祖雲公真像」和先祖其他公、媽之遺像。從這圖片來看，太始祖雲公與其說是人，倒不如說是神。老人的鬍鬚和眉毛盡白，雙目炯炯有神，面目慈祥，很像下凡的神仙。這與姓氏的「由來」中的富有神話色彩的歷史傳說倒是相一致。其他的先祖圖像也都身著官服，慈眉善目，和藹可親而又安詳端莊。由於當時還沒發明照相技術，所以只能是請當時的畫工作畫，而畫工既然受人之託，所畫的肖像雖說有真人作模特，但是融入他的美好的主觀想像在所難免，這就使得人物的肖像不會像照片那樣客觀真實，而是存在一定程度的美化。對於這種現象，我覺得是可以理解的。因為，宗親會意在將整個宗族的人都團聚在一起，就必然通過祖先崇拜來加強凝聚力。那麼，此時的先祖顯然已不是某個歷史人物，而是具有圖騰意味的家族精神的象徵。

對於成立宗親會的宗旨，書中當然作了介紹：「西元一九六三年，旅泰黃氏宗人，爰特籌組泰國黃氏宗親總會，供奉歷代祖先，藉表慎終追遠，溝通各界宗團，團結宗親，以資聯繫報本，進一步推行社會福利，興宗親福利為宗旨。」從這一宗旨來看，突出的是宗親的團結互助和慈善事業。從書中介紹的黃氏名人來看，多為高官，最高至「副國務院長」，大概相當於中國的副總理一職，確實了不得。但沒有介紹在文學、藝術、科技和學術方面有所建樹，成為大師的人物，所以多少讓人有點遺憾。

2006 年 9 月底，在烏汶的林氏宗親會舉行了盛大的聯歡活動，絕大多數到會的人都穿上印有漢字「林」字的夾克衫。宗親會組織

林氏宗親到老撾的查帕薩（Champasak）省百細（Pakse）市旅遊，
回來時在內瓦達（NEVADA）酒店舉行大規模的晚會。當林氏宗親
的客人在大酒店門前下車時，宗親會以中國傳統的方式，派人燃放
鞭炮和舞起獅子，表示熱烈歡迎。會上大家邊吃飯邊欣賞文藝演出，
還散發了會議刊物。這個刊物同樣介紹其家族的來歷，發表了四幅
林氏遠祖的畫像。與黃氏的不同的是，林氏宗親會的刊物主要以泰
語為主，只是在遠祖畫像的下方印有讚美祖先的四言詩。排在遠祖
之首的是被稱為「太始祖殷少師」的比干，由其「裔孫陸邑世瑚」
撰寫的讚美詩曰：

　　　緊維少師
　　　殷之元輔
　　　當紂暴虐
　　　不忍坐睹
　　　伏闕諍諫
　　　丹心被剖
　　　浩氣忠貞
　　　塞乎寰宇
　　　天鑒其衷
　　　誕生玉樹
　　　子子孫孫
　　　受天之佑
　　　賢哉少師
　　　成仁義取
　　　忠烈之英

諫臣之祖

天地長存

凜然萬古

「周受姓始祖博陵公爵堅公」的畫像下的讚美詩曰：

緊維太師

負節抱奇

遭時之衰

剖心不痛

甘死如飴

仁必有後

篤生佳兒

有石若簇

有水如漸

林木蒼郁

山嶽葳蕤

實鐘名哲

藩屏周基

食采賜姓

百祿是宜

億萬昌熾

玉樹繁禧

「閩林始祖晉安郡王祿公」畫像下面的讚美詩曰：

粵惟吾祖

晉室勳良

經綸廟社

黃門侍郎

靖討禍亂

敕封郡王

名垂天壤

功在廟廊

孫枝袞發

億萬彌昌

華祖如帶

積笏盈床

顧瞻祖德

萬事有光

「宋天後祖姑」畫像下面的讚美詩曰：

維天降靈

孝慈生性

赫赫洋洋

坎巽司令

於穆不已

為德之勝

女中聰明

乃神乃聖

億萬斯年
積善餘慶

　　這些讚美詩同樣以宏大的敘事方式追憶遠祖的高尚情操、偉大人格和赫赫功勳，語言典雅，顯示了林氏悠久而輝煌的歷史。只是令人不解的是，「閩林始祖晉安郡王祿公」顯然是福建（閩）的林氏始祖，可是讚美詩的首句為什麼是「粵惟吾祖」而不是「閩惟吾祖」？

　　與此同時，林氏宗親會的刊物上還刊有漢語歌曲《長林贊（林氏之歌）》，其歌詞曰：

比干考父少師行，
義氣忠肝諫紂亡；
陳母孕逃叢石室，
吾公出世遇周王。
賜姓為林源來遠，
食邑清河遺蔭光；
追想系脈公派裔，
兒孫異代譽名香。

　　沒想到林氏還有自己的歌，我在國內沒有聽說那個姓氏有自己的歌，不知道國內的林姓人是否知道並且會唱這首《長林贊》。

　　與此同時，從泰國的華文報紙上看到，常常有華人宗親會舉行某項重大活動的圖片與文字報導，可見在泰國的華人宗親會還是不少的。他們建會的宗旨我估計都差不多。不過，從深層意義來看，這與國內的××鄉親聯誼會、××校友會十分相似，都是中國傳統

文化中血緣文化的表現或者延伸。華人來到海外，往往就是少數民族，儘管通過艱苦努力在某個方面獲得了成功，但是他們還是孤單的，在遙遠的異國他鄉，遇到同鄉或者同姓就感到格外親切，感情上似乎有了某種依託。還有些華人在奮鬥過程中一定會遇到這樣那樣的困難，甚至可能陷入險境，這時能夠救助他的只有家族宗親和同胞，宗親會的成立加強了彼此感情的聯絡和訊息的溝通，可以及時予以援助，或者互通有無，因而宗親會又起著互助組的作用。與此同時，每年的宗親會上，大家聚到一起，一定會暢談一年來自己的事業和成就，當對方得知這一訊息時當然會表示祝賀，這樣就有很強的成就感。此外，宗親會的活動得到了媒體的報導宣傳，產生了強大的廣告效應，擴大了這個宗族在居住國的影響。這一影響甚至可以擴散到國內的故鄉，進而產生了衣錦還鄉的意義，老祖宗的在天之靈也為之欣慰和自豪。總之，泰國華人成立宗親會並開展各項活動，既是對中國傳統的血親文化的認同和繼承，又是在異國他鄉弘揚中華民族團結互助、樂施行善、扶危濟困的美德，還表現出他們在追根認祖過程中對祖國的親情，對家鄉故土的懷念。

泰國的漢語

　　泰國的華人很多，雖然他們離開祖國的年代遲早不一，但是還有不少人使用漢語。儘管不少華人及其後裔很少講漢語，甚至不會講漢語，但是仍然有數量可觀的華人可以閱讀漢語書刊雜誌，還有不少華人的店鋪懸掛著漢語招牌。可見，漢語還在泰國的華人圈中流行。通過接觸瞭解到，泰國的漢語與國內的漢語雖然同是一種語言，但是多少有些差異。這種差異不是在語法方面，而是表現在一些詞語的意思和內涵，下面列舉幾例，以便有關學者從這些差異中研究出某些東西來。

芳名：國內通常指年輕女子的名字；泰國的漢語中則是指有身份、
　　　有地位人的名字，說到「芳名」，名主很可能是位德高望重的
　　　董事長或者老人。

家批：國內漢語中沒有這個詞語；泰國的漢語中則指匯款。

兩合：國內漢語中也沒有這個詞語；泰國的漢語中可能指雙方合資
　　　創辦某個公司企業。

朋友：國內通常指存在著深厚的感情和友誼的人；泰國的漢語中除
　　　了指那些具有深厚感情和友誼的人，很多時候還指同班同學。

山莊：國內通常指修建在山上可以供人休閒、娛樂、居住的建築或
　　　場所；泰國的漢語中指的是死者安息之地。

玉照：國內通常指年輕女子的照片；泰國的漢語中則是指有身份、
　　　有地位人的照片。

斯琳通湖之謎

　　斯琳通湖位於烏汶府的東南部，是在自然湖泊基礎上修建的一大水庫。來到斯琳通湖邊，可以看到從湖邊到湖裡分列著高矮不等的樹樁，高的大概有三四米多，差不多兩人高，矮的剛剛露出地面或者水面，還有一些沒於水裡。現在看到的這些樹樁大多呈褐色，有的斷面比較平，看上去像是鋸過的；有的斷面不規則，可能是強大的外力使之折斷。看著這些大大小小，高低不一的樹樁，我的心底升起了一連串的疑問，覺得這其中隱藏著許多謎──或許瞭解情況的覺得問題很簡單──，有待破解。首先是斯琳通湖的這些原本生長得很好的樹林是怎麼消失的？是大自然的作用，還是人工的砍伐？如果是人工的砍伐，到底是誰下達砍伐命令的？或者是誰同意和批准砍伐的？為什麼要砍伐這麼多的樹木，而且是將整片樹林全都伐光，一棵不剩？為什麼有的樹樁仍留一、兩米高？為什麼不將樹根全刨掉？為什麼人工砍伐的留下的樹樁沒有長出新的枝芽綠葉？僅僅是為了修水庫蓄水嗎？如果是為了建水庫而砍伐一些樹木，為什麼湖岸邊還有不少的樹木被伐？再說，為了修水庫，伐了這麼大一片樹林值得嗎？況且湖的岸邊和水裡即使長一些樹木也不影響蓄水呀。如果是人工砍伐，為什麼有的斷面規則有的不規則，而且樹木的斷面像是火燒過一樣？如果不是人工砍伐，那麼是不是雷電導致一場大的樹林火災呢？如果是雷電的轟擊，那麼為什麼有的樹木的斷面竟是那麼平整？這片樹林的消失對這裡的生態環境產生了什麼樣的影響呢？最後的問題是究竟是樹林先遭滅頂之災後有

湖泊水庫，還是湖泊水庫建成之後樹木消失的？不過，可以暫且不問這些問題，單就湖水中或者湖岸邊這些高矮不一，形態古拙怪異的樹木而言，確實是一道獨特的風景。

陳燕

　　陳燕的泰國名字叫做「素帕盼‧普克漢紅」（Supapan Phukhamkhom），原先我只以為她是地道的泰國人，可是，在一次當地林氏宗親的聚會上，我見到了她和她的家人，這才知道她應該姓「林」，她的奶奶就來自中國廣東汕頭，她有著中國血統。她同這裡所有學漢語的學生一樣，都擁有一個漢語名字，但是由於她可能也不瞭解自己的家族史，給她起名的漢語老師不知道她的情況，就讓她「姓」了「陳」。她是烏汶皇家大學中文副科的學生，儘管我沒有直接給她們班上過課，但是由於交往比較多，所以對她更熟悉一些。

　　實事求是講，陳燕在這個班的學生中漢語學習並不是很好的，但是她比較勤奮好學，給我留下很深的印象。2006 年 3 月，她從皇家大學畢業受聘到一所小學任教，被安排教漢語、英語和電腦三門課。為了教好漢語課，她在暑假裡放棄休息首先準備了毛筆、墨汁、寫字本等，然後與我聯繫，請我教她寫毛筆字。我來烏汶已有近半年時間，還沒看到過泰國人寫毛筆字，更沒見到哪個學生練習寫毛筆字，真不知道她從哪裡買到這些用品的。許多泰國學生覺得寫中國字很難，因為漢字是象形表意的方塊字，與拼音字母大不相同，而毛筆字更難寫，特別是毛筆的筆尖不像鋼筆、圓珠筆或者鉛筆的那樣硬，單是提起毛筆就不容易。然而，陳燕居然不怕這些困難，每天學寫一個多小時，一連跟我學了三四天。她從提筆學起，到練筆劃順序，再練字的間架結構。在這短短的幾天裡，她以其悟性竟然掌握了寫毛筆字的基本技能，所寫的字也像模像樣，一些筆劃還

略顯出漢字的筆鋒，確實不簡單。每當我表揚她的進步時，她總是靦腆地說：「謝謝老師！謝謝老師！」

到了六月份，陳燕開始上班，給孩子們上課了。她學皇家大學老師的做法，也給自己的學生每人起一個漢語名字，但是她不瞭解中國人起名字的一般規律，於是打電話給我，向我求助，我很樂意幫她給幾十個學生起了漢語名字。過了些時日，陳燕又來電話，說她遇到難題了。我問什麼難題。她說電話裡說不清楚，於是特地跑到皇家大學來向我請教。原來，她的一個學生已經有了漢語名字，那是他的家長給起的，由於家長是泰籍華人，寫名字所用的是繁體字，而且寫的又是異體字，她不認識，這不奇怪，就是一些中國人也未必認識。原來為名字這樣一個小小的問題，她冒著酷暑特地跑到母校來，可見她辦事還是相當認真的。後來，她在教學中一遇到問題就找我幫她解決。

母親節前夕，她打算組織學生一個小小的漢語 PARTY，特意編寫了一段漢語稿子，稿子不長，顯然是先用泰語草擬成，然後逐句譯成漢語。稿子寫成後，她又專門跑到皇家大學來，要我幫助修改修改，我根據她的意思，再按漢語的表達習慣幫她調整了句子的詞序。經過一番修改，文稿上已經有些面目全非了，為了搞清楚我的修改，她用筆將每個句子的詞語標上次序。過了天，她又來找我。這次她將前一天的文稿重新排列印出來，並且還在每句話的下面都加上了中文拼音，就連調號都標好了。她將前一天晚上回去整理好的稿子送來再讓我看一遍，看是否還有什麼錯誤。這股認真勁兒真讓人佩服。陳燕工作如此認真，這固然表現出她的一種性格，同時也表明她對工作的熱愛。當她一被那所學校錄用，她就馬上興奮地打電話告訴我，並表示要在第一次拿工資時請我吃飯。與此同時，

她忙開了，又是買漢語教學的 VCD 碟片，又是買書。在向我諮詢後，她花了不少錢買這些東西。有的書在烏汶買不到，她就自費跑到曼谷去。從烏汶到曼谷大概有 600 多公里的路程，來回的冷巴車費就得 1 千多泰銖。後來我問她這次去曼谷花了多少錢，她說 3 千多泰銖，相當於人民幣大幾百塊錢。顯然，這對於剛剛參加工作的她來說，可是一筆不小的開支。剛給孩子們上課，陳燕十分興奮，居然想起來帶上數位相機拍了一小段孩子嬉戲玩耍的錄像。放給我看的時候，她是那麼激動，一會兒說這個孩子有趣，一會兒說那個孩子頑皮。而那些孩子在她這個老師面前一點都不感到拘謹，完全自由玩耍，看來她是和孩子們融為一體了，她也一定深受孩子們喜歡和歡迎，成為他們的好老師，好朋友。

　　陳燕不只是對她的學生特別熱心，就是對其他孩子她也一樣樂於幫助。有一天晚上九點多鐘，她在街上遇到了兩三個 10 來歲的孩子。這些孩子說自己沒有錢回家，也沒有錢打電話，想跟她借點錢打個電話給父母，讓父母來接。她根本沒有懷疑這些小孩是否在說謊，二話沒說，打開錢包，就給了他們 10 泰銖，同時還囑咐他們幾句，就像大姐姐那樣關心他們。陳燕與大多數泰國人一樣是虔誠地信仰佛教，每個重大節日裡，她都到寺廟裡去參拜神佛。而神佛不僅成為她的重要的精神支柱，而且教給她博愛與行善的美德。所以，她既熱愛自己的工作，又樂於幫助別人。

電視

　　我本來對電視並不感興趣，在國內的時候，我很少看電視。來到泰國工作，由於實行的是坐班制，整天待在辦公室裡，平時找不到學術書和文學作品閱讀，電腦常常出故障，實在閒得無聊，於是看看電視，消遣消遣。毫無疑問，在泰國，電視收到的大多是泰國節目，但是也可以收到周邊許多國家和地區的電視節目，儘管許多節目由於語言障礙而看不懂，然而還是有不少節目是可以收看的。泰國的電視臺大多是用泰語和英語播出的，但是有些電視臺常常播放有關中國的電視節目。泰國學生常常與我談起包青天就是從電視中看到的，我來泰國之後就看到泰國電視臺播放鄧麗君的歌曲、港臺歌曲、電視劇《三國演義》和中國南方的地方戲曲等等，顯示了泰國傳媒和觀眾對中國文化的濃厚的興趣。

　　在烏汶皇家大學，能夠收到的唯一的中國內地的電視頻道就是中央電視臺的第四套國際頻道。自然不用說，看到這個節目確實有點回國的感覺。我不僅自己收看，有時還帶我的學生收看韓佳、大牛主持的對外漢語教學節目。不過，毋庸諱言，中央電視臺的節目大多沒多大意思，我所感興趣的也就是《國寶檔案》等少數幾個節目。在辦公室，我看得最多的是香港的《天映頻道》，這是一家專播香港電影的電視頻道，儘管這些電影未必有多高的檔次，文化內涵大多比較淺，但是娛樂性比較強，而且時常用普通話對白，即使不少時候配的是廣東話或者泰語，但是由於配了漢語字幕，再加上熟悉的文化背景，看懂是不成問題的。在國內，我有時收看中央電視

臺的電影頻道，現在看了香港的天映頻道，情不自禁地將兩者進行對比。覺得中央電視臺播放的電影豐富多彩，中外電影都有，而且還有不少是出自電影大師之手的經典之作，給人以比較高雅的藝術享受。問題是中央電視臺播放的電影常常在中途插播好些亂七八糟的爛廣告，將一部好好的電影腰斬成兩三個部分，讓人覺得非常可惡。相比之下，天映頻道基本上沒有廣告，除了電影之外，就是中外電影和文化娛樂圈子的有關報導，一部電影一播到底，多麼痛快！天映頻道播放的電影中，有不少是恐怖片和喜劇片，這給平時比較沉悶的生活多少帶來一些刺激性的東西。除了天映頻道，在這裡還可以收看到臺灣東森台的泰語頻道，由於播放的內容基本上是中國的旅遊、休閒和娛樂，而且還常常有漢語字幕，所以也經常收看。它所播的電視劇多為《老婆大人》等喜劇片，雖然聽不懂對白，但是也不時看看。不過，這家電視台播放的節目，看的時候還覺得比較有趣，只是沒有給人印象深刻的東西，基本上過後都忘記了。無論是天映，還是東森，將自己的節目譯成泰語，即是對泰國觀眾的尊重，又是開拓海外市場的一種很好的途徑。

有時，我們還可以收看到印度和越南的電視節目。這兩個國家的電視特色鮮明，民族文化色彩濃厚。尤其是印度電視一看就知道，那激揚的歌舞，那南亞地區的自然風景，那衣著打扮都是再熟悉不過的了。長期以來，我一直非常喜歡看印度電影，那豪華的場景，絢麗的色彩和神話故事以及具有宗教色彩的主題，總讓人難忘。現在在這裡能收看自然是天賜良機，然而最大的問題就是聽不懂其語言，確實很遺憾。越南的電視也有比較多的歌舞，但是與印度的比較，顯得矜持一些，其音樂旋律我很不習慣，所以欣賞不了。

　　在烏汶皇家大學辦公室裡可以收看這些泰國以外許多家電視台的節目，可見，泰國政府在文化方面還是相當開放的，所以我們可以觀看到不同地區，不同語言，不同文化的電視節目。然而在國內，除了少數地方可以收看到境外的電視，絕大多數地方只能收看中央台和各省市的台，揚州就是如此，就連中資機構在香港主辦的鳳凰台都不能收看。由此可見，國內的主管文化的官員在意識形態的扭曲下心胸實在狹窄，顯然是有悖於當前的改革開放的時代精神。當然，辦公室的電視也存在著很大的問題，這就是由於技術或者設備的原因，許多台的電視信號不穩定，從而影響到收看的效果，破壞了看電視的情緒，多少讓人覺得遺憾。

羅勇海灘

　　一般人都知道泰國的巴堤雅和普吉島的海灘,很少有人知道羅勇的海灘。羅勇(Rayong)是泰國中部瀕臨泰國灣的一個府,距離著名的海濱城市巴堤雅不遠,也就三四十公里,在巴堤雅的東南方向。從曼谷驅車到那裡也就四個小時左右。

　　2006 年 3 月,我們一行 10 來人從曼谷出發去那裡玩了一趟。許多人可能要問,為什麼不去比較近而且名揚世界的巴堤雅,而是到這個地方來玩?據瞭解,巴堤雅確實是個好地方,不僅景色優美,還以人妖表演而著稱。但是,巴堤雅正因為名氣太大,去的人很多,不僅遊客如蟻,而且物價也很貴,許多時候找住處都比較困難,像我們那天晚上八點多鐘到達目的地,如果在巴堤雅幾乎不可能找到住處。即使找到比較偏僻的條件比較差的旅館,一個人一個晚上的床鋪費也得花 1 千泰銖。然而在羅勇海灘附近我們找到的一家旅館,條件雖說並不十分理想,但是離大海只有 1 百米左右,站在樓上面朝大海的視窗就可以觀賞到海面的風光,確實不錯,而且雙人間的每人住宿費才 400 泰銖,連巴堤雅的一半都不到。當然,晚上在羅勇海灘不能觀看到人妖表演,也不見夜晚輝煌而絢麗的燈火,然而在海灘上吃晚飯則別有一番情調。羅勇海灘不像許多影視和畫片中的那些純粹的金黃色的沙灘,而是在離海水二三十米遠的地方就是比較稀疏的小樹林,而且小樹林下面基本上沒有雜草,只有細細的黃沙。我們幾個人安排好住處後就到這片臨海的小樹林裡吃晚飯。一些店主很會選擇地方,他們就在這小樹林裡做飯,擺些桌椅,

招待顧客。由於小樹林的地勢並不平坦，而是一面坡，因此桌椅也與一般的不同。所謂的桌子是石制的，相當穩當；椅子則是躺椅，完全可以面朝大海躺著，邊喝啤酒邊吃烤魚，烤蝦。如果有興致，可以眺望黑暗裡深渺的大海；如果喜歡閉目養神地躺著，當然也不錯，聽那節奏鮮明而且舒緩的大海的呼吸，無疑是很好地享受。我們幾個就在那裡半躺著，喝幾口啤酒，嚼一片烤魚，隨意地聊天，身邊有大海相伴，頗有幾分神仙的感覺。

　　來到了海邊，自然少不了游泳和撿拾貝殼。我曾經在國內到過青島、大連、威海、蓬萊與連雲港的海灘，總體感覺就是那裡的人太多。整個漫長的綿延幾公里的海灘到處是人，就跟炎夏裡的城市裏的游泳池差不多，借用別人的一句比喻，就像是湯鍋裡下的餃子。巴堤雅和普吉島這些地方我還沒有去過，想來遊人一定不會少。無論什麼地方如果游泳的人太多，總不是好事，且不說稍許活動一下，就可能碰著了張三李四，影響了別人，甚至一不小心發生誤會而引起衝突，就可能讓整個遊玩都蒙上陰影。單是滿眼的遊客，就覺得自己不是在擁抱自然，而是在逛廟會或者大都市的超級市場。然而在羅勇海灘卻不必如此擔心。我們一早吃過簡單的早飯就來到海邊。當時大概是 7 點左右，海邊上雖然有三三兩兩的人，但是人並不多，正因為有這些三五聚集的人，才不致於讓海灘顯得太冷清。在下海之前，我穿上了從國內帶來的游泳褲。但是當我來到海灘上的時候，感到自己顯得很特別。因為就目擊範圍來看，就我一人穿著游泳褲，周圍的人大多是穿著長短袖襯衫、替恤、大褲衩、牛仔褲、長褲這些衣服。與我一同下水的 X 先生就是上穿大汗衫，下穿大褲衩。後來 X 告訴我泰國的太陽非常厲害，一不小心就會灼傷或者曬黑皮膚，多穿點衣服多少具有防護作用。果然如此，大約從 9

點半鐘開始，太陽越來越明亮，海裡游泳的人逐漸散去，到了 10 點鐘只有寥寥幾個還在海浪裡玩耍。在海水裡遊了一陣，坐在淺灘上，把腳埋在沙子裡，讓時漲時落的海水輕輕地衝擊著身體，看看自然景物或者到細細的黃沙中刨撿小貝殼都很有趣。

羅勇的海灘不像一些地方的海灘多礁石或者雜物，也不像某些地方的海水渾濁，而是碧綠透藍的海水連著金黃色的沙灘，再有三三兩兩的穿著各色衣服的遊人走動，沙灘的不遠處就是高大而翠綠的熱帶樹木，遠處還可見到星星點點的船隻和淺黛色起伏有致的山的輪廓。自然這也是一幅很美的風景畫。要說貝殼，羅勇海灘確實不像其他地方的那樣豐富多彩，確實顯得有些單調而且不大。不過，撿拾貝殼的妙處最主要的不在收穫大小，而在尋找發現的過程中。當潮水向海灘上湧去然後再退下時，就會有一些微小的貝殼從流動的沙子中顯露出來，看到這些表面光滑而且紋路美麗的琥珀似的貝殼，心頭湧起的自然是喜悅。撿了一陣之後，將其放在水裡淘去沙子，放進塑膠瓶子裡挺漂亮的。

在羅勇海灘遊玩以後，我們驅車往東行駛大概 20 多分鐘來到了一個海洋動物展覽館，在這裡既可以觀看到各式各樣的海洋動物，還可以購買到一些海產品。這裡的展覽館就與國內一些地方的海洋世界差不多，臨海而建，建築的一部分深入到海裡，隔著玻璃牆可以看到五彩繽紛的海魚和海龜以及形狀奇特的海礁、珊瑚。觀賞之餘，站在玻璃幕牆前以這些遊動的海魚、海龜或者海礁、珊瑚拍幾張照片倒也不錯。

從羅勇府驅車回曼谷的途中，如果有時間和興致，還可以向右拐，只需幾分鐘就可以來到一家熱帶植物園參觀。也可以跑稍遠一點的路程到佛像山去看一看。所謂的佛像山就是利用一座山的側面

人工繪製的巨大佛像。這很可能是世界上最大的一幅人工繪製的佛像。這座山相對高度有八九十米高。為了製作這座佛像，據說人們利用現代鐳射技術畫出佛像的底子，再用金黃色塗料繪成。由於周圍沒有其他山體，因而佛像顯得十分高大，老遠就可以看到，走到附近拍照，人就顯得比較微小。儘管這裡並不太出名，地點比較偏僻，但是前來參觀的人也不少。如果從羅勇或者巴堤雅回曼谷時，不妨乘便到這裡看看。

冷水澡

在一次給學生講課的時候，我談到了在旅館洗一個熱水澡，並且用英文解釋了意思，學生覺得有些奇怪。後來我去一位泰國朋友家，在這位朋友家住了一晚上，瞭解到泰國學生感到奇怪的原因：泰國人平時是用冷水洗澡的。那天晚上，我進了這位朋友家的兼浴室的衛生間，找了半天都沒有找到熱水水源，於是我再穿好衣服出來問這位朋友。朋友告訴我就用冷水洗，因為他們全家都是這樣，用冷水往身上澆，然後打一打肥皂，上點沐浴露什麼的，接著搓一搓、擦一擦，再澆水沖去肥皂沫或者沐浴露，最後擦乾身體就可以了。對於這樣的洗澡我是很不習慣，因為我一直都是洗熱水澡。就是來到泰國工作，我的住處還比較方便，所以能夠一直洗熱水澡。在我看來，在熱水裡泡一泡，或者用熱水沖一沖，不僅可以洗去身上的汗垢，而且可以消除疲勞。如果有條件的話再用熱氣蒸一蒸，出點汗，促進血液循環，會感到更舒服。然而許多泰國人卻長期用冷水洗澡，這自然有他的道理。這很可能是泰國地處熱帶，常年氣溫較高的緣故。炎熱的天氣裡，用冷水沖洗身體當然非常爽快，難怪中國廣東一帶的人有沖涼的習慣，大概也就是這個原因。

與此同時，泰國的許多人還有一個生活習慣，有人曾經跟我講過，他們上過廁所基本上是不用衛生紙的，大小便過後就用衛生間裡的一隻高壓水管沖一沖，我曾問人，這一沖，身上潮濕濕的，怎麼穿褲子呢？但是對方只說不知道。當然，泰國人這種習慣是否普遍還不得而知，我覺得似乎不必深究，問多了就可能侵

犯到人家的隱私。不過，許多泰國人的家庭廁所裡沒有備衛生紙
確是事實。

水上餐廳

　　2006 年元旦過後的一天，泰籍華人薛御規先生打電話給我，邀請我到他家玩。在他家玩到下午六點左右，他駕車帶我過了蒙河大橋，來到河南岸的一處水上餐廳喝酒。所謂的水上餐廳就是將幾條木船固定在河岸邊，上面開設的餐廳。坐在這裡吃飯既可以享受拂面而來的涼爽的晚風，又可以憑欄遠眺河面上的燈火，喝著淡淡的啤酒，隨興聊天，還有輕音樂繚繞耳畔，還有什麼比這更雅致的呢？回來後，當晚我就來了靈感，寫了幾句小詩：

> 夜空星點點，
> 河面波粼粼。
> 風輕船身靜，
> 水暗燈影長。
> 新春初聚首，
> 把酒話衷腸。
> 異國遇華朋，
> 陶然在他鄉。

　　跟薛御規先生在蒙河的水上餐廳就過餐以後，我還曾夥同其他朋友到這裡聚餐痛飲，大家都覺得在這個地方吃飯就是一種享受，可以吃出一種難以言喻的樂趣。

　　後來我注意到在泰國的許多地方都可以見到這樣的水上餐廳，當然並不都是由木船改制的，還有一些就像蒙河哈瓦太的淺水

區搭建的茅草棚。這在《水花中的狂歡》中已有記述。當然，這種水上棚屋餐廳不只在哈瓦太才有，在其他地方也常常可以見到。哈庫德（Haad Khudua）是距烏汶市區很近的一個旅遊景點，許多朋友都和我提到過這個地方。我和同事去過那裡，覺得其最大的特色就是這些水上棚屋餐廳。它與哈瓦太不同的是，這裡的棚屋餐廳基本上建在竹筏上，下面的水很深，我在就餐的地方下水游泳，腳已探不到河底，可以肯定這裡已經超過1人深，完全不同於哈瓦太的淺水灘。或許正是由於這裡水深的緣故，才有人劃著長長的小船，載著各色水果等物品穿行於棚屋餐廳之間叫賣，其本身也就形成了這裡的一個獨特的景觀。距烏汶60多公里的斯琳通湖，有個被稱為「小巴堤雅」的地方，也是一個很好的休閒場所，這裡同樣搭有不少水上棚屋，供遊客吃飯或者閒聊。看到這些水上餐廳，我總覺得泰國人的生活很講究情趣、野趣、閑趣和雅趣，或者說他們很會享受生活。

大王宮

　　到曼谷旅遊，大王宮（The Grand Places）是不能不去的；否則，就等於沒到過曼谷。大王宮在曼谷的地位就像故宮博物院在北京的地位，是泰國的故宮，其歷史雖然比不上中國故宮的悠久，只有 200 多年的時間，但是它在泰國人心目中的地位可能要超過北京故宮在中國人心中的地位，因為中國的故宮由於改朝換代在國人的心中不過是古代的宮殿建築，是歷史的陳跡，是逝去了的時代的見證；而泰國的大王宮卻與本朝國王關係密切，國王有時還要到這裡來舉行宗教儀式，因而仍然具有一定的神聖和莊嚴之感。大王宮位於曼谷湄南河的左岸，進入其中便覺富麗堂皇，具有皇家的氣派。周圍全是金碧輝煌的建築，就像是泰國民族的建築博覽會。不過，與北京故宮相比，毋庸諱言，泰國的大王宮顯得比較擁擠，滿眼都是建築和雕塑，再加上遊人如潮，更是感到空間狹小，雖然占地面積也有差不多 22 萬平米，不如北京故宮的視野開闊和深遠。如果說北京故宮的建築看上去非常宏大，那麼大王宮的建築則以精緻見長，許多建築的外表都飾有各種雕刻，這些雕刻非常精細，就像是工筆劃，每一個細微之處都一絲不苟，紋絲不亂，顯示出工匠們精湛的技藝和巨大的耐性。大王宮中的建築主要有三種類型：一類是圓形佛塔，塔身多為金黃色，頂端尖細，直指蒼穹，將人間與天堂溝通起來。泰國的佛塔與中國的不太一樣：中國的大多棱角分明，層次雖有變化，然而比較勻稱；泰國的則以圓形為主，下部朝東、南、西、北分別開四個門，有的像法國的埃菲爾鐵塔的造型，由兩條對稱的雙

曲線構成其外形；有的類似於圓錐體或者倒置的陀螺；還有的很像圓柱體，不過其頂端顯得略微有點尖。一類是泰國傳統式的宮殿式建築。屋頂呈人字形，與中國的相比，坡度更陡，四角有翹起的飛簷。屋頂都是琉璃瓦，色彩搭配相當和諧。大多是中間為金黃色或橘黃色，四周配上綠色或者藍色邊框。也有一些屋頂中間是紫羅蘭色或綠色的，鑲有金黃色的四邊。還有一類西方式的建築。這類建築基本上是平頂，窗子是下方上圓，牆面上幾何形線條分明。當然還有不少建築是泰西合璧的。這些建築的頂部基本上是泰式的，下面則是西洋式的，顯示了泰國文化的開放性和包容性。

到大王宮遊覽，玉佛寺博物館是不能不去的。在我看來，玉佛寺博物館應該是整個大王宮的精華部分。這裡供奉著泰國人最崇敬的一尊玉佛。這座玉佛的來歷頗為神秘，具有神話色彩。玉佛到底是由何人刻製？刻製玉佛的玉石採自何方？又是由誰下令或組織刻製的？製作玉佛的最初目的是什麼？這些問題似乎都不重要，沒有人去考證。人們只知道玉佛最初是在清萊的一座佛塔中發現的，當時玉佛的身上被塗上石灰，所以當時的人們只是把它當作是一般的泥塑佛像，根本沒有意識到其重要價值。後來，由於佛像鼻尖部位的石灰剝落，人們才發現原來這還是一件非常珍貴的國寶。關於這件國寶還有一個神話傳說，玉佛被發現後，清邁的城主下令迎請玉佛到自己的城裡供奉。誰知運送玉佛的大像在一個岔路口，突然不聽指揮，轉向通往南奔的道路。過了30多年，清邁的另一位城主才將玉佛從南奔迎了回來。從這樣的傳說來看，玉佛的現身是天意的賞賜，是對泰國人虔誠地信仰神佛的獎賞和回應。正因為如此，泰國人才格外珍視玉佛，特意為玉佛製作了3套金縷衣，隨著夏季、雨季和涼季的更替而給玉佛更衣，而且這得由國王或王子親自來

做，顯得非常隆重而莊嚴。據說，在為玉佛更衣時，國王或王子得雙手合十登上玉佛祭壇後面的梯子，輕輕地取下玉佛的冠冕和袈裟，並且向玉佛灑兩次香水，再用白布拂乾，然後換上新季的金縷衣。換好衣服後，國王走下梯子，將揩拭玉佛的白布浸入香水裡，再以布上的水灑向他的隨從和寺外的觀看的人們。如果來大王宮玉佛寺遊玩的遊客恰巧遇上國王為玉佛更衣，或許可以幸運地得到國王淋灑的香水呢！遊玩大王宮，除了參觀玉佛寺，觀賞這裡的建築之外，還有兩點給我印象深刻。一是柬埔寨吳哥窟的微縮模型。該模型占地大概有 20 多平方米，置於半人高的基座上。從模型來看，整個吳哥窟顯得非常古樸大氣，四方端正，其建築風格顯然與泰國的迥異，一般遊客可以總覽吳哥窟的全貌，還有不少遊客興致勃勃地在模型前拍照留念。另一則是大王宮裡彩繪壁畫。走進大王宮，彷彿是走進壁畫博物館，這些壁畫絕大多數敘述的是佛教的神話傳說和歷史典故。如果熟悉佛教的歷史和文化，欣賞這些壁畫一定會更有味道。可惜的是就在我們參觀的時候，還有不少壁畫正在重新繪製當中，不能欣賞到所有的壁畫。不過，單是站在那裡看著腳手架上的美術師們在聚精會神地作畫，也是一種享受。更可惜的是由於時間急促，不能在大王宮裡細細地欣賞和品味。

此外，大王宮裡收藏的珍貴文物確實不少，就同我們進入北京的故宮一樣，琳琅滿目的文物很容易讓人產生審美疲勞，因為觀賞這些文物既需要豐富的歷史文化知識，又需要充沛的時間，對許多人來說，觀看文物都不過是走馬觀花，留下的基本上都是浮光掠影的東西，對於文物的歷史意義和價值及其微妙之處所知甚少。在大王宮的某些宮殿前，還有身穿白色制服，頭戴白色頭盔的士兵持槍

站崗，其本身就已構成這裡的一景，因而有一些遊人站在士兵的身
邊與其合影留念。

野外猴趣

　　現在人們看猴子，大多是在動物園或者街頭。這些都是人工馴養的猴子，很會表演，但是多少缺乏點野性。那麼，野生的猴子究竟怎麼樣呢？在泰國，我們曾有機會來到斯琳通湖東邊的一個叫做南奔天然噴泉（Nan Bun Natural Fountain）的地方去看看這些野猴子。南奔天然噴泉坐落在叢林中，在人工修建的一個池子裡，分明可以看到不斷噴湧的泉水，不過，池子裡湧起來的不是清澈的泉水，而是渾濁的泥漿，讓人感到有些遺憾。我們幾人乘坐的雙排座小卡車，下了公路往一片茂密的樹林裡開了幾分鐘，就來到了這裡。可能平時有些遊人到這裡遊玩，地上蜿蜒曲折的小路依稀可見。最初，朝四周看去，這裡與其他地方沒有什麼兩樣，就是熱帶森林的景象，不過不像某些畫報上的圖片那樣盤根錯節而又粗壯的樹木，這裡的樹木長得比較細而高。可能由於正下著小雨的緣故，看不到樹上或者天空有什麼飛鳥，也聽不到鳥的叫聲，更見不到一隻猴子。當時，我還懷疑這裡是否會有猴子。正這樣想著，MATT 按了按喇叭，又吹了吹口哨。我便對他說，本來這附近還可能有猴子，經你這麼一按喇叭一吹口哨，還不把它們都給嚇跑了！MATT 沒有申辯，只是做了個鬼臉。不久，一些猴子就像聽到接頭暗號一樣，紛紛出現在周圍的樹上。大家這下樂壞了，於是到卡車的車廂裡拿出早就準備好的香蕉，招引猴子近前來拿。可是這些猴子儘管並不那麼怕人，卻也保持著高度的警惕，起初總是與人保持著一定的距離，有的還在樹上上竄下跳，尋找機會得到香蕉。見到猴子這種既想吃到香蕉，

又不敢靠近的樣子，大家更樂了，手拿著香蕉逗那猴子，特別欣賞它們那猴急的神情。猴子畢竟是猴子，非常聰明，有一隻可能看到我們的香蕉是從卡車上拿的，它竟然與我們捉起了迷藏，乘我們在逗其他猴子的時候，一咻溜就跳到卡車的車廂裡，逕自去取香蕉。只是 MATT 早有防備，將香蕉裝在比較結實的塑膠袋中，這只猴子的「偷竊」才沒有得逞。猴子們跳了一陣，見吃不到香蕉，有些不耐煩，大有要竄進樹林深處去的意思。於是，我們趕緊將手裡的香蕉扔給它們。起初，它們以為是要遭到襲擊，連忙躲避。但是再一看，我們都無惡意，它們又非常機靈地撿拾香蕉。有的猴撿起香蕉，迅速傳遞給另一隻猴，就像籃球場上的運動員一樣快速敏捷地傳球。漸漸地，這些猴的膽子越來越大，再也不怕我們。有一隻老猴，懷裡抱著一隻老鼠大的小猴，前來撿拾香蕉。有的猴到後來竟敢到我們的手裡奪，其動作之敏捷簡直叫人吃驚。待我們香蕉被它們吃完之後，這些猴就好像得到命令一樣倏忽間消失得無影無蹤，整個樹林很快又恢復了平靜，這裡似乎不曾發生過剛才的一幕。在山裡餵這些野猴子確實很有趣，就跟灑著麵包屑餵魚一樣，看著水裡歡蹦亂跳的搶食的魚自然是一種美好的享受。

迎新儀式

　　說到歡迎儀式，我們就會想起電視上常常出現的檢閱儀仗隊、鳴禮炮和奏國歌的情景。通常來說，舉行歡迎儀式歡迎的往往是重要的客人或者重要的人物。然而，誰能想到，泰國的一所中學卻為新來的老師舉行了歡迎儀式。

　　王微微是皇家大學中文副科的學生，畢業後來到皇家大學附近的一所中學任教。就在她到這所中學工作的時候，校方特意為她個人舉行了隆重而熱烈的歡迎儀式。當天早上八點多鐘，我們皇家大學的幾位老師應邀乘車前來該校參加這一歡迎儀式。此時，幾百名學生早就到操場上集中，並且席地而坐。大概由於天氣炎熱，歡迎儀式時間不長，主要是校領導講話，學生致歡迎辭，王微微講了幾句表示感謝的話，接著就由學生代表給這位新到的老師和我們這幾位來賓獻花，最後大家一起合影留念。

　　過了一段時間，王微微來到皇家大學，請 L 老師幫她修改一篇歡迎稿。於是，我們問她該校是不是又來新老師啦？她說不是，是歡迎臺灣來的一個學生。我覺得這所學校真夠熱情的，居然為學生的到來舉行歡迎儀式，而且只有一個。無論是老師和學生，受到領導、老師和同學的歡迎，當然是作為個體的人而受到尊重，與此同時，這個老師或者學生應該意識到自己開始融入一個新的大家庭了。

被切割的天空

　　自從買了數位相機之後，我很想拍點具有泰國特色的風景照片，但是當我取出照相機取景的時候，卻發現好好的風景被橫七豎八的電線切割得七零八落。無論走到大街小巷的什麼地方，哪怕就是寺廟裡，都會非常遺憾地看到 10 來根電線橫七豎八穿過天空。我曾試圖儘量避開這些電線，轉過不同的角度，但是這些電線卻無處不在，總想在我的鏡頭中露臉，這就使我不得不放棄拍攝。這時，我常常想起國內的好處，中國的許多城市早已將各種電線埋入地下，還天空一個整體。如果在中國的街頭發現可以拍攝的景象，儘管取景，任何角度都可以，很少受到電線的干擾。不過，在泰國，如果某個影視劇組需要拍攝工業化初級階段的城鎮外景，隨意找個城市，將攝影機或者攝像機往街頭一架，就可以拍攝了。這裡被切割的天空或許正是他們所需要的。

泰國香米

　　在來泰國之前就聽說這裡生產的香米非常好吃。來到泰國工作將近一年，才有機會品嚐。2006 年 9 月中旬，當地的一位華人教師找我幫忙將一段泰語翻譯成漢語。我不懂泰語，只能由她根據那段文字說出大概意思，然後由我根據漢語的表達習慣整理出來，這很有點像一個世紀前的林琴南翻譯小說的樣子。原來，這是一段香米廣告。經過整理，這段廣告的內容如下：

　　泰國品質最優的香米是泰‧宏‧馬黎香米（Thai Hom Mali Rice），產自東北部的阿姆加侖（Amnat）府。這個府的昂坡賽拉卡尼空、昂坡查路蒙和昂坡蒙三個地方是香米的最主要產區。泰國位於赤道北邊的熱帶地區，特別是東北部的阿姆加侖，地理位置十分優越，非常適合種植稻穀。這裡土地肥沃，當地農民十分注重土地的耕作和保護，儘量使用有機肥料和微生物肥料，以保持土壤的長期肥力，再加上氣候適宜，光照充足，雨水充沛。特別是在水稻生長的灌漿時期，白天陽光充足，晚上涼風陣陣，非常有利於稻穀的生長，當地人將這種現象稱為「德萬翁考」。因而，稻穀顆粒較大，飽滿而重實，而且美觀。泰‧宏‧馬黎香米在去掉糠殼之後，有一層呈金黃色的外皮，最富營養，最裡層則是銀白色。用泰‧宏‧馬黎香米煮出的米飯格外香醇可口，營養豐富，含有多種微量元素和維生素，經常食用，有益於身體健康。當地人將這裡生產的香米稱為「宏阿姆」。泰國農業部則將其命名為「宏‧馬黎 105 號香米」和「宏‧馬黎‧告考 15 號香米」。

　　原來的廣告共有兩頁，另一頁的內容基本上是前一頁的壓縮版本，此外，還強調泰國香米「歷史悠久，名聞遐邇」。對於廣告，我歷來並不十分信任。我總覺得廣告都有誇大的成分，國內的許多食品廣告也都宣傳其「味道香醇」、「營養豐富」、「富有多種維生素和微量元素」等等。現在看泰國香米的廣告也都是這樣的表述。不過，對於朋友或者熟人的介紹，我還是比較信任的。於是，我問那位華人老師，這裡的香米是不是廣告所說的那樣，她一個勁地點頭說「是」，並且表示第二天帶些給我嚐嚐。既然熟人都認為香米好吃，那一定不會錯。因而，我打算回國時帶點回去，讓家裡人也品嚐一下泰國香米。

　　恰巧，我的房東就是這裡一家米業公司的老闆，而且當天我就在住處碰到他和他的夫人，於是問起價錢。老闆夫人說泰國香米很貴，原因是泰國政府採取保護政策，設置了收購的最低價，這樣香米就賣到了 500 泰銖 1 公斤。這個價錢確實讓人吃驚，讓人覺得香米成了奢侈品，就同國內前一段時間的極品蘋果一隻賣到 150 元一樣。也許，這香米的味道非同一般。用它做飯，不說它香飄萬里，最起碼也得香飄滿屋。當然，我沒有機會去煮香米飯，也就沒能聞到煮飯時的香味，不能體驗到香味撲鼻的感覺。

　　第二天，這位華人教師果然帶了兩小袋香米飯給我。這兩小袋，一袋稍許大一點；另一袋略小一點。這位老師告訴我，大袋中的香米的品種是單一的，呈白色，不過還沒有優質大米那麼純白，是不是去年的陳米，現在的光澤有些黯淡了呢？我也不太清楚。再看小的一袋，米色略呈黃色，其中還摻進了一些紅色的。華人老師告訴我這不是黑米，就是紅色的。臨吃的時候，我小心翼翼地先後打開袋子，其中並沒有散發出我所期待的醇香，再送點嘴裡，細細咀嚼，這米還略

略有點硬，還不如我常常吃的糯米或者優質大米的那種口感，頓時覺得原來所謂的「歷史悠久，名聞遐邇」泰國香米，也不過如此，只是聲名在外而已。如果真拿 500 泰銖買 1 公斤回去，大概是要花冤枉錢的。與此同時，我還想，是不是我缺乏品嚐米飯的經驗，沒有品嚐到泰國香米的精粹之處呢？也很難說。不過，如果國人來泰國旅遊想帶點香米回去，最好還是自己先嘗一下，再做決定。

遭遇軍事政變

　　2006 年 9 月 20 日早上，我像以往一樣到烏汶皇家大學上班。到了校園，發現比較冷清，人和車輛都很少。按照學校規定，我們每天上班都要到文學院辦公室簽到。可是辦公室的門還是關著，其時已經將近 8 點。我感到有些詫異，怎麼回事？正當此時，路過的一位皇家大學的老師告訴我：「今天放假，不用上班。」我又感到奇怪，前一天上班時，也沒人說第二天放假，學校在 18 號給我們的本周調整的課表上寫著這一天（星期三）上星期二的課。現在怎麼突然放假呢？放假就放假吧，既然來到學校了，就到辦公室看看，辦公室也沒有其他人來上班。不過，平時，我們辦公室也很少有人早早來上班，一般都是九點或者更遲一點才來，除非有重要的事情要辦。既然辦公室沒有其他人，我就像以往一樣打開電腦收發一下電子郵件。這一上網，令我大吃一驚：前一天晚上，泰國居然發生了軍事政變。以陸軍總司令頌提為首的軍人於 19 號晚上包圍總理府，佔領電視臺和廣播電臺，並宣佈接管國家權力機構，廢除憲法，解散憲法法院和議會，20 日為國慶日，全國學校和郵局等機關放假，只有公務員依然上班以便接受和執行政變當局的最新政策和指令。與此同時，網站上刊登了不少泰國軍事政變的圖片。從那些坦克包圍總理府等圖片上看，讓人覺得政治空氣非常緊張。而且，中國外交部提醒在泰國的中國公民注意安全，公佈了中國駐泰使館的電話，與此同時，英美等國發出到泰國旅遊警告。所有這些與我剛才一路來皇家大學所看到的平靜的氛圍大不相同。因為我從住處到皇

家大學的路上，沒有任何異常。我所通過的一個「丁」字路口，只有兩名我所熟悉的交警指揮交通。街頭既沒有出現通常軍事政變時軍警林立的場面，也沒有群眾舉行集會和遊行示威，一切都和平常一樣。如果不看廣播電視和網路，根本就不會想到這個國家發生了重大的歷史事件。僅僅過了一兩天，曼谷的氣氛就不再緊張，儘管坦克一時還沒有從街頭完全撤走，但是一些曼谷市民和遊客已經把坦克當著一道風景，在坦克車前拍照片留念，甚至還有 10 來歲的小孩爬上坦克玩耍，而執行任務的士兵看來十分悠閒，不知從哪裡找來鮮花裝飾他們的坦克。

　　大概九點半左右，有些同事到辦公室來辦事或者玩，大家談起了軍事政變，泰國同事的反應也很平靜，既沒有表示出對政變的支持，也沒有明確反對軍事政變，似乎談論的是其他國家的事情。他們只是說國家發生「革命」（revolution）了，全國放假一天。後來還有兩個已經畢業的學生來辦公室找我請教漢語歌詞的意思，她們的神情給我的印象就是國家發生的一切沒什麼大不了的，所以沒有半點緊張。處於這樣的氣氛中，我也很放鬆，沒有感覺到任何危險的存在。只是我的家人和朋友有些緊張。大概九點多鐘，當地的一位華僑教師打電話給我，告誡我千萬不要出去，不要到人多的地方去，以免發生意外或者惹上麻煩。我的家人從廣播電視上也瞭解到泰國發生的事情，非常不放心，很擔心我的安全，一天來了多次電話，詢問這裡的情況。還有一位同事打電話告訴我，這幾天最好不要到街上去，同時隨身帶上自己的護照和工作證。他們的心意是好的，不過，街頭的一切表明泰國的形勢並沒有他們說的和想像的那麼緊張。發生在他國的軍事政變往往都伴隨著暴力、流血、騷亂乃至內戰，然而這些在泰國都沒有發生。直到下午上網看新聞，整個泰國

都沒有一條流血的新聞，可見，這個國家的民眾還是接受了政變的現實。泰國民眾接受政變的現實並不表明他們完全支持政變，只是他們溫和的性格不願通過激烈的或者暴力的方式解決。況且，泰國的這次軍事政變主要針對的是塔信政府，具有一定的群眾基礎和社會基礎。半年多以來，塔信涉嫌腐敗，引發了首都曼谷的好幾個月的大規模遊行示威，以阿披實為首的反對黨一再要求塔信辭職，因而這次軍事政變還是符合反對黨和廣大群眾意願的。當然，塔信在國內還是有眾多的支持者，據瞭解，東北部的許多農民就十分支持塔信，但是塔信政府被推翻，他們的內心可能對政變表示反對，也可能通過某種方式表示他們的態度，但是他們不會揭竿而起，以過激的方式反對政變。所以，泰國的這次軍事政變基本上是靜悄悄進行的，只是媒體作了大力渲染。

　　泰國的這次軍事政變之所以沒有釀成流血，靜悄悄地進行，其原因還是比較清楚的：其一、泰國是一個佛教國家。而佛教教給人的不只是積德與行善，而且教人以坦然豁達的人生態度。讀過許地山小說的人可能注意到，他的小說中的那些生活在東南亞地區的人物就是因為信仰佛教，往往以「綴網勞蛛」的人生哲學坦然面對一切苦難。總體來說，泰國的民性比較溫和。我在泰國工作一年，從來沒有看到大街上有人吵架或者鬥毆，而這些在國內卻常常看到。雖然泰國南方近年來，不時發生一些恐怖暴力事件，那也是邪教恐怖分子所為。瞭解泰國歷史的人都知道，整個 20 世紀，世界上大多數國家和地區都曾遭受過戰爭的蹂躪，然而泰國卻一直平靜，按照泰國民眾的話說，是神佛在保佑著他們。其實，我以為是他們的溫和的國民性保佑著他們，使他們獲得和平的生活環境。即使他們參加遊行示威，也都是在和平的氣氛中進行的。2006 年 3 月下旬，我

與同事到曼谷去，當時那裡正舉行大規模示威集會，但是那僅僅限
於總理府附近，對其他民眾的生活沒有影響，我們的出行也沒有感
到不便。如果不是看到現場，或者聽新聞報導，就不會知道這座城
市正有數萬人舉行示威集會。因為泰國的示威集會既沒有發生警民
衝突，也沒有釀成罷工、騷亂或者暴亂，對其他人的生活沒有形成
影響。

其二，泰國是一個君主制國家，大家對國王非常愛戴和尊重。
國王雖然沒有實際權力，通常也不干預權力鬥爭，但是泰國的各派
政治力量都設法與王室溝通，爭取王室的理解和支持。就是這次政
變，發起人在政變後兩三個小時就去覲見國王，向國王陳述國內的
政治形勢和政變理由。既然國王不干預權力鬥爭，也就沒有政敵，
大家也就不用「誓死捍衛」，更不會以「掃除一切害人蟲」的方式去
對待他人，因為大家都是國王的子民，在國王的旗幟下是可以解決
這些問題的。因而，國王既是泰國國家的象徵，也是國家社會穩定
的重要因素。

其三，泰國畢竟是一個民主性的國家，即使發生軍事政變，這
個國家也不會產生軍事專制政權。軍事政變不過是塔信執政中政治
矛盾長期得不到解決的情況下的一個特殊事件。況且，現代國際社
會，對於軍事政變產生的政權往往持不信任態度。泰國的政變發起
人很明白這一點，於是他們接管國家權力只是以「國家政治改革委
員會」和「代總理」的名義，並且立即推出三名過渡政府總理的候
選人，同時向世界宣佈，軍人們將儘快「還政於民」，即儘快舉行全
國大選，最終還是由票箱子決定權力的去向。這個聲明雖然可能具
有一定的遮人耳目的意味，但是從泰國的現實來看，軍事專制的時
代畢竟是一去不復返了。

　　其四，早在上個世紀前期，印度的英傑拉・甘地提出以和平理性的方式表達自己的意見，即使面對強權政治，也應該放棄那種以暴抗暴的激烈方式，而是主張以不合作的方式表明自己的政治立場。這樣的政治理念和鬥爭方式在全世界範圍內正越來越被廣泛地接受，並且發揮越來越巨大的影響。我相信，泰國民眾可能受此影響，正以比較理性的態度面對政權的非正常轉變。與此同時，即使通過軍事政變上臺的執政者也懂得民心民意的重要，他們儘量避免濫用武力和流血衝突，儘量縮小乃至避免干擾普通民眾的正常生活，希望以此獲得廣泛的支持。他們雖然發動軍事政變，但是他們仍然保持一定的理性，會以對歷史、對國家負責的態度處理化解當前國家的政治危機。就在 20 號當天，許多超市、商店、飯店等都正常開門營業，沒有受到政變的影響。

　　這次軍事政變還有一點饒有趣味：領導這次政變的頌提中將並不信仰佛教，而是一個穆斯林，他所領導的軍隊卻又是以佛教信仰者為主。而且就在政變發生的很短時間內，泰國國王表示了對政變的認同，任命頌提為國家改革委員會主席，由此可見，泰國佛教文化的巨大的包容性和泰國國民的開闊的胸襟。

無果的愛情

　　M 是烏汶皇家大學的外籍教師，來自澳大利亞，大概三十四五歲，工作期間在泰國找了個女朋友。女朋友叫 D。我最初聽說他們交了男女朋友，而且看到他們非常親熱的樣子，我曾經問 M 和 D 的朋友 L，他們年齡都不小了，什麼時候結婚呢？L 給的答案讓我有些驚訝：「他們不打算結婚。」在我的思想觀念中，既然處男女朋友，總是以結婚為歸宿的，可是他們卻將男女朋友相處與結婚分割開來，也就是將愛情與婚姻分開。細細想來，這如果發生在中國多少有些不可思議，或許可能被認為是思想前衛，然而發生在 M 和 D 身上並不奇怪。M 和 D 正當 30 多歲，正是人生的黃金時期，M 單身一人在異國他鄉工作，沒有身邊親人，一待就是一兩年時間，找個女朋友多少可以解除心頭的孤獨和寂寞，比較有利的是 M 教的是國際通用語言──英語，而且還會講一口流利的泰語，這使他與泰國女性交往比較自如；而 D 雖然年紀不小，但是一直沒有找到合適的男朋友，要知道泰國女多男少，要找一個中意的男朋友結婚多不容易，所以泰國的女子單身比較多，他們最大的問題大概也是單身的寂寞。對於多數單身女人來說，消除心頭的寂寞方式大概是把心交給佛，當然這並不意味著削髮為尼，而是身在塵世，心在佛堂，經常到佛堂去做義工。當然，也有相當一部分女人則是通過交男朋友為心理尋找一個依靠。D 就是屬於後面這一類的泰國女性。既然泰國男人很少，要找男朋友自然就將目光投向那些外國人，特別是來自西方國家的男子。西方國家的男子大多可以講英

語，語言交流不成問題，而且更重要的一點就是他們一般比較有錢，出手比較大方，可以帶泰國女子吃飯或者遊玩。或許就是這個原因，泰國一家出版社出版了一本英文書，教授年輕女子如何獲得西方人的愛情。有一次，我們應主人邀請到 D 的家作客，看到了這本書，只是書名記不清了。當時，M 知道 D 在讀這本書，似乎有點不高興。既然交了男女朋友，誰也不想分離。可是，M 和 D 從一開始就註定是要分別的。從 M 來說，他雖然與 D 交了朋友，但是他並不想留在泰國生活一輩子。泰國的生活總體來說比較悠閒，生活水準雖然在亞洲是比較高的，但是不能與澳大利亞這樣的發達國家相比。而 D 也不能離開泰國，據我看來，一般泰國人過慣了悠閒生活，如果到了西方發達國家，很難適應那裡競爭激烈、節奏很快的工作和生活，況且 D 還要在家照料年事已高的母親。因而，隨著在皇家大學工作的結束，M 必然要回國，他這一走，還不知哪年哪月再來泰國呢？即使以後有機會再來，充其量不過是短期來訪，不能長期廝守。對於 M 必將離開泰國回澳大利亞，D 是很清楚的，然而感情的事很難用理智來防守。既然如此，D 和 M 就抓緊一切機會相聚。據我所知，當初，D 沒有工作，主要是靠做比較時新式樣的服裝出售謀生，幾乎每逢雙休日，D 都要放下自己的生意，和 M 駕著私家車外出遊玩。車是 D 的，通常情況下，都是由 M 開車，並且付加油費；在外面吃飯，也是由 M 掏腰包。M 喜歡釣魚，D 則在附近劃充氣的小艇玩，有時戲水玩耍，有時也跟著 M 一起釣。兩人玩得不亦樂乎！相聚是愉快的，時光也是非常短暫的，分別的一天終於到了。2006 年 9 月底，M 完成了在皇家大學的工作離開烏汶。在機場，D 為 M 送行。大家看到 D 的眼睛有些紅腫，看來她這一夜沒有睡好覺，很可能還淚濕枕巾。就在 M

即將登機之時，D 終於忍不住，抱著 M 痛哭。大家見了，也覺十
分感傷。不過，對於大家來說，走了老朋友，確實遺憾，但畢竟與
D 不一樣；而對 D 來說，則意味著一段愛情將永遠埋入記憶當中。
記得 M 曾經表示，回國後將給 D 匯筆錢來，讓 D 買一塊地作農場，
作為對 D 感情的補償，然而感情是財物可以補償的嗎？

水果

　　處於熱帶地區的泰國盛產水果。在國內，我所吃過的水果種類有限，常見的有番茄、蘋果、梨子、桃子、橘子、葡萄，偶爾也能吃到荔枝、香蕉、草莓、柚子等等。至於椰子、鳳梨、石榴和榴槤，這些都只是在畫報和影視中才能見到。到了泰國，不僅可以天天吃到這些水果，還可以品嚐到一些難以見到的水果。

　　有一次到鑫鑫金店老闆張振南那裡作客，臨別時，他送了我幾只玫瑰紅的水果，當時，孤陋寡聞的我不知道其名字，也不好意思向他請教。後來請教了一位皇家大學的一位懂漢語的老師才知道這個拳頭大的水果叫「火龍果」。吃一口，不錯，水分豐富，清甜可口。於是，我很感激張老先生讓我嚐到並知道了這新的水果。而這在他可能是非常平常的水果。泰國的一年只分兩個季節：旱季和雨季。雨季的六七月裡，泰國最多的水果是「紅毛丹」（音）。這種水果我在國內也沒有品嚐過。現在走到街上幾乎每個小攤上都有紅毛丹賣，而且價格比較便宜，最便宜的時候 12 泰銖一公斤。有一段時間，我幾乎每天買一小袋帶到宿舍吃，那甜蜜而細嫩的肉質和荔枝差不多，然而價格卻比荔枝便宜多了。

　　烏汶市區有兩所華僑小學，分別稱為華僑學校 1 和華僑學校 2。相比較來說，華僑學校 2 與我們聯繫比較緊密，那裡的鄭雪校長就是從深圳過來擔綱的，她很熱情大方。不僅如此，還有好幾位來自中國武漢和諸暨的幼稚園教師在這裡任教。所以，我常常到這裡來作客。每次來的時候，華僑學校 2 都熱情招待，不是拿出這樣那樣

的水果來招待，就是留我們在那裡吃晚飯。有一次，鄭校長拿出香蕉來招待我。香蕉自然不是什麼稀罕之物，可是這裡的香蕉與我以往在國內吃的不一樣，個頭很小，每瓣只有一兩寸長，而我以前吃的每瓣大多在三四寸長。這種袖珍型的香蕉很甜，口感也比通常的那種好得多，只是我的表達水平有限，無法說出其口感的妙處。

6 月下旬的一個雙休日，應我的學生李萍的邀請，我和皇家大學的幾位同事驅車前往位於四色菊府的她的家裡作客，參觀那裡具有濃郁民俗風味的煙火節。第一天中午到了她家，午飯過後休息了一段時間，在李萍家人的帶領下到她家的果園和橡膠園去參觀。果園距她家有兩三公里遠，面積很大，分別長著各種各樣的水果，這些水果品種繁多，既有火龍果，又有龍眼、紅毛丹，還有碩大的榴槤、椰子以及一些不知道名字的水果。這裡的景色十分優美，綠葉紅果、金果，格外妖嬈。因此，我們在主人的帶領下從樹上採了各種各樣的水果就地品嚐起來，還禁不住拿出相機以果園為背景拍起照片來，特別有趣的是 MATT 的女朋友冬特地採了一隻水果頂在頭上作為裝飾拍了照片。我和 MATT 指著樹上繁盛的紅毛丹攝影留念。回去的時候，李萍採了好幾十公斤的水果放在車上給我們帶回烏汶。到了烏汶，大家讓我帶一隻榴槤回住處。面對像一隻西瓜一樣大的堅硬的榴槤。為了吃這傢夥，我特地去超市買了一把刀子，花了三四天才將它吃完。

還有一位學生家長送他的孩子到揚州大學學習。很不幸的是孩子在揚州生了病，比較嚴重，不能再堅持在揚州學習，需要回國治療。為此，家長焦急地委託我給揚大外事處打電話，希望妥善安排他的孩子回國。於是，我毫不猶豫地幫了這個忙。事後，學生家長給我送來一籃水果表示感謝。其中既有我熟知的木瓜、霧蓮之類的，

又有幾種我叫不出名字的。記得有一種就像手雷一樣大小，外層像長了一層鱗，裡面的肉質白而細嫩，非常好吃。

有時候我到飯廳買炒飯或者雞飯，那裡的店主常常提供兩三瓣切開的檸檬，將新鮮的檸檬汁擠進飯裡，攪拌起來吃，味道很不錯。

在泰國工作差不多一年時間，我嘗到了不少過去在國內不曾嘗過的水果，親身感受到這個熱帶國家水果的繁盛和人們的盛情好客。同時，我也相信，隨著中外貿易的進一步擴大和加強，隨著運輸條件的進一步改善，不久的將來，我們可以在自己所居住的城市就可以品嚐到這些來自熱帶、亞熱帶地區生長的水果。

MATT 先生

MATT 是我在皇家大學的來自澳大利亞同事，他的全名叫克裡斯托夫‧馬特猶‧斯密司 Christopher Mattew Smith，簡稱 MATT。平時見到他或者給他打電話，我都叫他「MATT」。MATT 是由我在泰國的一位中國同事 L 介紹認識的。儘管他比我年輕十幾歲，我還是樂意在他的名字前邊加上「Mr.」他給我的印象是為人直率而豪爽，待人很真誠。在認識他之前，我就聽說他最大的愛好就是每到雙休日到數十公里外的湖邊釣魚。後來與他交往多了，知道他不僅如此，還喜歡拉上一幫朋友喝酒，但是就沒見到也沒聽說他像其他的西方人那樣喜歡跳舞。與他結識一段時間後，我覺得他的業餘生活過得非常充實而豐富，再加上他來自發達國家，經濟上沒有什麼負擔，所以日子過得十分瀟灑。經過 L 的聯繫，我參加了他的幾次外出活動，對於他的思想觀念有了一定的瞭解。最初，我與 MATT 他們一道乘車外出遊玩。車是 MATT 女朋友 D 的。這是一輛雙排座的小貨車，駕駛室裡可以坐四個人，因此，大多數的時候，車由 MATT 駕駛，我坐在副駕駛的位置上，後面一排坐著 L 和 D。後車廂裡除了釣具之外，還有一隻橡皮艇和腳踩式充氣器。通常情況下，車開到斯琳通湖的某個僻靜的地方，MATT 戴著一頂太陽帽，穿著一件舊 T 恤和一條舊的沾著泥巴的長褲，很像一個漁夫，提著他的釣具趟水到齊腰深的地方釣魚，有時他還遊過一人多深的地方到湖的另一個地方去釣，此時，L 和 D 則給橡皮艇充好氣，然後乘艇在湖面上漂遊。我先在附近找地方拍幾張風景照，然後收好相機，再到水

清的地方游泳。遊一陣之後，再看 MATT 釣魚。MATT 的釣魚與我
以前看到的不一樣。我小時候看過我父親在河邊釣魚。在釣魚之前，
父親要做許多準備工作，出發前就準備好一隻瓶子，裝著從菜地裡
挖來一寸多長的作魚餌的蚯蚓。到了河邊還要在河裡撒些麥麩之類
的東西，然後坐在凳子上垂釣。而 MATT 釣魚則沒有魚餌，也不撒
麥麩之類的東西，更不是坐在凳子上或者石頭上垂釣，他站在水裡，
將魚鉤使勁地甩出十多米遠，然後搖起把手收線。起初，我還不相
信這樣還能釣到魚，沒有魚餌，魚是怎麼上鉤的呢？原來他的魚鉤
不像垂釣的那樣帶有倒刺的 U 字形，而是像小小的十字形的鐵錨，
錨齒的頂端帶有倒刺。其釣魚的原理不是誘魚上鉤，而是通過甩鉤
驚魚，讓魚亂竄，慌不擇路，以致撞到正在拖回的魚鉤上。就這樣，
半天下來，如果運氣好的話，他可以釣到兩三公斤甚至更多的魚。
看到 MATT 釣到了魚，我也禁不住誘惑，雙手起癢，拿起 MATT 的
魚鉤甩了幾下，可是就連一片魚鱗也不見著，看來這樣釣魚也需要
技巧，就靠這一時半會是學不會的。倒是 L 和 D 有時甩上幾鉤，竟
然碰上一兩條魚。雖說魚不大，卻得到了很大的樂趣。當然，看到
他們釣到魚，我哪有不樂的道理呢！釣了魚，MATT 又駕車把我們
載到 D 的家，然後由我施展廚藝，做紅燒魚吃。可惜，泰國的超市
裡沒有中國常見的那種紅燒醬油賣，也沒有高度白酒，所以做出來
的紅燒魚就沒有在國內燒的味道好，因而我只能向 MATT 和 D 表示
歉意，可能是 MATT 和 D 的大度，或許沒有吃過中國的紅燒魚作參
照，吃得似乎還津津有味。L 儘管沒有當場表示不如她在昆明的家
裡做的好吃，但是後來還是坦率地跟我講了。MATT 似乎對中國的
「文革」感興趣，在他看來，中國的「文革」很有意思，每個人都
可以表達自己的意見，都擁有很大的自由，他多次跟 L 談過這事，

L 問我怎麼對 MATT 說明中國的「文革」。我覺得應該表明我們的態
度：「文革」是中國歷史上的不幸和災難。MATT 對「文革」的瞭解
是很有限的，他不知道那是一場人類的悲劇，並不是好玩的事情。
按照普世價值觀來看，那是一個沒有人權的時代，是一個恐懼的時
代，也是一個蒙昧的時代。中國人民早已開始反思這段歷史。現在
我們向外國朋友承認這一點，並不有損於國家和民族的形象。我們
說出實情，既讓他瞭解到中國的實情，又是我們代表中國勇於面對
歷史的表現，可以贏得外國朋友的尊重。

湄公河

　　湄公河發源於中國的青藏高原的東北部，在中國境內叫瀾滄江。這條河出了中國，流經緬甸、老撾、泰國、柬埔寨和越南而流入太平洋。流經烏汶府的蒙河向東蜿蜒流去，最終匯入到湄公河，因此，這條穿過烏汶市區的蒙河可以說是湄公河的一條支流。這樣，烏汶也可以說是湄公河的區域了。不過，我剛到烏汶的時候，就是來到蒙河邊上都還沒有意識到這裡與瀾滄江—湄公河的聯繫。2005年11月上旬，烏汶皇家大學在為下旬召開的大湄公河區域高等教育人才發展戰略會議作準備的時候，我也只是從泰國國家與湄公河的密切聯繫來認識的。直到會議期間，我們隨會議代表到老撾邊境參觀的途中來到湄公河邊才知道烏汶就在瀾滄江—湄公河的河網之中。不過，最初看到了湄公河，或許是旱季的緣故吧，我覺得就跟我們家鄉的大運河相仿，缺乏我國長江或者黃河的那種磅礴的氣勢。後來，就在我快要回國的時候，我參加了烏汶市林氏宗親會的活動。這次宗親會包了兩輛旅遊車組織到老撾轉一圈，我也有幸隨行。經過差不多四個小時的行駛，旅遊車在老撾的百細府（Pakse Champassak Province）停了下來。剛下車，就聽到了巨大的水流衝擊聲。根據水聲判斷，這附近一定有大型瀑布。既然停車地沒有山，那麼這瀑布一定是河流的，而且從地理位置上判斷十有八九該是湄公河的。根據地圖瞭解，這裡的瀑布確實是湄公河的，叫做洪法豐瀑布（Khonephapheng Waterfall），位於老撾的西南部，靠近柬埔寨，據稱是東南亞地區最為壯觀的瀑布，因此又被稱為「亞洲的尼亞加

拉」。走近觀看，果然氣勢不凡。平靜的河水流到了這裡，就像巨大的布匹突然被幾個小島一樣的巨石猛然撕裂，又像是被激怒的獅子發出的猛吼，波濤洶湧，激蕩而下，非常驚心動魄。眼前的景象與去年 11 月看到的溫順的它大相徑庭，判若兩者。再看那河水，也不再像前次看到的那麼清澈秀麗，而是像我國的黃河一樣，河水呈黃褐色，與黃河不同的是它的兩邊卻是樹木蔥蘢，青翠宜人，而黃河的邊上則植被稀少，顯得荒涼。還有一點不同的是我在國內看的幾個瀑布基本上都是站在瀑布邊的岩石上或者臨瀑的小亭子裡，而在老撾則是可以站在臨瀑的富有老撾民族特色的寬大建築裡，建築的前端部分甚至伸到了瀑布上面，說明遊客盡可能接近瀑布，來到這裡，我看到的是湄公河的另一面——桀驁不馴或者說粗獷豪放的一面。或許，在我國雲南境內，湄公河的上游瀾滄江還有比這更加氣勢磅礴的，只是可惜我沒有看到。然而，老撾百細的湄公河豐富了我對一條河的認識，否則，我的頭腦裡只能永遠保留湄公河單一的溫柔秀麗的面容。

幾點遺憾

　　來泰國工作差不多一年時間，就要回國了，說起來總有些遺憾，有些可能是永遠都無法彌補，只能永遠地留下某些遺憾。不過，話又說回來，人生一輩子總少不了這樣那樣的遺憾，不可能完美無缺。第一點感到遺憾的，沒有親臨現場觀看泰國人的婚禮和葬禮。一個民族的服飾、食物、禮儀、裝飾、音樂、繪畫、文學、舞蹈、生活方式、宗教信仰、人生態度，突出表現當地的民俗風情，反映著這個民族的文化心理。因而，要瞭解一個民族，最捷便有效的途徑就是全程觀看或者參與其婚禮和葬禮，可惜我沒有得到這樣的機會。第二，泰國雖然只能相當於中國一個中等省份的大小，但是我還是有許多地方沒有去過。比如泰南地區的普吉島和蘇梅島、泰北的清邁府、金三角以及聞名遐邇的芭堤雅等地。就是首都曼谷也沒有好好地玩一玩，看一看，許多名勝古跡都沒有參觀。我一直想去這些地方，剛到泰國的時候還以為機會多的是，可是臨近回國的時候才知道原來機會並不多，甚至可以說根本就沒有機會，一來沒有比較長的假期（因為即使是學校放假期間也得簽名報到）；二來沒有找到合適旅遊夥伴，由於語言障礙，不能像在國內這樣單獨行動。三是泰南地區恐怖分子比較活躍，存在安全問題。第三，雖然跑了一些寺廟，也認識了和尚黃億財，但是對泰國佛教沒有更細緻地觀察、體驗和深入地瞭解，就連一般的佛教活動都瞭解不夠，從客觀方面講，語言存在障礙，不便瞭解，就連一些宗教活動場所和器具到底叫什麼都不清楚。從主觀上來看，我對宗教還是缺乏濃厚的興趣。

所以，要叫我向國內的朋友系統地介紹泰國宗教，我是難以做到的。假如以後有機會再到泰國去，一定設法減少這些遺憾。當然，我們不奢望人生沒有遺憾，我們所能做的就是盡力減少各種遺憾，盡可能讓遺憾少一些。

解讀北韓

眺望北韓

外地人到了邊境城市遼寧丹東，大多會來到鴨綠江邊，眺望我們的社會主義小兄弟北韓。儘管北韓與我們緊緊相鄰，而且據說擁有深厚的友誼，但是能夠到北韓親眼看一看的人並不多，再加上它的高度封閉，我們對這個小兄弟的瞭解仍然十分有限，以前所看到的抗美援朝題材的電影和文學作品所留下的印象都是幾十年前的，好像從上個世紀 80 年代開始，我們再也沒有看到北韓新拍的電影了，因此，對於我們大多數國人來說，北韓仍然是十分神秘的國度。

儘管我們早已知道將去北韓旅遊，但是一到丹東在賓館住了下來之後，我還是急迫地來到鴨綠江邊，遠眺對面。來到江邊的時候，大約是上午十點，太陽高掛，藍天白雲，江面上風平浪靜，可以望到江的對面。此時，北韓也就距我 1 千多米的距離，所以看得比較清晰。當然，江邊還有不少人也像我一樣遠眺北韓，有些人甚至還到小攤販那裡租來碩大的望遠鏡觀望對岸。

從中國這邊望過去，北韓那邊確實很美，幾朵閒逸的白雲下面，遠處是略略起伏的山巒，近處是幾座坐落在樹木中的民房，樹木葳蕤，不時還有幾只白色的水鳥從江面上掠過。江岸附近還樹立著幾個高大的煙囪，向天空吐出清淡的白煙。多麼美好的江山，即便是白天也顯得寧靜而安詳。再看，距離民房不遠的地方，不知道什麼原因騰起好高的白色煙柱，煙柱伸向藍天，散開去，化為天上的白雲，更讓人覺得十分神秘。看到這樣的情景，真想插上翅膀飛過江去看一看。

　　到了晚上，我和參加新文學年會的朋友一行七、八人又來到鴨綠江邊，眺望對岸的北韓。此時的北韓更顯得神秘，而且與我們這邊形成十分鮮明的對比。江的這邊，燈火通明，是座不夜城，而江的那邊卻一片黑暗，只有極稀少的幾點燈火，就像是黑暗的樹叢中瞪著幾只警惕的眼睛。據說，對岸還是北韓設立的經濟特區新義州，而且這個特區設立也有好幾年了，就是不見什麼起色。看來自從被任命為特首的中國人楊斌涉嫌犯罪在瀋陽被捕之後，北韓在這個新特區再也沒有什麼作為，因而特區也就不再顯得特了。更有意思的是聯繫中朝兩國的鴨綠江大橋，橋的我方這一半裝飾著明亮的燈火，勾勒出橋的身影，非常漂亮；而橋的朝方部分除了幾盞路燈之外同樣沒有明亮的燈火，給人的感覺就像是那一半橋斷了似的。

　　在會議舉行的第二天下午，我們乘船遊覽鴨綠江，這讓我們可以更近地眺望北韓。遊船在斷橋的右側開航，先往左穿過斷橋和鴨綠江大橋，再折回，然後貼近北韓江岸航行。當遊船行到江中心的時候，我們感到兩岸的對比更加鮮明。江的左邊就像是一個偏僻的鄉村，翁鬱的樹木間撒落幾座民房，只有一棟富有東方特色的飛簷式二層樓建築頗為神氣地傲立江邊，可能是一座政府某部門的建築，也可能是具有政治教育意義的建築。順著鴨綠江大橋朝那邊望去，可以見到一個供兒童遊玩娛樂的飛輪，可惜一直沒有轉動，而且也沒有孩子在上面玩，倒是成了一件擺設。江邊還有一家船廠，廠裡的工作人員都穿著藍色粗布工作服，散落在不同的工區，忙著自己的事。更有一處房屋建築工地正在施工，房屋建到了第二層，可惜的是就連最簡單的起重器械都沒有，工人們只好依靠人力將建築材料抬上去。也許是工人們勞動強度比較大，也許是沒有吃飽，也許是吃慣了大鍋飯的緣故，他們都顯得比較疲憊和懶散，幹活缺

乏一種精神，提不起勁。江岸邊不時駛過一兩輛卡車，然而式樣比較笨拙而陳舊。北韓搞了幾十年的「千里馬」運動，只是那馬跑得太快，現在不知道跑到哪裡去了，倒將主人遠遠地拋在了後面，讓主人蒼涼而無奈地想像著它的飛奔。再看江的右岸，高樓林立，氣勢不凡，各色廣告十分耀眼，沿江的公路上車水馬龍，十分熱鬧。在濱江公園附近的河面上，沖天而起的噴泉非常壯觀，構成了鴨綠江邊一道亮麗的風景。看到這樣的巨大的反差，同船的許多人不禁發出感慨。有人說眼前的兩岸景象就像改革開放前夕的深圳和香港。然而我在想，普通的北韓人看到江對岸的中國樹立起像森林一樣的十幾層、二三十層的高樓，看到對岸燈火輝煌的夜晚，看到對岸多如螞蟻的車輛，看到由對岸乘船來到眼前的衣著光鮮的中國人，到底會怎麼想呢？又會有什麼樣的感受呢？羨慕？嫉妒？不屑一顧？無所謂？鄙視？怨恨？無奈？或許是，或許不是，或許兼而有之。看來這一切只能等到北韓人可以公開表達內心真實想法的那一天，我們才能知曉！

嚴格檢查

「911」事件之後，許多國家和地區加強了安全檢查。北京在舉辦奧運會期間也採取了比較嚴格的檢查措施。但是這些檢查措施的嚴格都不能與北韓出入境檢查相比。在去北韓之前，旅行社就通知每個人，手機必須留在國內保存，不得帶過境，否則就可能被朝方沒收。我們知道，手機出境以後是沒法使用的，但是北韓方面就是不允許攜帶。由於我沒有戴手錶，手機不在身邊，要看時間，實在不方便。從丹東乘火車過境，到北韓的新義州，仍然停留在中國的火車上，身著人民軍制服北韓的邊防人員就登上車來，一方面核實每個人的護照和照片，一方面要求每個人打開包檢查。為了檢查的方便，女性遊客由女軍人檢查，男性遊客由男軍人檢查。他們檢查得非常細緻，幾乎翻遍了包箱中的每件物品。來自河北滄州的郭女士隨身攜帶兩隻 U 盤，被檢查人員發現後被要求交出由他們保存，待出境時歸還。看來，他們擔心中國遊客會用 U 盤拷進他們不願讓人知道的東西。經過這一番嚴格檢查後，我們護照被押在北韓邊防人員那裡，不許隨身攜帶，直到離境時才還給我們。

回國時，我們在新義州再一次接受朝方的嚴格檢查，這一次不僅像前面一樣檢查包箱，而且還要求將照相機全部打開，由軍人仔細檢查所拍的照片。來自江南大學的蕭先生的相機裡有一張在平壤地鐵裡拍的照片，被毫不猶豫地刪除了。我在火車上拍的一張野外風景照，也被毫不留情地刪除了，我問北韓方面的導遊尹成日這是為什麼，他說在火車上是不許拍照的，再問為什麼？他沒有回答。

後來詢問同行的一些人，他們也有一些照片被刪去了。論理說，只有在洩露國家機密或者軍事秘密的情況下，刪照片才能讓人接受，可是我們的行程都是由北韓方面安排的，而且還由北韓的兩名導遊一路陪同，怎麼可能接觸其國家機密和軍事機密呢？然而他們卻無情地刪去了我們相機中的一些照片，實在不可理喻。不過，仔細想一想，他們之所以這麼做，主要擔心他們的貧窮落後的一面或者有損於他們國家「偉大」形象的陰暗面通過照片展示在世人面前。從新義州再換乘中國的火車回丹東，在入境時，海關人員的檢查簡單多了，只核對一下身份，再在護照上加蓋印章，就過關入境了。

近10年來，美國、英國、俄羅斯、中國等國家都深受恐怖主義的威脅和襲擊，採取比較嚴格的安全檢查，人們可以理解，而北韓並沒有受到恐怖主義的危害，也沒有進入戰爭狀態或准戰爭狀態，但是他們的過境檢查卻比誰都嚴格，況且他們對待的還是曾經給予他們極大援助的並且被宣稱有著「鮮血凝成的戰鬥友誼」的國家的公民。從中我們感到的是北韓方面謹小慎微的背後深藏著對外人哪怕是最親近的鄰邦的嚴重不信任甚至敵視的態度，同時，他們的舉動表明了他們內心深刻的矛盾：一方面，他們渴望多一些遊客到那裡旅遊，以便賺取金錢，改善經濟條件；另一方面，他們又深怕自己的貧窮落後被外界知曉而影響其國家的形象。他們為了維護自己的面子，採取最嚴格的檢查，不惜傷害了中國客人的自尊和感情。

交通狀況

在新義州換乘的客運列車，內部比較豪華，就像是國內的軟座車廂，六人一個單元，內置對面相向的三人沙發。坐這樣的火車，享受的據說是貴賓的待遇。然而就是這樣的列車，不僅速度慢，與我們 80 年代的火車速度差不多，從新義州到平壤只有 220 公里得行使五六個小時甚至更長的時間，而且車內沒有空調，也沒有電扇，當時由於陰雨天氣，我們感覺不到炎熱；等到從平壤返回的時候，我們坐的也是這樣的列車，此時天氣晴朗，就是打開車窗，仍然感到車廂內悶熱。許多人耐不住車廂內的炎熱，紛紛湧到背陽一面的走廊上。列車雖說是為外賓準備的，但是沒有水，不僅沒有熱水供飲用，而且連沖廁所的冷水也沒有。火車一路開開停停，這與我們 80 年代的火車差不多，然而他家鐵路上的列車並不多，而且有些貨物列車的車皮非常破舊，早該淘汰了。

在火車上可以看到山間蜿蜒的公路。公路並不寬，偶爾有一輛綠皮卡車或者小轎車駛過，揚起一路黃色的灰塵。當火車接近公路時，我們看到，這裡的公路與我們 80 年代的鄉間公路差不多，坑坑窪窪的公路上覆蓋著薄薄的一層黃土，而且路寬只有五米左右。除了汽車之外，公路上還有牛車，而且這些牛車非常原始，車輪上連膠皮都沒有。記得上個世紀「文革」小說中就寫到農業合作化時不少地方已經有膠輪馬車或者牛車，沒想到在北韓還能看到這種單純用木料製成的車輪，由於距離不是很近，看不清那車輪上是否有鐵皮箍著。此外，公路有時還有三兩行人，有的頭上還頂著籃子什麼

的，從衣著上看，遠不鮮豔，顯得灰暗而且陳舊，有些還赤著腳，根本不能與能夠接近我們的那些北韓人相比。他們這些人在鄉間的公路上踽踽而行。

最令北韓人感到驕傲的是平壤的地鐵。據介紹，地鐵始建於1968年，經過五年的施工，直到1973年竣工。當時的中國正處於「文革」期間，除了防空洞，根本沒有地鐵，可見當時的北韓比中國要發達，至少在交通設備和技術上要先進一些。現在中國的現代大都市大多有了地鐵，而北韓還只是這條地鐵，沒有再建，看來在這30多年的時間裡，北韓在這方面一直是停滯不前的。導遊還介紹說，北韓地鐵位於地下100米的深處，通向地鐵的電梯有120米長。這樣的深度也是十分可觀的，遠遠超過我國許多城市地鐵的深度，除了海底隧道或者過江隧道之外，這樣的深度大概要創吉尼斯記錄的吧。這是根據地質條件決定的嗎？看來不是，平壤的地質條件並不比我國上海和北京的差。那麼究竟是什麼原因？我曾就此問題與同行者進行探討，同行者說可能是出於防空需要吧！這樣的深度可以抵禦敵人炸彈的轟炸。我立即予以反駁，我說地鐵首先是民用設施，不是軍用設施，即使運送軍隊也運不了多遠，不可能搞遠途調兵。而且，敵人一旦炸掉電廠，斷了電源，地鐵就無法運行，僅靠地下臨時發電機解決不了問題。如果敵人摸清目標，將地鐵的幾個出入口——這些出入口都不具保密性——炸掉，那地鐵就成為地地道道的墳墓。究其原因，據我猜測，可能是北韓領導人向世界顯示和炫耀他們的技術和經濟實力，就像前蘇聯打出世界上最深的萬米洞一樣。然而這麼深的地鐵必然增加其運行成本，這對於比較貧困的北韓來說，無疑是一個自釀的苦果。

　　從平壤到妙香山或者到開城、板門店，我們乘坐大巴前往。大巴駛出平壤城區，導遊告訴我們，車子已經上了高速公路。看看眼前的所謂「高速公路」，我們差點笑出聲來：這也算「高速公路」？公路雖然分成兩幅通行，但是中間沒有隔離欄，路邊不少地方沒有防護欄，有些行人在路旁行走或者休息。除了少數地方有立交橋，路上還留有平交道口，而且路面並不十分平整，車子不時還顛簸幾下。在這樣的「高速公路」上，車速大概只有 60 公里左右，不可能像我們國內的高速上可以行速達 100 公里，有時甚至超過 100 公里。說到中國高速公路的行車最高速度，可能得由飆車族來回答，而在北韓真是不敢想像的。所以，我們在北韓的旅遊，大部分時間都耗在路上。不過有一點，在北韓行車，絕對不用擔心堵車，因為路上車輛很少，就是在首都平壤的街頭，車輛也不多，所以許多十字路口不用裝交通燈，只需一個交警站在路中央指揮就可以了，這樣或許可以節省一些電力並減輕就業的壓力。平壤街頭的車輛主要有大巴——那是外國遊客乘坐的、電車——不少平壤市民乘它上下班、自行車——同樣是平壤市民上下班交通工具，但是決沒有中國的街頭多，更多的青年學生和市民靠步行去學校和單位。像泰國和越南那樣十分普遍的摩托車在平壤幾乎不見蹤影。因而，在北韓的城市裏既不會出現堵車現象，又很少聞到汽油味。只是到夜晚，街頭車輛和行人十分稀少，使得整個城市比較冷清，缺少活力。

政治化

　　如果說北韓與「文革」的中國還有什麼相似，那就是政治掛帥。就拿這次旅遊來說，本來就是消遣的，至多是想多瞭解一下北韓這個民族的文化習俗，認識一下北韓這個神秘的國家，然而在北韓方面的安排下，我們的北韓之行，也被政治化了。剛到平壤，我們就被帶到北韓抗美援朝紀念館，接受抵抗外來侵略的教育，當晚所觀看的大型文藝表演《阿里郎》同樣具有濃厚的政治色彩。「阿里郎」是北韓族男人的統稱，歷史上就有阿里郎的故事傳說，但那是一個十分淒美的愛情故事，現在被改編為具有濃厚政治色彩的大型文藝表演。這個演出雖然沒有相應的漢語翻譯，但從演出情形來看，它所展示的是北韓過去遭受外來欺壓的苦難和勞動黨帶領人民進行鬥爭的「光榮」歷史，是北韓人民在偉大領袖金日成和 21 世紀太陽金正日領導下走向「輝煌」的歷史。第二天，我們首先被安排瞻仰金日成的銅像並獻花和鞠躬，接著到妙香山參觀金氏父子所收外國禮品的展覽館，要領略的是金氏父子巨大的國際威望和取得的輝煌的外交成就。下午回平壤參觀一所中學，而這所中學雖然是不太好也不那麼差的學校，但是與金氏父子關係密切，據說金日成曾經親臨該校視察。朝方安排我們參觀是想讓我們知道領袖對青少年成長的親切關懷。而後參觀的中朝友誼塔和凱旋門也都是政治景點。第三天參觀的板門店顯然是想讓我們知道北韓方面是如何渴望祖國統一，具有光榮的愛國主義傳統。回平壤後我們先乘坐了一站地鐵，目的當然是要感受這個國家建設的偉大成就。在北韓的最後一個遊

覽項目是參觀金日成故居萬景台。在前往參觀的路上，導遊不厭其煩地介紹金日成出身貧苦，他的奶奶當年由於沒有錢，只能買一口品質低劣的大缸，介紹金日成如何忘我地投身革命，為其祖國的獨立解放作出的巨大貢獻。顯然，這又讓我們接受了一次政治教育。

北韓的政治用他們自己話可以概括為「主體思想」，稍微具體點說就是「政治上自主，經濟上自立，國防上自衛」。據介紹這是金氏父子創建的，至於與世界上其他國家共產黨所信仰的馬克思主義、共產主義理論究竟是什麼關係，導遊沒有講，為了避免出現尷尬場面和可能產生的麻煩，我沒有詢問導遊。但是據我的看法，北韓的政治應該概括為：對內領袖崇拜，忠於金氏；對外敵視美日，對抗西方政治。崇拜領袖，樹立起人神一體化的宗教，給荒蕪的精神世界提供一種信仰的支撐，通過感戴領袖，從而確定為領袖奉獻一切乃至生命的人生價值觀。北韓官方總是強調美帝國主義的威脅，不惜投入大量的資金研製核武器，表示要應對美、日帝國主義及其走狗南韓的挑戰。其實，這在很大程度上不過是虛張聲勢而已。自北韓戰爭結束以後，美國確實多次發動戰爭，但是美國發動的戰爭並不是沒有原則的，也不是想打誰就打誰。上個世紀 60、70 年代，越南與美國大打了一仗，但是到了 80 年代，越南開始了革新開放，努力與包括美國在內的許多國家改善關係，贏得了良好的國際環境，現在雖然沒有核武器，但也沒有說受到美國的威脅。1980 年前後，越南與中國打了一仗，後來兩國關係得到了很大的改善，化敵為友。惟獨北韓始終抓住歷史問題不放，總是以敵視的態度對待別人，並且不斷強化冷戰思維，怎麼可能改善它的國際環境？當然，從北韓官方來看，它這麼做顯然是為了轉移國內的視線，減少對國內各種矛盾的關注，為他們的國民在各種矛盾中積累的不滿和怨憤找到宣

洩的管道。同時，北韓官方在這種國際對抗中樹立起自己的英雄形象。我們的生活固然不能完全脫離政治，但是也不能完全政治化，因為我們的生活應該擁有私人的空間和個人的情趣，我們需要有那麼一段時間稍稍忘掉政治，好好地感受生活，認識社會，享受幸福。而政治的好壞與否，不在於其宣稱什麼，誇耀什麼，而在於給人們帶來了什麼。據我看來，最好的政治就是讓人們在日常生活中感覺不到它的存在；而政治一旦時時刻刻佔據人們的思想意識，要求人們不要忘記的時候，這樣的政治一定多少出現了問題。北韓的泛政治化與我們「文革」中相比，可能還不算什麼，但是當社會不能給人們帶來物質上的富裕之時，它只好依靠強大的政治來統治人們的精神，控制人們的靈魂。問題是當政治過於強大的時候，個人就一定被壓得非常渺小，人的精神也一定萎縮到可憐的地步。

個人崇拜

　　談到北韓，看到北韓，許多人往往不假思索地將其與「文革」時代的中國聯繫起來，認為現在的北韓與「文革」時的中國相彷彿。這也難怪，北韓的個人崇拜和領袖迷信與當年的中國差不多。在去北韓之前，我們就瞭解到北韓國民每個人的胸前都佩戴著金日成的像章。由於北韓人與中國人在相貌上非常相似，所以很難區分，最直接而簡便的方法就是看他／她的胸前有沒有佩戴金日成像章。進入北韓境內，可以看到到處都建有懷念金日成的永生塔，據北韓導遊講，那上面統一刻著「偉大領袖金日成主席永遠和我們在一起」。許多建築物上都掛有金日成的畫像，有些地方還同時懸掛金日成的兒子，他的繼承人金正日的畫像。許多公共場合還展示金氏父子的語錄以及類似於中國「文革」時各類的宣傳畫。這些宣傳畫給我的印象就是正面人物孔武有力，反面人物畸形病態而且渺小。畫的色彩以紅為主，色調鮮豔明亮，表示他們現在生活的無比幸福。

　　無論是隨車的導遊，還是各種紀念館的解說員，在解說中都要三句不離金日成或者金正日，一再歌頌金氏父子的豐功偉績，並且稱金日成為偉大的父親，金正日為 21 世紀的太陽。而且據說他們父子擁有各種光榮稱號多達 1200 種，大概創造了一項吉尼斯世界紀錄了吧。根據中國文化解釋，這種稱呼似乎有些矛盾：如果全體國民都是金日成的兒女，那麼大家就應該都是金正日的兄弟姐妹了，就應該平等了，然而卻不是。再說，太陽是沒有父親的，可是，金正

日明明有個父親叫金日成，而且在不少地方還懸掛著他們父子合影照片或者父子同現的畫像。

　　北韓人對領袖的崇拜雖然沒有出現像中國「文革」那樣瘋狂景象，比如將領袖像章別在皮肉上，但是瘋狂的程度一點不比當年的中國差。據說在北韓人的心目中，領袖的物品比自己的生命還重要，如果發生水災或者火災，北韓人寧可犧牲自己的生命，也要保護好領袖的畫像或者著作。與其相比，某些宗教則顯得比較開明，有一種宗教教徒在生命遇到嚴重威脅的時候，可以踩著經書求生；為了活下去，可以打破禁忌吃平時一點都不能沾的某種肉食。而北韓人領袖崇拜的瘋狂，讓領袖的一切壓倒人的生命，這是不是有點邪！北韓人不僅自己無限熱愛和尊敬金氏父子，而且還帶領外國遊客去瞻仰金日成銅像或者遺體，要求外國遊客向金日成獻花並鞠躬，對於遊客與金日成銅像的合影也有嚴格要求，比如，不能只拍金日成銅像的一半。擁有一定拍照經驗的人都知道，在巨大的銅像前拍照，如果拍到銅像的全部，那麼遊客的形象就顯得十分渺小，而領袖的形象則顯得十分高大。我不想給金日成作陪襯，所以沒有在這裡拍照留念。在瞻仰金日成銅像時，不許大聲喧嘩；不許吃東西；一定得排成整齊的隊伍；所有程式按照導遊的指令進行。這些規定有些確實合理，有些則顯得過分，把外國遊客當成自己的國民來要求。更有意思的是，北韓人還一廂情願地認為，他們的領袖是整個北韓半島人的太陽。導遊給我們講了一件自以為很自豪的事：有一位外國記者曾經問一位北韓兒童，萬壽台的金日成銅像有多重，那位兒童的回答是，七千萬北韓人的心臟有多重，這尊銅像就有多重。這在北韓方面看來是最妙的天才回答。其實這個答案是最荒唐的，無論怎麼說，金日成只能算北韓人的領袖，受到 2300 萬北

韓人的愛戴，這是事實，而生活在半島南部的韓國人怎麼會崇拜一個封建王朝的獨裁專制者！北韓方面的這種說法分明是在強姦韓國人的民意，是韓國人無法接受的。北韓方面不僅強姦韓國人的民意，而且還強姦世界上其他國家國民的民意，聲稱金日成父子是全人類的太陽，真不知這是金氏父子的狂妄還是北韓當局的狂妄。

　　北韓人崇拜金氏父子，早已將其神化了，從而給他們的崇拜塗上了宗教色彩。據瞭解，北韓與「文革」時期的中國一樣，崇尚無神論思想，基本上沒有宗教，儘管還保留幾個宗教寺廟。其實，人不可能沒有宗教，只是所拜的對象各不相同。誰能說拜伏在領袖的腳下就不是一種「宗教」？拜倒於金錢、權力或者物質面前同樣也是「宗教」，只不過統治他們靈魂的不是可敬畏的神，而是被神化的人或者具有神奇功能的金錢、權力或者物質而已，這種「宗教」的信徒有時可能會得到某種滿足而感到幸福，只是這樣的「宗教」多少有些邪。經過這樣的長期宗教式的馴化（當然還有政治高壓），北韓國民實在是天下最好的，最溫順的老百姓，儘管他們物質生活非常貧困而簡陋，一個個面黃肌瘦，營養不良，但是他們還是那樣一如既往地癡情地熱愛他們的領袖，對於領導人沒有治理好國家，沒有給人民帶來富裕的生活，他們沒有絲毫的怨言，更沒有想到要更換自己的領導人，還要對「偉大領袖」感恩戴德，熱情歌頌，這與我們大躍進、大饑荒和「文革」時代何其相似！對於個人崇拜，許多人將其歸因於國家宣傳機器大肆製造個人迷信，極盡所能將領袖人物神化以及政治高壓，這種說法不能沒有道理，它確實揭示了某些根源。但是，我以為這只是部分原因。從北韓的情況看，這個民族曾經受到日本的欺侮和美國的侵犯，在世界大家庭中是一個弱小的民族。長期處於弱勢，更加渴望自立

起來，強盛起來，然而這種強烈的願望往往受到客觀條件的限制，於是產生了強烈的受壓抑的感覺。這種民族壓抑感一旦遇到強人就很容易轉化為英雄崇拜。20 世紀中葉，金日成在蘇聯和中國的支持下，乘著第二次世界大戰中日本投降的東風，趕走了日本侵略者，讓北韓人有了民族獨立的感覺，特別是中國和蘇聯支持金日成和強大的美國打了個平手，更讓北韓人對金日成折服得五體投地，拜其為民族英雄，普通的北韓人就將金日成視為大救星和庇護自己的神，進而忽視了蘇聯在意識形態等方面給金日成施加的影響，忽視了金氏集團其實也不過是大國的翼下之卵。個人崇拜讓北韓人失去了理性，進而產生一種偏執之見，以為只要敢於和別人對抗，敢於向別人叫板就是民族英雄，就是有骨氣。殊不知真正的民族英雄應該使民族強盛起來，而不是綁架整個民族作為與其他民族對抗的籌碼。而金氏為了個人崇拜，不顧老百姓的死活，拿出大量的本來可以發展經濟，改善國民生活水準的錢財去發展核武器，去擴充龐大的軍隊，作為他挑戰國際社會秩序和其他國家的資本，鞏固其集團統治。

如果將北韓與「文革」時期中國的領袖崇拜作比較，我們可以看到北韓人還是不及中國的，我們不知道他們是否也像當年的中國人那樣「早請示，晚彙報」，但是沒有看到他們跳忠字舞，沒有看到他們每個人手裡拿著紅紅的語錄本，沒有看到中國紅衛兵接受領袖接見時的狂熱。走在平壤街頭，我們看到的北韓人似乎都很平靜，沒有狂熱感。或許是到了 21 世紀的緣故吧，也可能是北韓民族的特性吧，現在的北韓確實沒有中國當年的瘋狂。如果比較再廣泛一點，我們看到現在的北韓，既沒有鋪天蓋地的大字報，又沒有殘酷血腥的武鬥場面，既沒有喧囂紛亂的高音喇叭和到處串聯的紅衛兵，也

沒有聲勢浩大的批鬥大會，既沒有滿街的破四舊毀文物的煙火，也沒有到處傳唱的語錄歌和樣板戲，……總之，現在的北韓畢竟不是當年的中國，不過，北韓雖然沒有狠抓國內的階級鬥爭，但是他們始終警惕著來自「美帝國主義」和「日本帝國主義」以及南韓的威脅，忘不了他們這個不共戴天的敵人。有了這些敵人，北韓民眾就有發洩憤恨情緒的地方，而且這種發洩非常保險，不會給自己和家人帶來任何麻煩。

金氏父子的禮品展覽館

　　在美麗如畫的妙香山，屹立著兩棟具有古典風格的建築，這就是北韓最高領導人金日成的禮品展覽館和金正日的禮品展覽館。在我們的旅遊行程中，就有參觀這兩個展覽館的安排。參觀這兩個展覽館在北韓方面是非常莊重的事，就像教徒朝聖一樣。進入展覽館，我們被要求存放照相機，穿上鞋套，跟在導遊的後面參觀。展覽館的內部金碧輝煌，十分華麗，可以與豪華的王宮相媲美。無論是金日成的還是其子金正日的，其中禮品都是琳琅滿目。據導遊稱，這兩個地方的禮品總共有 30 多萬件，如果在每件前面停留 1 分鐘觀看，需要差不多兩年時間（以每天八小時計算），因此我們只能參觀其中很少的一部分。就我們參觀的部分來說，以中國（包括台港澳）贈送的為主。這大概是讓我們有一種親切感吧，感受到中國黨和政府以及台港澳人士對北韓「偉大領袖」的敬意。當然，我們也看了不少其他國家和地區領導人送給金氏父子的珍貴禮品。通過這些參觀，我們漸漸明白到北韓方面的意思，他們是想讓我們瞭解到他們的「偉大領袖」具有崇高的國際威望，那些琳琅滿目的禮品在他們的眼裡很可能具有萬國朝聖的意味。其實，國際社會與個人交往一樣，都是禮上往來，禮品贈送，有來有往。真正的友誼和敬重並不是用禮品來表示的。當然，也有些人是為了得到某些便利，在贈送的禮品上搭上幾句恭維的話。比如香港某些公司的總經理或者董事長頗能入鄉隨俗，以「日正乾坤」、「偉大領袖」或者「21 世紀太陽」等等恭稱金氏父子，其實他們根本就不信，顯然這是語言賄賂，分

明想在與北韓當局打交道中得到一些好處。非常有意思的是，北韓當局將其作為宣傳領袖的資本。

這邊的禮品是十分華美的，展覽館建築是高貴而氣派的，那邊老百姓卻還食不裹腹，面黃肌瘦，營養不良。真乃「朱門酒肉臭，路有凍死骨」啊！北韓方面要求外國遊客參觀金氏父子的禮品展覽館，其意除了讓人感受到他們「偉大領袖」國際威望之外，還有一點大概是想顯示他們家寶貝眾多，珍奇不少，這就像一個破落戶總想讓人看到他有某些寶貝進而讓人不可小瞧他應該尊重他一樣。然而，真正讓人尊重的不在於這個國家有些什麼，而是它的國民的言行舉止和他們的作為。

《阿里郎》

　　《阿里郎》是我們在北韓觀看的一場大型文藝表演。演出是在平壤的五一體育館裡舉行的。據導遊介紹，大約有 10 萬人參加演出，其中專業演員只占十分之一。整場演出真是規模宏大，氣勢磅礴，場面雄偉。特別令人驚歎的是，我們對面的座臺上坐著數以萬計的學生，他們不是看演出來的，而是用手裡的畫板根據指令拼合成巨大的宣傳畫或者韓文標語。這些數以萬計的學生在不同時間舉出不同的畫板，拼合成不同的畫面，不出一絲差錯，非常不容易。這不能不讓人們驚歎和佩服導演非凡的組織才能和藝術策劃才能。就整個演出，我的感覺就像是閱兵式和團體操的結合。以人海戰術顯示宏大規模和集體的強大力量，以色彩豔麗的服裝和佈景以及絢麗的燈光盡顯其富麗輝煌，以非常規整的動作顯示其嚴密的組織紀律性，於是，北韓人在這裡找到了他們的自豪和自信，讓外國客人看到了他們的「強盛」。這就像到一個窮兄弟家作客，主人總怕人瞧不起自己，於是想方設法做出異常豐盛的菜肴招待客人以顯示其富有，掩飾其內心深處嚴重的自卑。讓人感到遺憾的是整場演出中只看到領唱，看不到獨唱，看不到富有個性的人。旗手演員步伐都是正步，很像是訓練有素的軍人，又像是電腦的複製物，舞蹈演員動作非常整齊，不時變幻出各種美麗的圖案。每個人都是那精美圖案構成的一個小小的部分，離開了那些圖案，每個人都只是一個遊動的彩點，而且每個彩點幾乎都一樣（除了色彩上的區別），從形態上看沒有什麼差別。在整個演出中，每個演員，包括對面看臺上手舉

畫板的學生都在嚴格執行導演的指令，聽從舞臺後面那只看不見的手指揮，就像機器上的螺絲釘只能在安排好的位置上發揮作用。從這場演出中，我們實在看不出金氏父子所提倡的人的「主體」精神，因為這裡的演員都不過是導演的道具，而導演所表達的則是官方規定好的思想主題，因而導演又不過是官方的道具，官方的每個官員說到底都得圍繞著金氏父子轉，不過是金氏父子統治北韓的工具。真不知北韓人該如何解釋金氏父子的「主體思想」與生活實際之間的南轅北轍。

據導遊介紹，《阿里郎》每年只在八、九兩個月演出，因為參加演出的非專業演員大多上是平壤或者附近的中學生，還有一些平壤市民。他們只有在假期中才有時間到平壤演出。我不知道，這些學生和市民為了演出，為了在演出時及時準確地舉起畫板，得花多少時間進行嚴格的訓練！而在這頗為耗時的訓練期間，他們都不能幹自己想幹的事或者個人需要幹的事，都得放棄他們的個人愛好。而且據網上說，在 2002 年，一個參加《阿里郎》演出的人一次所得到的報酬就是幾斤糧票。或許在北韓民眾看來，幾斤糧票非常寶貴，無法用金錢衡量，然而在訓練和演出期間他們要付出多少時間和汗水呀，原來他們的時間和汗水竟是如此廉價，低廉得令人難以想像！他們的藝術表演從外界來看是那麼的神聖而崇高；對於他們來說卻僅僅是為了幾斤可以填飽肚皮的糧票。真不知道，他們究竟是崇高還是卑微！

宣傳教育與封閉隔離

　　北韓人的生活總體來說，物質是貧困的，精神是荒蕪的，但是他們感到非常幸福。對此許多人感到困惑不解。其實，現在年齡在 40 歲以上的人，如果還記得 30 多年前的歷史的話，應該理解。現在的北韓與當年的我們基本上一樣。我們好好地回憶一下，當年的我們雖然吃不飽，穿不暖，但是我們絕大多數人都感到幸福，因為我們首先時時刻刻被告知紅太陽給了我們無限的溫暖；通過接受憶苦思甜教育和革命傳統教育，我們都認為生活在新社會，長在紅旗下，享受著無比的優越性；我們都被教導：帝國主義和資本主義國家是腐朽的，垂死的，沒落的，那裡的人民仍然生活在水深火熱之中，等著我們去解放。其實，我們被蒙上了眼罩，我們不知道外面的世界，我們更不知道人家早已進入了現代化社會，人家都是選民當家作主，可以通過票箱子決定領導人並且影響他們的政策。我們自己常常生活在殘酷的階級鬥爭的恐懼之中，還要嘲笑人家自私冷酷、道貌岸然，鉤心鬥角，相互傾軋、爾虞我詐，貪婪墮落。這大概歸功於那個時代的全方位宣傳教育和封閉隔離政策。北韓不愧是中國的小兄弟，在這一點上做得並不比當年的中國差。走進北韓，人們常常看到建築物上刻著或者寫著大幅標語，其中最多的是「21 世紀的太陽金正日萬歲」、「偉大領袖金日成主席永遠和我們在一起」（據導遊翻譯）等等。走進書店裡，可以看到一些為金氏父子歌功頌德或者歌頌偉大建設成就的圖書畫片。這些書與畫有的從封面的圖畫上可以看出來，有的是醒目的漢字。在街頭，我們不時看到一些車廂上裝有 4 個喇叭小卡車，大概也

是做宣傳教育的。長期置於這種宣傳教育中，人們自然產生了太陽照耀下的溫暖和幸福的幻覺。

在開展全方位的宣傳教育的同時，北韓實行非常頑固的封閉隔離政策。在去北韓之前，我就聽說，中朝之間的旅遊協定是不對等的，具體地說就是北韓方面只許中國人前往旅遊，卻不許可它的國民到中國來觀光。另外還有一項規定，就是不許帶手機入境，擔心與北韓人的聯繫，其實，北韓的普通公民根本就沒有手機，就連導遊也沒有，板門店的人民軍官兵使用的通訊工具也不是手機，而是對講機或者大哥大。為了防止它的普通公民與外國遊客的接觸，北韓方面從我們在新義州登上北韓火車的那一刻起，就將我們隔離了，我們在車廂裡只能接觸到北韓導遊，根本沒有其他北韓人出現。到了平壤，我們雖然見到不少北韓人，但是不能與他們接近和交談。而他們也都儘量回避我們，生怕惹來什麼麻煩。到了平壤，我們被安排住在羊角島飯店。這個飯店位於穿過平壤市區的大同江的中心島上，在距飯店四五百米遠的地方由兩座公路橋與外界連接，這樣，普通的北韓人就不可能到這家酒店來，住在酒店裡的客人也不可能步行到街上去。即使有人想步行上街，剛剛離開飯店就會有人過來攔截勸阻。同樣，一般的北韓人也不會來到這個飯店。在整個旅行途中，我們一下車，前有朴英姬領頭，後有尹成日墊後，如果有誰稍許離隊伍遠一點，都會被催促回隊。在主體思想廣場，有人想請一位路過的北韓人幫忙照相，導遊隨即趕過來，將過路人驅趕開。

不僅普通北韓人不許與外國人接觸，就是導遊與外國人的接觸也很有限。在羊角島飯店，導遊尹成日和朴英姬也隨我們團住在這裡。但是他們沒有與我們同住 20 層或者 21 層，而是住在 14 層。他們所住的房間與我們最大的不同就是不像我們可以在房間裡收看

CCTV、BBC 和 NNK 以及香港鳳凰台的節目，只能收看平壤一個台的節目。25 日早晨，有人問兩位導遊看到北京奧運會的閉幕式了嗎？他們說，平壤台沒有轉播。我們旅遊團中曾有人邀請尹成日到 20 層的房間來看電視，尹成日當時答應過來，最終還是沒來，可能是他怕惹上麻煩。我想這不奇怪，如果北韓人看到了非常精彩的北京奧運會的開幕式和閉幕式，就可能影響到他們對外部世界的看法，進而影響的他們思想觀念的更新和對外部世界的嚮往，而這正是金氏集團感到恐慌的。

在平壤五一體育館觀看《阿里郎》演出時，我們驚奇地發現，我們旅遊團的四周都空著座位，其他觀眾與我們相隔好幾米，而且除了體育館工作人員之外，沒有其他北韓人到我們這裡來走動。而且在進體育館前，導遊明確告訴我們，演出時拍照片只能拍演出區域，不許拍觀眾席，顯然是想將我們與普通北韓人隔離開來。

作為封閉隔離政策重要一項就是嚴格限制拍照。世界上絕大多數國家和地區對於一般民眾和外國遊客的拍照是不加限制的，除了軍事基地、設施和需要保護的文物之外，可以隨意拍攝。唯有北韓例外。我們登上北韓的火車就被警告，不得隨意拍照，就連火車外的景象也不許拍。到了平壤，我們又被警告，在街頭不能亂拍，要拍普通市民必須得到人家同意──其實這是第二十二條軍規：普通市民不會允許讓外國人拍照，因此徵求其意見絕對遭到拒絕（但這並不一定是他的本意）。到了板門店，導遊再次強調拍照必須得到許可，哪些地方可以拍照，哪些地方不能拍照，都有明確的規定。在離境的時候，每個人的相機還都得接受嚴格檢查。

在旅遊期間，我和北韓導遊尹成日合影留念。臨別的時候，我對他說，將你的電子信箱留給我，我回國後給你傳合影照片，他表

示不用了。我當時有些不解，誰不想要自己與朋友的合影照片呢？後來有人告訴我，北韓的普通民眾只能訪問國內的網站，不能訪問外國網站，所以北韓民眾不能收到外國發來的電郵。這樣，在互聯網這裡，北韓人與外界也隔絕了。

　　北韓方面為什麼要採取這些措施，不讓外國遊客接觸到普通北韓人呢？首先，北韓方面十分擔心她的民眾接觸到外界，瞭解到外面的世界，看到外面的世界並不像宣傳教育所說的那樣，進而對官方的宣傳教育產生懷疑。由於不瞭解外部世界，北韓人可以陶醉在虛幻的幸福之中，甚至產生別人都在羨慕他們的幻像之中，這就像阿Q儘管現實中非常落魄，生活貧困潦倒，卻從不缺乏幸福感一樣；其次，北韓由於拒絕改革開放，頑固堅持閉關自守，這些年來經濟嚴重困難，造成了民眾十分貧困，許多地方破敗落後，如果讓外國人看到，有傷其面子，覺得臉上沒有光彩，因而，他們對任何人都不信任，哪怕是與其有著「鮮血凝成的友誼」國家的公民也不例外；再次，強化北韓公民的等級意識。在北韓，能夠接觸外國人的就是涉外部門的工作人員。他們可以從與外國人打交道到過程中多少增長點見識（即使不能與外國人深入交談），得到點好處（小費和有限的紀念品）。為了國家的形象，他們吃的和穿的都要比一般人好些。可見，他們在國內一定是受到羨慕的，於是他們就比一般的北韓人顯得優越。

　　在隔離封閉中進行宣傳教育，北韓人民既被剝奪瞭解和認識外部世界的權利，又被有效地洗腦。這樣，官方的鼓噪宣傳就可以充分發揮作用，那麼民眾只能在無知和昏睡中享受虛幻的幸福，像溫順的綿羊聽任當局的發號施令。

　　北韓的這種封閉與隔離讓人感到很不自在，沒有什麼自由，因此許多遊客從北韓回國後可能不想再去，沒有人甘心情願地在旅遊

中受到這樣那樣的限制。但是我以為，如果替北韓普通民眾想一想，替我們國家的戰略利益想一想，還是應該讓更多的人到北韓去旅遊觀光，雖然遊客的活動多少受到一些拘束，但是可以讓北韓民眾有更多的機會看到外部的世界，接觸到外部世界，可以通過與北韓人（儘管十分有限）的交流和溝通，以水滴石穿的精神促進北韓各階層人士思想觀念的更新，推動他們走出封閉，走向開放，通過改革發展經濟，改善民生，使我們近鄰的這個兄弟之邦融入到國際社會的大家庭中來。

國家統一

　　由於歷史的原因和外國的干預，朝鮮半島被分裂為兩個國家。朝鮮半島本來就是一個整體，這裡生活著一個民族——朝鮮族，說著同一種語言——朝鮮語，使用同一種文字——朝鮮文，還擁有共同的風俗習慣，然而卻長期處於分裂敵對狀態，這對於任何一個民族來說都是非常痛苦的。無論哪個民族都不希望分裂，都渴望實現統一。在朝鮮半島，無論是韓國，還是北韓，都希望實現半島的統一。在北韓，首都平壤不僅有統一大道，還有由兩個北韓女子相互送花並即將擁抱的雕塑，表達實現半島統一的願望。在板門店的南北軍事分界線北韓一側，樹立著一面巨大的展示牆，上面鐫刻著金日成的希望實現統一的臨終絕筆。在前往板門店的路上，隨車導遊朴英姬向我們介紹北韓方面實現國家統一的願望。為了表現自己的「誠意」，北韓方面提出了建立聯邦制的國家，即一個國家，一個民族，一種語言文字，兩個政府。至於如何實現統一的細節，或許是我沒有聽清楚，或許她根本沒有講，反正我沒有印象。

　　對於任何一個國家和民族，處於分裂狀態並且長期敵視對峙，總不是好事，問題是處於分裂狀態並且處於不同政治經濟文化體制的兩部分要實現統一談何容易！從北韓方面來看，他們認為造成朝鮮半島分裂的罪魁禍首是日本的殖民統治，實現半島統一的最大障礙是美國的干預。對於前面的判斷，我是認同的；對於後面的說法，我持有保留意見，並不完全認同。美國對朝鮮半島的干預確實存在，但這不是主要因素，主要因素我以為是南北方政治文化和經濟上的

巨大差異、缺乏思想上的交流和情感上的溝通。而在這方面，北韓
方面政治上獨裁專制、經濟上的貧困落後以及對外的閉關自守的政
策更是實現統一的最大障礙。由於政治上的獨裁專制，整個北韓的
國際形象和地位都十分欠佳；經濟上的貧困落後很容易讓對方感到
這邊將成為統一的沉重包袱；對外政策的閉關自守，自決於國際大
家庭之外，難以彌合民族感情上的隔閡。因此，北韓方面就憑其專
制獨裁的政治經濟體制和閉關自守的政策，連自己的國民都不能解
決最起碼的溫飽，由它來統一半島無異於癡人說夢；如果讓北韓政
權接受韓國的改編來實現統一，對全體北韓人民來說確實是福音，
然而這無異於與虎謀皮。因為，從北韓這幾十年的歷史和現狀來看，
無論國家和民族的命運如何，金氏集團都不會放棄其權力和利益的。

　　對於國家和民族的統一，我們要判斷其中一方的誠意，固然要
看其美好的願望，更要看到其到底作出了什麼樣的切實有效的努
力，到底為填平歷史的鴻溝做了哪些實質性的事情，我們還要看到
其所站的是一個利益集團的立場還是民族根本利益的立場。朝鮮半
島的分裂同樣為我們台海兩岸的和平統一提供了一面鏡子。

建築

我們所看到的北韓建築可以分為公共建築（如火車站、友誼商場等）、居民住房、紀念性政治性建築三大類。其中公共建築一般體現民族傳統，不過大多比較陳舊，新的不多。我們在平壤下了火車，月臺上的頂棚很高，但是缺乏色彩感。從月臺穿過地下通道進入車站休息室。地下通道比較陰暗潮濕，沒有中國地下通道那麼明亮。車站休息室同樣比較陰暗，採光不足，當我們離開平壤時，天氣已經轉晴，那裡依然比較陰暗，顯然自然採光也不夠，這不是這個國家缺乏電力所能說明問題的。就車站的外觀來看，確實有些北韓的民族特色和東方風味。

在平壤最高的公共建築，大概是未建成的柳京飯店。據瞭解，這座建築計畫要建 105 層，當初就是想把美國的帝國大廈比下去，以顯示其社會制度的巨大優越性，可惜建到快要封頂時卻沒了資金，因而停工了一二十年，成為世界上最高大的爛尾樓，真不知北韓人看到它會有什麼樣的感受。據說，曾經有外商表示願意投資續建，但是過了不政治關，只好作罷。看來在北韓，所謂的政治是高於一切的，寧可讓那高樓爛下去，也不願改變政策，改善投資環境，這與中國當年所謂的「寧要社會主義的草，不要資本主義的苗」如出一轍。

再看北韓居民住房，都是十分整齊的，像部隊的營房一樣，就是農村也是這樣，看起來確實不錯。但是令人無法恭維的是，新房不多，舊房不少。如果說農村的那些住房還有傳統的屋簷，那麼城市裏的住房往往是立方體的，我們借用中國的游泳館「水立方」的

諧音，稱其為「水泥方」。這不僅在於北韓的城市住房，千篇一律，缺乏變化，構成巨大的水泥方盒，而且比較陳舊，缺少色彩感和時代感，比較平面化，見多了讓人感到乏味而壓抑。再看這些「水泥方」的窗戶，幾乎是黑漆漆的洞，沒有光亮，沒有明亮的鋁合金窗框，沒有光彩耀眼的玻璃，絕大多數住戶雖有陽臺，然而卻沒有封閉，而且陽臺和牆壁上沒有粉刷，更不用說貼馬賽克加以裝飾，倒是有不少風雨後的班駁，給人以少年滄桑之感。在鐵路沿線的某些城鎮，雖然有不少住宅樓，但是每棟樓上都有十數個煙囪，看來這些城鎮居民做飯還得用木柴或者稻草、麥秸升火，燒煤球的家庭大概很少。

　　鐵路沿線鄉村的住房，遠看都很不錯，飛簷瓦房，而且還有圍牆，非常美觀，近看則變了感覺，房上苫的很像是石棉瓦，房脊上塗的水泥，牆壁上沒有寬大的窗戶。房頂上高高低低地升起非常簡陋的細細的電視天線，有時還能看到幾個北韓老鄉蹲在附近的土墩上，守候著他們的住所。

　　當然，北韓的建築並不都是這樣令人感歎的，也有十分輝煌的。但那都是紀念性政治性建築。這些建築高大而華美。就拿成為平壤重要的風景的主體思想塔和凱旋門來說，就十分壯觀。主體思想塔位於穿平壤城而過的大同江邊，是為宣傳金氏父子創建的「主體思想」而建立的。塔的主體部分高 150 米，上面的紅色火炬高 20 米。我們在距該塔幾公里遠的羊角島大酒店上可以遙望該塔的風姿。該塔臨河的一面立著二三十米高的體現主體思想的工人農民與知識份子大聯合的鐵錘、鐮刀和毛筆的雕塑，兩側各有表現北韓人民昂揚鬥志和幸福生活的三尊雕塑。除了我們這些遊客之外，主體思想塔下的廣場上幾乎沒有什麼人。這樣，空曠的廣場上立著 170 米的建

築，更顯得高大。一般人都知道，法國巴黎市中心有一座標誌性的建築——凱旋門。北韓平壤的市中心也同樣矗立著凱旋門，其外形與法國巴黎的十分相似，所不同的是，法國的是為紀念拿破崙在奧斯特裡茨戰役中打敗俄、奧聯軍勝利歸來而建，而北韓的則是為紀念金日成從中國東北回到平壤而建，因而門的兩邊分別刻著 1915 和 1945 的年份，代表著金日成離開北韓到中國和回到北韓的時間，因而這座建築是領袖個人崇拜的產物，顯得高大而輝煌。另外，北韓的革命博物館、祖國解放戰爭紀念館、勞動黨紀念館、萬壽台議事堂、中央工農業展覽館等，巍峨宏偉；人民文化宮、平壤大劇院、平壤體育館、萬壽台藝術劇場等，富麗堂皇，極富鮮明的北韓民族特色。這些建築不僅氣勢非凡，而且極具東方色彩，大多是青面牆體和綠色琉璃瓦屋頂和飛簷。如果不是色彩的差異，北韓的這些建築可與我國北京的相比，當然在氣勢上還是比北京的天安門和故宮稍稍有點遜色。

普賢寺

　　普賢寺是妙香山的一座佛教寺廟，距金氏父子的禮品展覽館不遠，所以在參觀了金氏父子禮品展覽館之後導遊帶我們去遊覽。在導遊的介紹中，北韓是一個信仰自由的國家，宗教信仰受到保護，宗教文化同樣受到尊重。眼前的普賢寺以前被戰火焚毀，後來北韓勞動黨重修了這座寺廟，體現了北韓勞動黨對民族文化遺產的保護。

　　普賢寺座落在山腳下，這裡景色確實優美，寧靜，幾座建築與山區景色融為一體。這與中國的寺廟比較相似，但是它沒有中國寺廟的高大和威嚴，更沒有中國寺廟的圍牆與山門。它的最高大的建築就是「大雄殿」（不是中國的「大雄寶殿」）。寺廟的環境自然十分幽雅。

　　最讓人感到蹊蹺的是，普賢寺裡很少有僧人，我轉了整個寺廟，只見到兩三個剃光頭，穿著僧服的年輕男子，看不到其他的僧人。而且，在這個寺廟裏根本看不到香客和香爐，就連賣香的也看不到。更有甚者，倒有幾個人民軍軍人分佈在不同的部位，可能在監視著遊客。還有一些人在店鋪裡向遊客出售紀念品。如果不是我們來這裡旅遊，真不知這裡會多冷清。與此相比，中國的許多佛教寺廟不是一般的熱鬧，而是像集市一樣擁擠和喧囂。仔細一想，我真懷疑北韓還到底有沒有真正的佛教寺廟，這裡的普賢寺會不會只是一個徒有虛名的假寺廟，充其量不過是掛著寺廟招牌的旅遊景點而已。

參觀中學

　　在平壤，我們被安排到平壤大同 69 第一中學參觀。學校的建築，基本是三層樓建築，牆壁塗上了赭黃色，與操場的土黃相似，如果不是那一排排樹的綠色映襯，真不知學校的建築者們是否知道什麼是美。要論這所學校的建築的規模和式樣，就連我們這裡許多鄉鎮的中學都可以與之相比，甚至比這些更好。學校裡只有幾幢三層教學樓或者辦公樓。據說這所中學不是平壤最好的學校，只處於中等，之所以帶我們到這裡，學校方面的解說揭開了原因，這所學校有著光榮的歷史，他們的偉大領袖金日成主席當年來這裡視察過，所以學校感到特別榮幸，就是過了幾十年還有受寵若驚之感。接著，我們來到他們的成就展覽室。這個展覽室相當於我們這裡的一間教室大小，幾排書桌上陳列著學生的作業本和課本。我隨手翻看了幾本。課本和作業本的封面還可以，就是裡面的紙張品質很差，特別是作業本的紙是那種再造紙，十分粗糙，紙呈灰色。後面的課桌上排列著幾隻顯微鏡，我湊過去想看看，竟然無法操作，不知是沒電，還是室內光線暗淡。靠後和靠邊的幾隻貼牆的櫥子裡陳列著實驗標本和器材，但大多比較陳舊，而且沒有看到電腦之類的現代化的教學器材設備。

　　在教學樓參觀之後，我們被帶到會堂看孩子們演出。舞臺上有三個孩子在最裡邊演奏電子琴、擊架子鼓，前面一小塊空間給另外一群孩子唱歌跳舞。他們在唱北韓歌曲的同時，還用漢語演唱了《少先隊員之歌》(「我們是共產主義的接班人」)和《沒有共產黨就沒有

新中國》。看來，他們唱的這些漢語歌曲是經過精心挑選的，一方面突出了政治性，另一方面強化了同中國遊客的感情，所以博得中國遊客陣陣熱烈的掌聲。演出到最後階段，北韓學生走下舞臺，來到觀眾席，邀請女性觀眾（也有少數男性觀眾）到觀眾席前預留的大片空間，一同跳舞聯歡，給觀眾以參與的機會，這樣可以更好地聯絡感情。聯歡之後，遊客代表走上前去，給這些北韓小朋友贈送鉛筆、圓珠筆、水筆等文具禮品，然後大家分別走到北韓小朋友之間與他們合影留念，他們耐心到一遍又一遍擺出姿勢，調整好表情予以配合，像一道美麗的風景留在遊客們的心裡。

環境

　　許多人從圖片上可以看到，北韓的風景很美，青山綠水，藍天白雲，因而情不自禁地羨慕。跨過鴨綠江，儘管天氣陰雨，但是我們還是可以看到北韓的山都是青的，地表植被繁茂，莊稼遍佈，就連兩條鐵路線之間的狹長地帶都種上水稻或者玉米，因而滿眼看到的都是青蔥翠綠，偶爾有彎曲的小河蜿蜒流過，綠樹掩映之中，隱隱現出幾居農舍。這種鄉村風光確給人以田園牧歌之感。與之相比，我們國內的荒山禿嶺倒不少，許多山頭一片荒蕪，就連處於亞熱帶地區而且雨水比較豐沛的雲南也不例外，我們的水土流失確實相當嚴重。根據眼前的景象，我們很容易得出一個結論：北韓的環境保護做得很好。北韓方面也引以為自豪，導遊還給我們講了這樣的故事：妙香山蘊藏著豐富的黃金，偉大領袖金日成沒有同意開採，他說再多的黃金都買不來優美的環境。說得多好啊！然而，塑一尊萬壽台前的金日成塑像該需要多少銅，而開採銅礦煉製這些銅難道就不會影響環境嗎？我們在北韓待了些時候，對北韓就會有了新的認識。首先，北韓的自然風景之所以這麼美，並不在於植了多少樹，採取了多少環保措施，而在於工業沒有發展起來。在北韓，很少看到現代化的工廠，公路上、街道上的車輛很少，從北韓回來的人沒有不認為，在北韓開車基本上不會遇到堵車，除了當心路上的行人或者偶爾從路上穿過的兔子之類的小動物，盡可放心大膽地開，就同在我國新疆的沙漠公路上一樣。既然工廠少，車輛少，排放的廢氣當然不會多，而且人口少，自然環境也就很少受到污染。這不是

環境保護得好，更不是北韓方面利用高科技來減少污染，而是因為這個國家還處於前工業化社會。再說，北韓也不是沒有污染，就平壤來說，位於城區西部的某工廠就赫然樹立著兩個高大的煙囪，一直噴出濃濃的黃白色煙塵，附近地區空氣一片渾濁，能見度比較低，可見他們根本沒想到或者沒有辦法去解決污染問題。此外，北韓的汽車總體來說比較落後，且不說外型比較笨拙，排放的煙塵也不小。由此可見，北韓對待污染問題也是無能為力，好在它還沒有進入現代工業化社會，所以污染的程度是非常有限的。

「福利」

　　北韓的「福利」讓我們許多人羨慕，也讓北韓人感到十分自豪、幸福和值得誇耀的。導遊滿面容光地向我們介紹：北韓人的住房、教育和醫療都是免費的。而我們國家許多民眾都在為這三件事感到負擔沉重，煩惱不已。國內有一種說法，這就是壓在現在中國國民頭上的「三座大山」。而北韓的這種「福利」制度當然令許多人誇讚，甚至嚮往。而且，北韓的「福利」還不只是在這些方面：他們的國人穿的衣服或者布料、家裡的傢俱等等都由國家有關機構定期配發，家庭的許多用項也都是免費發給的，就是金日成像章也是定期發放的。這樣，北韓人雖然工資不高，國內物價不低，僅靠那點工資到市場上買到的東西非常可憐，但是大家都能生活下去，很大程度上在於許多物品的配發和使用是不花錢的。於是，不少人得出了這樣的結論：北韓是一個高福利的國家。然而，對於北韓的這種所謂的「高福利」，我卻不以為然：在我看來，北韓與其說是高福利國家，倒不如說是配給制國家。這種情形與我們 50—70 年代的差不多，國家包下了一個人的生老病死，衣食住行，許多人覺得沒有後顧之憂。但是，我們稍稍留心一下，就會看出了一些問題。首先，北韓雖然搞了幾十年的「千里馬」運動，但是仍然物資嚴重匱乏，所有的「福利」都是極其有限的，不能解決基本的溫飽問題，甚至出現嚴重的餓死人的現象。這種連生存都得不到保障的「福利」算是什麼福利！至多不過是低水準的供給。其次，對於金氏集團來說，這樣的「福利」不過是他的一個最狡猾的統治策略。在北韓，社會

「福利」並不是平等享受的，而是按等級享受，就像我們的科級比處級的待遇差那麼一大截一樣。這種嚴格的等級制，在中國所謂的「第一村」同樣如此。我們知道，所有等級以及他們的各自待遇都是由最高統治者確定的，誰被定為什麼等級，不是由他對社會的貢獻，他的勞動績效決定的，而是看他對統治者忠誠的程度，為統治者效勞的情況。由於有了等級，就可以讓那些既得益者感到比別人優越，進而更加效忠最高統治者，而那些儘管生活困難，但是在效忠程度上不及他人就可能被剝奪了應該享有的「福利」。據瞭解，北韓的城市建設以首都平壤優先，當局為了自己的面子，竟然將殘疾人和對當局有微詞有不滿者逐出平壤，迫使他們住在偏遠落後的鄉村，使他們不能得到應有的救濟和國家的「福利」。在這種制度下，任何個人要求改善自己的生活條件，要求按照自己的興趣和愛好去生活的權利都在無形中被剝奪了。再次，由國家統一發放「福利」，可以造成一種假像，讓人以為自己每享受的一項「福利」都是最高領袖的恩賜和獎賞，沒有人覺得這是在理所當然地享受自己的勞動成果，而自己的艱辛勞動不是為了實現自己的人生價值，不是為了改善自己的生活，而是為了報答領袖的恩情和賞賜。如果得到了當局的獎賞和賜予，那更是莫大的幸福。這與李佩甫小說《羊的門》中的呼家堡人對呼天成感恩戴德一樣。第四，金氏集團通過配給制，幾乎控制了所有社會資源和財富，這樣，可以根據自己的根本利益去安排和分配那些社會資源，他們自己在外表上可以擺顯出非常的儉樸，黑幕後則隨心所欲地過著奢華極欲的生活；而普通的北韓人要想獲得生存權，就必須服膺於金氏集團，跪倒在這個集團面前，否則就不能生存下去。因而這是金氏集團控制和奴役北韓人的根本手段。在這樣長期的奴役和控制下，北韓人必然失去了個人的個性

和獨立性，缺乏現代社會的競爭力，不得不淪為統治集團的附庸。因而，在金氏集團的統治下，北韓人沒有了自己的思想，只能以「主體思想」武裝自己，沒有自己獨立的意志，只能聽從金氏集團的使喚和奴役，沒有自己的個性，成為金氏政權機器上的螺絲釘。由此可見，北韓所謂的「高福利」並沒有給民眾帶來真正的實惠，反而令他們失去獨立、自尊和自由。

難見廣告

　　踏上北韓的土地，許多人都會感到一個顯著的變化：鋪天蓋地
的廣告幾乎一下子從眼前消失了。就是在首都平壤，儘管不懂朝語，
也會覺得廣告很少，這同「文革」時期的中國沒有什麼兩樣。做廣
告是為了促進商品流通，廣告的出現意味著市場在社會生活中的地
位越來越重要。在北韓，廣告稀少是不奇怪的。由於金氏集團控制
著所有社會資源並且實行配給制，國家的經濟體制完全是計劃經
濟，這就不需要廣告了。走在平壤大街上，我們看不到民營商店，
看不到個體攤販，看不到熙熙攘攘的集貿市場。除了友誼商場這些
涉外商場的貨物還算是琳琅滿目之外，北韓的一般商店裡貨物很
少。這不僅是經濟困難的問題，也是長期的經濟困難將普通北韓人
訓練成格外的儉樸，除了最基本的維持生存物質需要外，很少考慮
其他的需求，也就很少購物，而且即使想多買點東西改善生活，由
於工資十分有限，低得十分可憐，因而無力購買。這樣，廣告的存
在就失去了意義。廣告是市場的產物，促進經濟流通，有助於提高
人們的生活水準。但是，對於北韓統治者來說，廣告的存在潛在地
威脅著他們的統治。首先，紛繁的廣告佈滿大街小巷，廣播報紙電
視，將嚴重干擾人們對領袖的專心致志的關注，進而動搖領袖在人
們心目中的神聖地位。試想，如果廣告盛行了，那麼以往懸掛或者
張貼的領袖畫像、政治標語和宣傳畫將可能淹沒在廣告的汪洋大海
之中！當人們的目光停留在廣告上的時候，又有誰還像過去那樣完
全專注於領袖的畫像、政治宣傳畫和標語呢？其次，廣告對於個人

來說就是誘惑，總是千方百計地刺激起人們的消費欲望，可以改變人們的思想觀念、生活方式和思維方式，促進人的個性化發展。一旦廣告允許出現，對於金氏集團意味什麼是可以預見的，那就是越來越難以有效地控制北韓國民，就意味著統治者不得不進行政治經濟文化等全方位的改革，最終使他們手裡的權力越來越小，稍有不慎，不僅可能失去權力，還有可能遭到覺醒過來的北韓國民的唾棄和批判。

然而，歷史的發展是不以人的意志為轉移的，共產黨的歷史唯物主義哲學早就告訴我們。廣告與市場的出現在人類社會裡是不可避免，就北韓來說，決不例外。只是這一天來得比較晚一點，但必然會到來的。隨著廣告和市場來到了北韓，北韓必將走向開放，那麼每個普通的北韓人不僅可以極大地提高生活水準，而且可以獲得可貴的自由與獨立。

北韓人的賺錢

　　由於北韓社會生活泛政治化，它給人的感覺似乎是重精神，輕物質。我們知道，物質財富總是大受歡迎的，而且越多越好，這是人類的共性，北韓人當然不會例外。我們在北韓的幾天旅遊中就有親身感受。還沒到北韓，我們就被告知，北韓方面規定每人每天拿出 10 元人民幣作為小費給北韓導遊和司機。世界上確實有一些國家和地區存在著給服務生小費的慣例，然而那都是看顧客的意願，而且給多給少也沒有固定。給小費的意義就是對服務品質的肯定，對熱情的服務態度的感謝。然而，遊客還沒跨進他的國門，北韓方面就已作出規定給小費，而且連數目都規定好，這就有強迫的意味。由此可見，北韓人還是很看重錢的，否則就不會有這一規定的。

　　到了北韓，你只要買東西就會感到物價比我們國內的高。比如說到萬壽台瞻仰金日成主席銅像，需要向銅像獻花，那麼有一位北韓婦女到我們車上賣花，每一小束竟要 10 元人民幣。到北韓旅遊一次，總要帶點紀念品回國送給親朋好友。北韓導遊看到了這一點，所以同國內的導遊一樣先後 3 次給我們安排時間購物，並且表示希望我們為北韓人民作貢獻。話說得確實好聽，但是物價卻很貴，我買了一件只有 10 來釐米高的敲鼓北韓姑娘的工藝品，價格是 15 元人民幣，而且是一口價，不像在國內可以討價還價。如果在國內，像這樣的工藝品也就 5 元錢。在羊角島大酒店裡，有一家書店，裡面賣的大概一兩釐米見方大小的紀念徽章標價是 3 元，而且這種徽章做工十分粗糙。再看一本印有漢字的《金正日時代的朝鮮》，薄薄

的，只有 150 頁左右，小開本，紙質一般化，在中國頂多賣 10 元人民幣，而在這裡，卻定價 25 元人民幣。在平壤友誼商場裡，商品的價格標的既不是人民幣，也不是美元，而是歐元，而來這裡購物的大多數是中國遊客，而不是來自西方的遊客，而且商場直接收取人民幣。北韓方面這樣的標價，顯然是非常精明的，就是想多賺中國遊客的錢。賺錢本來是無可厚非的，但是以這種方式多撈遊客的油水就有點不夠厚道了。從這一點我們可以看出，北韓人雖然沒有經過市場經濟的薰陶，然而對於賺錢的門道決不遲鈍。將來某一天，北韓實行經濟改革和對外開放，北韓人一定會在商海裡顯示出不凡的身手。

還有一般人想像不到的是，在羊角島大酒店的底層，有一個比較豪華的賭場。入口處有兌換籌碼的櫃檯，櫃檯後的牆上貼著漢語的賭博須知和辦法以及不許拍照的警示，賭場中間是一個大的賭盤，比檯球桌還要大。靠牆的地方還散落著幾台老虎機。開放的時候，賭盤四周圍攏著不少的人，不時還有服務生穿插其中給客人提供各種服務。那熱鬧的景象是可以與影視上的相比。北韓是個傳統型的社會主義國家，按照我們的理解，是不該讓黃（色情）、賭（賭博）、毒（吸毒）這些醜惡事物存在的。在我們的想像中，北韓領導人的思想觀念也應該是最正統的。然而，在羊角島的大酒店卻偏偏存在著。說它是公開的，普通的北韓人可能不知道它的存在，而且據說沒有北韓人到這裡賭博消費；說它是地下的或者秘密的，然而這個賭場並不特別隱秘，住進這個酒店的旅客幾乎都知道。看來，這個賭場的存在是得到北韓當局准許的。我不知道，北韓的法律對於賭博是如何規定的，但這不能不讓人感到驚歎，北韓當局在允許酒店開設賭場這一點上，遠遠走在中國的前面。據我所知，到目前

為止，在中國大陸，賭博是非法的，任何地方都不許設立賭場。然而，北韓卻允許了。而且在這裡還有一項規定，那就是北韓人不能參賭。這就是說，北韓當局利用賭場賺外國遊客的錢，它可以從中抽取不小的稅費。由此可見，北韓領導人還是知道金錢是個好東西，而且為了賺到銀子，他們可以打破意識形態的規則，開設這個小小的「特區」。在北韓究竟有多少這樣的「特區」存在，由於在北韓逗留的時間很短而且到的地方十分有限，我們弄不清楚，是不是還有黃和毒的「特區」存在，我們也不清楚。但是有一點是可以肯定的，北韓領導人只能允許在對外酒店設立小小的「特區」，其他地方是不許存在的，因為如果讓這樣的「特區」蔓延開來，雖然可以讓當局獲得更多的銀兩，但是這些「特區」不能放開，不能讓它遍地開花，否則不僅將摧毀其長期固守的意識形態，而且還將威脅到政權的穩定，這是當局無論如何都不願幹的。因此，開設賭場只是北韓當局為了賺錢而非常謹慎地玩火。

一則傳聞

　　在去北韓之前，有一位朋友給我講述了他在新文學年會的理事會上所得到的一則警告：在北韓不得向乞討兒童施捨。據說，有一位中國遊客到北韓旅遊，途中遇到一兒童乞討，他看到那兒童又黑又瘦，惻隱之心油然而生，於是將身上一點零錢和食物給了那孩子。不料，他的施捨給北韓人看到了，這給他帶來了不小的麻煩。他被留下來勒令做檢討。由於他做檢討，整個旅行團的人都得留在那裡等候。經過一段時間的折騰，他的檢討終於通過了，大家這才重新踏上旅途。這讓我有點不敢相信，這位中國遊客具有人道主義同情心究竟有什麼過錯！於是，我在去北韓的時候心裡常常有些忐忑不安：如果我遇到了北韓乞丐，看到那小孩可憐的神情和境遇，到底施捨還是不施捨呢？施捨吧，我就可能遇到麻煩，不僅是我個人麻煩，而且還給整個旅遊團的成員帶來麻煩；如果不予施捨，我看著那骨瘦如柴的小孩處於困境，實在於心不忍。非常值得慶幸的是，我在北韓的幾天裡沒有遇到乞討人員。特別是在登上了祖國的列車的時候，我總算鬆了口氣，沒有受到兩難選擇的煎熬。

兩個北韓導遊

　　我們進入北韓境內，剛到新義州，換上北韓的列車，就有一位佩戴金日成像章的年輕男子過來與我們打招呼，自稱是我們這個旅行團的導遊，表示我們在北韓的行程將由他陪同。這個男導遊大約二十六七歲，身高超過一米七，國字臉，五官端正，輪廓分明，帥氣中透出精幹。他的腋下夾著一隻黑色的皮包。後來通過交談瞭解到，他的名字叫「尹成日」，北韓勞動黨黨員，曾經當兵 4 年，後來進入旅遊學校學習，現在才開始擔任導遊，我們是他接待的第二個團。到了平壤，我們出了火車站，登上了旅遊大巴，在車上有一位看上去同樣是二十六七歲的女子接待我們。這個女子自我介紹也是我們的導遊，同樣要陪同我們在北韓的旅遊全程。她顯得比較清瘦，皮膚較黑，一頭短髮，身體比較單薄，很少現出笑容，有時還流露出憂鬱的神情。她的名字叫「朴英姬」。在北韓的幾天行程中，大多數時候由她給我們解說或者擔任解說翻譯，她每說一件事情都會問大家：「你們明白嗎？」她的解說嚴肅有餘，活潑不足，時刻不忘表達對領袖的頌揚和愛戴，但有時也會唱支歌給大家助助興。在她的解說中，我感受最深的是她介紹了北韓社會的男尊女卑思想意識非常濃厚。每個北韓人結婚後都想要兒子，如果生的是女兒，那就一直生下去，由於國家沒有像中國實行計劃生育政策，所以生得再多，也沒有限制，所以一個婦女生育七八胎很正常。這種思想觀念在我國比較偏遠落後的農村還是比較普遍的，如果不是實行計劃生育政策，這些農村婦女的生育一定可以與北韓婦女相比。在北韓，青年

結婚在法定年齡和實際結婚年齡與中國城市裏的差不多，但有一點比較特別，就是結婚的彩禮需女方準備。朴英姬說，一對夫妻如果生了三個以上的女孩，那麼他們家就肯定不會有小偷光顧了，陪女兒的彩禮就會陪光了家產。朴英姬的這個介紹，讓我們瞭解到北韓非常真實的一面。不知道，她的這一介紹會不會惹上什麼麻煩。在北韓的行程中，我們一直由尹成日和朴英姬陪同，在車上他們坐在前面的位置上，下了車到旅遊區或者展覽館，往往是朴英姬在前面帶路並講解，尹成日在後，似乎早就有了明確的分工。在去板門店的路上，有一位身著黑色衣服，大約四五十歲的男子上了我們的車，坐在導遊一排的後面，一聲不吭，神情冷峻，很可能是派來監視遊客的特工人員。後來有人證實了這一點，我們一行中有人找一位路過的北韓人幫忙照相，隨即受到了這個男子的阻攔。後來有人說，我們男導遊尹成日也可能是特工，一路上都在悄悄地監督著每個人的一舉一動。不過，我覺得他還是比較友好和親近的，可以獨自和我交談。我問過他有沒有到過中國或者其他國家，有沒有看過南韓的《大長今》等電視劇或者電影。他都作了否定回答。我說你們和南韓作為一個民族，都是同胞，都渴望統一，應該加強溝通和來往，這樣才能加深感情，就像我們中朝之間常來常往才能加深友誼一樣。他也表示讚許。我還問他看了北京奧運會的閉幕式嗎？他說沒有，他雖然與我們同住羊角島大酒店，但是他所住的房間與我們不同，我們房間裡的電視可以收看 CCTV 的兩三套節目，香港鳳凰衛視，英國的 BBC、日本的 NNK 以及一個北韓語台電視（很可能是韓國的），而他的房間的電視只能收看平壤的一個頻道，而這個頻道沒有轉播北京奧運會的閉幕式。在旅途中，他還應邀為大家唱了中國軍旅歌曲《說句心裡話》和愛情歌曲《兩隻蝴蝶》。尤其是後一首

歌，已經不具政治色彩，更具人情味。有時，尹成日也會來一下幽默，他說平壤街頭之所以讓女交警值勤，是因為北韓的司機多為男性，男司機見到美女值勤，自然就會放慢車速。在北韓這個國家，幾乎是人人神情嚴肅，不苟言笑，能聽到幽默的小段子，真是難得。臨別的時候，他拿來筆記本，請江南大學的蕭向東教授寫幾首中國古詩。我將會議上發的《鄉土詩人》奧運特刊送給他，並且簽下了「中朝友誼長存」這幾個字，意在向他宣傳奧運精神和中國文化。在新義州與他告別的時候，我們都熱情地表示：「歡迎你到中國來！」

後記

　　2005 年 10 月至 2006 年 10 月，我受揚州大學派遣到泰國烏汶皇家大學教授漢語。在這一年時間裡，我時刻沐浴在異域美麗的自然風光、獨特的風土人情和優美的民俗藝術之中，一個活生生的泰國深刻觸動著我的感官，給我以極其豐富的感性認識。一個國家，就是一個世界；一個民族就是一個天地。從走出國門的那一刻起，所有的一切都讓我感到新奇而獨特，讓我感到興奮和激動，於是我情不自禁地常常打開隨帶的筆記型電腦，將我在這個東南亞國家的見聞、感受、思索和認識記錄下來。於是就有了這本即將與讀者朋友見面的小書。

　　在泰國生活的三百多個日日夜夜裡，我在思念我的祖國和親朋好友的同時閱讀著泰國這本現實大「書」。當我生活在泰國的時候，這本大書就在我的面前讓我閱讀，眼前身邊的所有人和事、景和物都是這書裡有機的章節。只是本人興趣、見識、學識、思想觀念及文化心理所限，在閱讀泰國過程中對於其理解和認識未必符合讀者朋友的認識，也未必滿足讀者朋友的期待，然而其獨特性是毋庸置疑的。這就是說，這裡所呈現給讀者的是一個普通教師對於泰國的理解和認識，也是生長於 20 世紀後半葉與 21 世紀前半葉的中國知識份子對於鄰邦泰國的感知。

　　由於是到泰國來教學漢語而不是旅遊觀光或者經商，也不是官員的參觀訪問，更不是作家記者到泰國來採訪報導，而且在泰國工作的時間也只有短短的一年時間，這就決定了我對於泰國這本大書

讀得非常匆忙，非常簡略，非常浮光掠影，也非常走馬觀花，甚至有許多地方沒有讀到，就跳了過去，有的沒有讀進去，因而不僅給我自己留下許多遺憾，也給這本書留下一些遺憾。其中最大的遺憾，就是我的活動空間十分有限，泰國的許多地方沒有去過，比如南方的蘇梅島、北部的金三角和清邁，基本上局限於曼谷和烏汶及其附近地區，而且參觀的名勝古跡也很有限。同時，由於我沒有學過泰語，這就不能讓我更深入地把握和理解泰國文化。然而，我與泰國人的交往，我對事物的觀察和思考以及我的參與到泰國人的日常生活之中，等等，都使我的這本書有別於作家們的旅泰遊記，有別於官員們的訪泰報告，更有別於研究泰國的學者專家們的學術專著，倒是希望我的這本小書能為那些對於泰國感興趣的朋友提供某些獨特的感性材料。

2008 年夏天，我到與北韓一江之隔的遼寧丹東參加中國新文學年會。這次會議組團到北韓作了為期 4 天的短暫旅遊（8 月 22 日至 25 日）。北韓雖然與我們擁有共同的社會制度，而且是我們一衣帶水的鄰邦，而且與我們有著「鮮血凝成的戰鬥友誼」，但是我們對她的認識和瞭解卻很少。北韓對於我們絕大多數國人來說仍然是非常神秘的。我們到北韓旅遊，不僅想觀看其美麗的自然風光，民俗風情，更想揭開其神秘的面紗，一睹其真容。但是無奈時間十分短暫，而且旅遊的路線都是由朝方規定的。儘管如此，我還是覺得這次北韓之旅還讓我增長了一定的見識。於是，我根據自己在北韓的見聞，試圖對其進行一番解讀，努力從她的人和事中讀出點味道來。因此，這裡所談的北韓雖然有旅遊作依託，同樣也不同於一般的遊記——寫美景、談文化、記心情、敘軼事，而是希望借此撩開北韓這個國家的神秘的面紗。

　　從文學創作來說，往往需要講究藝術技巧，強化作品的藝術性。但是我這個人一向比較散漫，崇尚自由，行文方面也是如此。因此，在寫作這本書的時候，我沒有追求文章的精緻，沒有講究文章的藝術構思，寫得比較隨意，隨心所致，想到什麼就寫什麼。一個多世紀前，清人黃遵憲說他的詩是「吾手寫吾口」，而我現在所推崇的是「吾筆寫我心」，只要將自己所想的東西準確地表達出來就可以了。因此，我這裡呈現給讀者的不是藝術性的散文，而是生活漫筆或者旅行漫筆。所以，我在這裡所寫的應是感受的真實，認識的真實，思想的真實，決不曲意迎奉，也不回避批評，只想傳達出我所讀出泰國和北韓的滋味就行。

　　我曾經做過文學之夢，盼望將來成為一名作家，現在只能說這夢只圓了一小半。現在在我的懷裡雖然揣了一張作家證（江蘇省作協會員），但這只是寬泛意義上的作家，其實並沒有出版文學作品，也很少發表文學作品，既不是詩人，也不是小說家，也算不上散文家，更談不上劇作家，只是長期從事語文教學和文學教學，同時也對文學作點小小的研究。現在出版這本小書，正是想將當年的文學夢的另一部分圓起來，至於圓得怎麼樣，還需讀者朋友作出評判，並給予鼓勵和支持。

　　在寫作和出版本書過程中得到了武漢作家胡榴明女士和臺灣秀威出版社蔡登山先生、林千惠女士等人士的大力支持和幫助，值此表示衷心感謝！如果讀者朋友讀了本書後有了感觸和意見，真誠歡迎給作者發來電郵：sundexi1960@sohu.com。

孫德喜
2010 年 5 月 2 日於揚州存思屋

語言文學類　PG0452

閱讀泰國‧解讀北韓

作　　者 / 孫德喜
主　　編 / 蔡登山
責任編輯 / 林千惠
圖文排版 / 鄭佳雯
封面設計 / 蕭玉蘋

發 行 人 / 宋政坤
法律顧問 / 毛國樑　律師
印製出版 / 秀威資訊科技股份有限公司
　　　　　114 台北市內湖區瑞光路 76 巷 65 號 1 樓
　　　　　電話：+886-2-2796-3638　傳真：+886-2-2796-1377
　　　　　http://www.showwe.com.tw
劃撥帳號 / 19563868　戶名：秀威資訊科技股份有限公司
　　　　　讀者服務信箱：service@showwe.com.tw
展售門市 / 國家書店（松江門市）
　　　　　104 台北市中山區松江路 209 號 1 樓
　　　　　電話：+886-2-2518-0207　傳真：+886-2-2518-0778
網路訂購 / 秀威網路書店：http://www.bodbooks.tw
　　　　　國家網路書店：http://www.govbooks.com.tw
圖書經銷 / 紅螞蟻圖書有限公司
　　　　　114 台北市內湖區舊宗路二段 121 巷 28、32 號 4 樓
　　　　　電話：+886-2-2795-3656　傳真：+886-2-2795-4100

2010 年 12 月　BOD 一版
定價：320 元
版權所有　翻印必究
本書如有缺頁、破損或裝訂錯誤，請寄回更換

國家圖書館出版品預行編目

閱讀泰國·解讀北韓 / 孫德喜著.-- 一版. -- 臺
北市：秀威資訊科技, 2010.12
　　面；　公分.-- (語言文學類；PG0452)
BOD 版
ISBN 978-986-221-610-1(平裝)

855　　　　　　　　　　　　99017428

讀者回函卡

感謝您購買本書，為提升服務品質，請填妥以下資料，將讀者回函卡直接寄
回或傳真本公司，收到您的寶貴意見後，我們會收藏記錄及檢討，謝謝！
如您需要了解本公司最新出版書目、購書優惠或企劃活動，歡迎您上網查詢
或下載相關資料：http:// www.showwe.com.tw

您購買的書名：＿＿＿＿＿＿＿＿＿＿＿＿＿＿＿＿＿＿＿＿＿＿＿＿

出生日期：＿＿＿＿＿年＿＿＿＿＿月＿＿＿＿＿日

學歷：□高中 (含) 以下　　□大專　　□研究所 (含) 以上

職業：□製造業　□金融業　□資訊業　□軍警　□傳播業　□自由業
　　　□服務業　□公務員　□教職　　□學生　□家管　　□其它＿＿＿

購書地點：□網路書店　□實體書店　□書展　□郵購　□贈閱　□其他

您從何得知本書的消息？
　　□網路書店　□實體書店　□網路搜尋　□電子報　□書訊　□雜誌
　　□傳播媒體　□親友推薦　□網站推薦　□部落格　□其他＿＿＿＿＿

您對本書的評價：(請填代號　1.非常滿意　2.滿意　3.尚可　4.再改進)
　　封面設計＿＿　版面編排＿＿　內容＿＿　文／譯筆＿＿　價格＿＿

讀完書後您覺得：
　　□很有收穫　□有收穫　□收穫不多　□沒收穫

對我們的建議：＿＿＿＿＿＿＿＿＿＿＿＿＿＿＿＿＿＿＿＿＿＿＿＿

＿＿＿＿＿＿＿＿＿＿＿＿＿＿＿＿＿＿＿＿＿＿＿＿＿＿＿＿＿＿＿＿

＿＿＿＿＿＿＿＿＿＿＿＿＿＿＿＿＿＿＿＿＿＿＿＿＿＿＿＿＿＿＿＿

＿＿＿＿＿＿＿＿＿＿＿＿＿＿＿＿＿＿＿＿＿＿＿＿＿＿＿＿＿＿＿＿

11466
台北市內湖區瑞光路 76 巷 65 號 1 樓

秀威資訊科技股份有限公司 　　　收

BOD 數位出版事業部

....

（請沿線對折寄回，謝謝！）

姓　　名：_____　年齡：_____　性別：□女　□男

郵遞區號：□□□□□

地　　址：_____

聯絡電話：(日) _____ (夜) _____

E-mail：_____